长篇报告文学

青城

蒋　静　朱治华◎著

YUANFANG
远方出版社
·呼和浩特·

图书在版编目（CIP）数据

青城蝶变 / 蒋静，朱治华著. -- 呼和浩特 ： 远方出版社，2025. 6 . -- ISBN 978-7-5555-2191-4

Ⅰ. I25

中国国家版本馆 CIP 数据核字第 20259ZG148 号

青城蝶变

QINGCHENG DIEBIAN

著　　者　蒋　静　朱治华
责任编辑　蔺　洁
封面设计　李鸣真
版式设计　韩　芳
插图绘制　曹可馨
出版发行　远方出版社
社　　址　呼和浩特市乌兰察布东路 666 号　邮编 010010
电　　话　（0471）2236473 总编室　2236460 发行部
经　　销　新华书店
印　　刷　呼和浩特市圣堂彩印有限责任公司
开　　本　787 毫米 × 1092 毫米　1/16
字　　数　295 千
印　　张　20.625
版　　次　2025 年 6 月第 1 版
印　　次　2025 年 6 月第 1 次印刷
标准书号　ISBN 978-7-5555-2191-4
定　　价　42.00 元

目 录

青城蝶变

以丁香之名……

AI在线向导
走进大美青城
解码文化基因
焕新美好生活

呼和浩特的春天，是以山野中桃花、杏花的开放拉开帷幕的。在城市的街巷中，也间或有桃花、杏花、迎春花跟着凑热闹，渲染春天的气氛。

然而，这不过是一种铺垫，隆重而繁盛的铺垫。

接下来，在这一场花事的热闹中悄然盛开的丁香，才是这座城市的主角。

桃花、杏花都是急火火的性格，等不得叶子慢吞吞地长出来，就先绽放了。丁香则不然，她有自己的节奏，不紧不慢地等风来、等雨来，与春风春雨几番交手，春心方才萌动。她们先是柔软了枝条，拼命在枝上鼓起花苞，然后等着叶子长出，悄然挂出一串紫色或白色的丁香结，团团簇簇，挨挨挤挤，羞羞怯怯，再慢慢地一瓣一瓣打开，清雅温润，内敛又不失自信，让这座城市也因此雅致起来，满城飘溢着幽香。

四月末五月初的青城，丁香就是这座城市的邀请函，天南地北的人闻香而来。在这期间有各种文化主题活动：丁香诗会、书画雅集、“一起追风”春日骑行派对、赏春欢乐跑、航拍青城春色……在诗情画意的文化艺术氛围中，青城敞开胸怀，拥抱四方。

我正是为了一场花事，在离开十几年后的这个春天，再次回到曾经生活过的城市。

走在这座以丁香闻名的城市中，无论是街巷、公园、住宅小区还是办公楼前，三五步就能看见一丛丁香花，不管不顾地开着。尤其在丁香路和草原丝绸之路文化公园一带，丁香几乎成了主色调，一片紫韵，一派烂漫，一城柔情。我想，每一个身在青城的人都会有一抹春风染香的淡紫色记忆吧。

丁香属落叶灌木或小乔木，因花筒细长如钉且清香怡人而得名。丁香的历史悠远，据说唐宋时期中原一带已有丁香的记载，有人说青城种丁香可追溯至明朝，但目前无据可考。唯有将军衙署院中4株180余年的暴马丁香，成为实实在在的物证。她们默默地看着这座城市从遥远的岁月走来，见证着这片土地上的历史风云和百姓的烟火四季。

呼和浩特市区到底有多少丁香，没有一个精准的数字，除了街道绿化带、街心公园的丁香，呼和浩特的植物园、大青山脚下都打造了丁香园。从1986年至今，丁香成为呼和浩特市市花以来的39年里，丁香从深宅大院走进了人们的视野，不断培育出的30余种丁香逐步栽满了全城。丁香花通常有四瓣，五瓣丁香花实属难得，也正因为稀缺，五瓣丁香花又被称为“许愿花”，相传找到五瓣丁香花就可以收获幸福。到了花季，街头、公园随处可见流连于丁香树下的身影，谁没有对幸福和幸运的渴望呢？

丁香真正走进城市的街巷，走进人们的生活，还是近些年的事。丁香满城只是呼和浩特市建设“五宜城市”所呈现的一面。

一座城市的发展不仅仅是城市的硬件更新，也关系着人民的获得感、幸福感和安全感，更会串联起城市的历史和未来。作为首批21个“城市更新试点”之一的呼和浩特，无论是老旧小区、街区、厂区和城中村的改造，还是城市功能、生态系统的修复和完善，或是城市文化的保护和传承，都让呼和浩特悄然蜕变。

在重回青城寻访的日子里，我像一个失忆的人，这座城市让我感到似曾相识，又处处陌生。除了美食一遍又一遍地唤醒一个游子的记忆，这座城市已经不是我熟知的青城：我曾工作过的院落已经不存在了，居住过的小区已经焕然一新，我无数次骑着自行车采访的羊肠小道已经为花园社区所替代……我深深遗憾于没有亲自见证这座古老的城市在新时代的洪流中蓬勃发展的10年时光。

如今，青城再一次以勤勉、自信、团结、昂扬的精神面貌吸引我重新踏上回溯之旅。

擦肩而过的丁香让我驻足，在自然界的花草之中，丁香的样貌虽不出众，却有几分傲骨。她的花虽小，却“聚小朵而成大气”，她不惧艰难、耐风寒的品格，与青城宁静包容、坚韧自信的精神内核一脉相承。

丁香映照着这座历史文化名城，在新时代的节奏中绽放出独特的文明韧性。

- AI在线向导
- 走进大美青城
- 解码文化基因
- 焕新美好生活

第一章

城市文脉的逐韵之旅

扫码解锁

从北京到呼和浩特，乘坐飞驰的高铁只需2.5小时。这种跨越千年的速度革命，让人不禁感慨：在古代，即便是骑最快的马翻越阴山，也需要至少三日的行程；而驼队穿越敕勒川的商道，则要经历“天苍苍，野茫茫”的漫长跋涉。

直到今天，对很多不曾到访过呼和浩特的人来说，这座城市或许仍然停留在“偏远”和“落后”的认知里。

“偏远”是一个相对的概念。随着时代的飞速发展，呼和浩特早已经是一座现代化城市，铁路干线纵横交错，坐高铁去北京一天之内完全可以打一个来回，到郑州也不过6.5小时。飞机航线也非常密集，就算想去祖国的南方，广州、上海、浙江、云南、海南……乘坐飞机不过两三个小时就到了。完善的公路网络更是四通八达，有京藏、京新、呼北等多条高速公路和国道贯穿全境，连接北京、天津、包头、鄂尔多斯、银川等重要城市。要知道，在祖国版图上最为狭长的内蒙古，想从居于中部的呼和浩特到东北部的呼伦贝尔串个门，需要乘坐两个半小时的飞机。相比之下，京津冀反而成了呼和浩特的近邻。

立体的交通网络，早已经让塞外青城成为北京等中心城市的周边地区，构建起通往全国各地和世界各地的快速通道，使其成为北方地区物流、人流、信息流的集散中心，更是多民族文化交融的重要窗口。

绵延的阴山、奔流的黄河守护、滋养着这片古老神奇的土地。从云中郡、盛乐、丰州、库库和屯，到归化、绥远、归绥，再到呼和浩特，每一次更名或嬗变，都承载着历史的厚重，留下无数动人的传说。

无论是汉匈和亲的千载佳话，还是草原丝绸之路的南北贯通、东西纵横，抑或是一片东方树叶在万里茶道上的奇妙旅行，有着2400多年历史的呼和浩特，宛如一部镌刻着岁月沧桑的史书，一直都在书写着各民族交往交流交融的壮丽史诗。

难能可贵的是，这座青色的城始终在时代的洪流中兼收并蓄、顽强探索，孕育出了别具一格、令人神往的城市文化。

当你驾车汇入车流，宽敞的街道、现代时尚的楼宇、盎然的绿色、不时闯入视野的街心公园以及涌动的人潮，都在消解着人们对于“塞外”的刻板印象，也会使人们对这座草原都市有全新的认知。

身边的大号行李箱，仿佛是一种隐喻，去而复返时的行囊，承载着我想深入了解这座城市的渴望和野心。

青城文博上热度

时光是魔术师，它如阴山北麓的季风，让元代丰州城的青花瓷片在现代考古中重焕光彩。这座城市始终在历史文脉的对话中书写自己的叙事，在城市的某个角落留下标记，形成独特的文化记忆。

对于一座城市而言，有别于其他城市的特质，一定是这座城市的文化渊源。就像一个人，从牙牙学语的幼年长大成人，他所经历的包括家庭、环境、饮食、痛苦和坎坷，以及每一次大大小小的选择，都使他最终成为他自己。

要了解一座城市，就必然要去了解它的文化源流，了解它从哪里来，在历史的长河中留下多少印记，遇到过怎样的风雨沧桑，才凝铸了一座城市的文化内涵、精神品质……认识它的前世今生，也感受它新时代铿锵的足音，去看它不断破茧、不断创新，不断以昂扬的姿态奔跑在新征程上。

推开呼和浩特博物院厚重的大门，阳光徐徐，在洁净的地面上投下光影，仿佛推开的是一扇时空之门，一件件文物静静地诉说着光阴的故事，它们的存在，仿佛历史长河中的一个个点位，沿着它们追溯，呼和浩特的历史就有了大致的线索。

人类文明的火种从这座城市东北方向的大窑遗址开始燃起，远古人类生存的智慧被凝固在每一道燧石裂痕中，以更本源的方式诠释着“文明初曙”的深刻内涵。

文明在不断演进，城市的雏形也在悄然形成。于是，2300多年前赵武灵王在阴山下的敕勒川上，北倚巍巍青山，南临滔滔黄河，设立了云中郡。呼和浩特城市文明的画卷徐徐展开，一个脚印，一串脚印，一行行重重叠叠的脚印交织在一起……就走出了后来的世事沧桑、时代更迭，走到了如今的繁华盛世。

站在安静的文物前，时间仿佛凝滞在了此刻，呼吸和心跳都慢慢融入了它们的肌理之中，体会它们被时光打磨后的华彩。

汉代女子在陶灶前烹制美味佳肴。

辽代女子在帮丈夫穿戴出行的服饰，她耳上的葫芦耳坠闪着温润的光。

北魏祭祀的香火缭绕，传递着对先人的崇敬、追念，更有对现世生活的美好祈愿。

元代人家多宝阁上的一只青花瓷瓶中插着一枝初绽的杏花。

来自俄罗斯的商人在与清代的茶商谈生意，交递时银票的触感在指尖缠绕……

呼和浩特历史文物专题展中的文物，时时在我的脑海中浮现，这样的情景那么真切、鲜明，这又何尝不是我们代代相传、人人珍视的烟火幸福呢？

“文明足迹——呼和浩特历史文物专题展”是呼和浩特博物院在文博事业体制机制改革后，精心推出的一个城市文脉展，汇集了呼和浩特博物馆、昭君博物院、将军衙署博物院、公主府博物馆的48000多件（套）精品文物，引领你随着一件件文物，从先秦一直走到民国。不同历史时期的珍贵图片和丰富的瓷器、民俗展品，都是呼和浩特的城市记忆，它们多层次、多角度地反映了呼和浩特的历史变迁和丰富的文化，记录了中华文明发展的足迹。

这个展览引起了我的好奇，于是，我把昭君博物院、将军衙署博物院、丰州故城博物馆、公主府博物馆、五塔寺博物馆都参观了一遍，几座博物馆专业、规范的场馆环境和展览展示，丰富独特的文创产品，沉浸式展览、互动式表演……让我感受到了博物馆不再满足于单纯地展示文物，更倾向于营造一个历史文化语境去诠释文物和文物背后的故事。

看文物展览，表面上看到的是一座城市的过去，但是，从走进博物馆的那一刻起，看到的又何尝不是一座城市的今天？

在每一个场馆都不难见到来自全国各地的游客，当然也少不了本地市民，若逢周末，还会看到很多研学的学生。“到博物馆去”在呼和浩特蔚然成风，此风得益于市委、市政府紧紧围绕提升首府文化层级的目标，大力推动文化旅游事业高质量发展的举措。

2023年以来，在多次调研的基础上，呼和浩特市委、市政府率先从文博场馆入手，破解机构不健全、级别不明确、机制不灵活等现实难题，大刀阔斧地进行改革、改制、改进，统筹规划、科学布局，“把城市精神立起来”“把文博场馆用起来”“把旅游景区串起来”，全力打造彰显时代风貌、特色鲜明的“博物馆之城”。

2023年2月，呼和浩特市合并组建博物院，该院下辖呼和浩特博物馆、昭君博物院、内蒙古自治区将军衙署博物院、丰州故城博物馆、公主府博物馆、五塔寺博物馆6家国有博物馆，实行“一院六馆”的总分馆制。

“呼和浩特的文博事业迎来了春天。”

那是2024年5月的一天，我见到呼和浩特博物院院长武高明时，他说的第一句话。这一天，距离他退休还有一个多月。

“从呼和浩特历史文物专题展可以看出，文博事业体制机制改革不但实现了资源、人员、资金、人才储备、运营模式一体化，而且形成了‘1+1>2’的合力。”他信心满满地说，“只要不停下脚步，一直前行，呼和浩特一定会建成有特色、有底蕴的‘博物馆之城’。”

一年前，武高明被任命为呼和浩特博物院院长，他深感意外。起用一位临近退休的“老”干部，这也是呼和浩特市委、市政府在重用人才方面打破常规之举。

李建臣在《文化，城市之魂》一文中说：“重视城市文化，就是要重视人。近一时期，许多城市出台新政，开始了一场旋风式的‘抢人大战’。应该说这些城市是有长远眼光的。他们抢的是人才，是创造力，更是未来。海绵城市不应仅仅是生态的需求，更应该是人文的追求。”

抢人才之举，难在“抢”，如何“抢”需要有政策支撑，既不违规又符合发展需要；如何把本地人才用起来，甚至破格用起来，需要城市决策者的智慧、勇气和担当。

武高明知道，这是一份莫大的信任，也是一份沉甸甸的责任。

怎么让一直沉寂的博物馆“火”起来，让那些藏在历史光影里的文物

“活”起来？怎么能让更多人走进博物馆，让博物馆成为城市的文化地标，成为展示、传播城市文化的学校……一连串的问题萦绕在他的脑海中，如一阵阵出征的战鼓，催动着他在退休前有限的时间里，去探索文博场馆创新的路径。

“让国有文博场馆‘动’起来，发挥各自的优势，吸引人们走进博物馆”，这个方向没错，可是总要有足够吸引眼球的展览来激发人们对文物展的热情。

于是，引进精品展的工作很快就提上了呼和浩特市决策者的日程。

2023年2月，呼和浩特市迎来了一众尊贵的客人——故宫博物院常务副院长娄玮一行。呼和浩特市委、市政府与故宫博物院签署战略合作协议后，故宫博物院调研团专程来访。

双方在历史文化遗产保护、展览陈列、文创产品研发、文博人才培养等方面进行了深入交流和探讨，并建立馆际文物交流合作机制，共同传承和弘扬中华优秀传统文化。

转眼进入5月，青城毫不意外地迅速升温。

随之升温的，还有文博展览。尤其是5·18国际博物馆日“熠熠生辉——故宫博物院典藏清代金银器展”的热度出乎意料，故宫博物院中极具代表性的108件金银器在呼和浩特博物院展出，成为众多游客关注的焦点。当日，呼和浩特市同时启动了2023年“博物知文脉，馆中见青城”主题活动，多位来自全国各地的专家、学者共话文博事业的未来。

这一天，呼和浩特博物院展厅内挤满了参观者。

“金胎珐琅以高纯度黄金为胎体，珐琅料附着力较差，烧造难度大，烧造量非常少，传世品更为罕见。画珐琅在清代宫廷是重要的创新工艺名品，备受康、雍、乾3位帝王的关注和钟爱……”

讲解员讲得声情并茂，参观者听得十分入神，看得更为仔细，从“垂范庙堂：礼器仪物”到“琳琅多彩：首饰妆佩”，再从“奢华精丽：日用陈设”到“庄严宝相：造像法器”，他们用心感受着古代匠人的智慧，探究清代的宫廷文化，同时感叹于古代工匠的精湛技艺。

“开展第一天，我也没想到白马博物馆（呼和浩特博物院）会爆满，一天就接待了8000多人，这是从未有过的。”武高明说，那一天，国际博物馆日主题活动主会场那边一结束，十点半左右，市领导陪同国家文物局的领导、嘉宾到白马博物馆来看故宫精品展，到了门口发现根本进不去，因为参观的队伍已经从门口排出去了2000米。

国际博物馆日的热度在持续，故宫文物展览的热度也在持续，平时不怎么受关注的呼和浩特文博场馆，人流量成倍增长。故宫文物与呼和浩特文物相映成辉，唤醒了很多人对中华文化以及呼和浩特历史的浓厚兴趣，许多本地市民扶老携幼而来，外地游客更是带着“一举两得”的心态，把馆里的文物看了个遍。他们并不知道，几个月后，呼和浩特打造“博物馆之城”的想法也在市委、市政府的顶层设计中成形。

“打造‘博物馆之城’并不是突发奇想，市里早有打算，也为提升城市的文化能级打好了腹稿。”武高明说，“为打造‘博物馆之城’，市里下了不少功夫，其中包括抢抓机会举办大型活动，在全国树立城市文化形象。”

武高明所说的“抢抓机会”指的是2024年8月在呼和浩特举办的第十届中国博物馆及相关产品与技术博览会（以下简称“博博会”）。

博博会是由国家文物局指导、中国博物馆协会创办的展会，是中国乃至亚洲范围内规模最大、专业性最强、影响最广泛的大型国际性博物馆行业双年展会。前九届办会地点包括北京、上海、深圳、成都、厦门、郑州等城市。

“第十届的举办地应该是青岛，因为他们对接举办事宜的动作有些迟缓，被我们呼和浩特捷足先登了。”说着，武高明笑了，“我们有我们的独特性，不光是文物的独特性，事实证明，我们办会的能力也受到博博会参与者的认可。”

的确，丰富的会展内容、独特的办会创意、细致周到的服务都给了人们惊喜，也赢得了赞誉。往届博博会都是在类似会展中心这样的场馆中举办，这一届，呼和浩特把博博会搬到了敕勒川草原上，人们在天高地阔的大自然中感受博物馆文化，领略这座城市的魅力。

“很多文物界、文化界的大咖都没想到是这样一种形式，这一届博博会，呼和浩特的城市文化形象非常鲜明，引人注目。”武高明的自豪之情溢于言表，他说，举办这样高层次的大型活动不只是把人聚拢来就行了，它非常考验一座城市的接待能力，包括交通、餐饮、酒店等方方面面的服务。

“当时，中国博物馆协会预估的人流量是8万人次，因为其他城市办的时候都是6万人次左右。谁都没想到，最后统计的人流量竟然达到35万人次。很多人都说，呼和浩特给他们留下了深刻而难忘的印象。”

“博博会后，有媒体说博博会的影响是持久的，不仅带动了消费，城市的品位也得到了很大的提升。你觉得这是为什么？”

“来参加博博会的人中有很多都是在文博界发声的人，是这个领域的权威专家，还有很多网红博物馆的馆长，他们都带着不容小觑的文化能量，他们的背后也有一支宣传团队，所以这次博博会在网络上的热度也是空前的。”武高明说着，拿出手机给我翻看博博会的热帖评论区，很多评论对呼和浩特充满友善和热情：

> 第一次在蓝天绿草间参与博博会，独特又新鲜。几天来，系列活动内容丰富、形式多样，在大自然的怀抱中探讨文博事业的发展，那种感觉实在太好了。

> “博博会”首次在边疆民族地区举办，增进了中华民族文化认

同，促进了各民族交往交流交融。

呼和浩特给我留下了深刻的印象，不光是它厚重的文化底蕴、草原音乐的魅力，还有展会服务的细致周到，以及呼和浩特人的真诚、热情，都感染了我。

与往届相比，本届“博博会”更突出时代性、地域性、大众性，能在家门口参加这么高端的文博展会，实在是没想到。

这样办“博博会”真是惊艳到我了，以往都是在会展场馆做活动，已经形成了一种模式，无论在哪个城市举办，内容都大同小异。在呼和浩特，我们感受到了塞外风情，感受到了天苍苍，野茫茫的辽阔，也感受到了城市的韵味。

夜幕降临，华灯初上。

呼和浩特夏季的夜晚是宜人的，白天的炎热被徐徐降临的夜色消解。街上如潮的人流都惬意地享受着这座城市清爽的夜色。

白马博物馆门前，鼓乐流韵，歌声悠扬，一场“夜赏故宫珍品，聆听国风古韵——博物馆之夜音乐会”，让珍贵文物展品在夜晚“亮起来”。

在京胡演奏的《夜深沉》的旋律中走进博物馆，走近故宫的文物，来自呼伦贝尔的刘晓彤有一种行走在时光隧道中的不真实感。

日用陈设单元的大婚主题吸引了她的目光，尤其对银镀金囍字蜡扦兴趣浓厚，那蜡扦的擎杆部分以大小两个镂空“囍”字与元宝形蜡泪承盘相间组合而成，还点缀蝙蝠、团“寿”等图案。讲解员说这对蜡扦应该是同治皇帝大婚时采办的。听说是“御用”之物，她又仔细地看了看。

“这个蜡扦太精巧了，晓芸。”她拉着陪她看展的同学陈晓芸，激动地说，“哎，我内心一直对办一次中式婚礼有执念，你不觉得传统的中式婚礼更有那种‘执子之手，与子偕老’的韵味吗？”

陈晓芸说：“我也觉得中式婚礼更庄重，更有仪式感，就是那种托付终身的感觉。”

“可不是嘛。没想到我来呼和浩特出趟差还能遇到故宫文物展，到北京也不一定能看上。”说着，刘晓彤笑起来，“哎，你说咱们上大学那会儿，这个地方还是内蒙古博物馆，我来过一次，真是不知道还有呼和浩特博物馆。”

“别看我是本地人，我也不太了解。以后得多关注一下了，尤其是看了‘文明足迹——呼和浩特历史文物专题展’，感觉很震撼。原来呼和浩特的历史这么厚重。出土的彩陶，那色彩、形状，难以想象，那时候居然就能烧出那么好的陶器，既实用又美观。”

“你看，你也不知道自己家门口还有那么多珍贵的文物吧？”刘晓彤不依不饶，“熟悉的地方没有风景，说的就是你。”

“印象中，那些年呼和浩特没有多少场馆开放。记得有一次我路过将军衙署，看到门开着，特别好奇地走进去。有一个经营古玩玉器店的人孤零零地坐在一个小矮凳上，其他地方都遮挡着，不让随便走，我尴尬地在里面转了一下就出来了。”

“那些年呼和浩特的文物场馆寂寂无声。你看看现在，手机上一搜，能搜出二三十个大大小小的博物馆，说明市里重视了，人们的认识也提高了。所以，今天咱们逛得特别值。”

她们走出博物馆的时候，音乐会还在继续。

漫步街头，欣赏着这座城市流光溢彩的夜色，听着飘在风中的古韵之音，再回望呼和浩特博物院，在街灯的映照下，这座建于1957年的标志性建筑，宛如一座巨大的时光容器，盛放着青城的记忆与梦想。而那些来来往往的身影，正是这座城市最生动的注脚。他们带着各自的故事走进这里，记住那些文物传递的关于这座城市的信息，记住夏夜凉爽的风中悠长的乐音，记住博物馆之夜的美好，将这座城市的温度传递到更远的地方。

“我们总说要让博物馆成为城市文化‘会客厅’，那就得先让游客进得来，要把好东西拿出来让人们欣赏，让人们可以近距离地感知历史文化。”武高明说。

2023年8月，呼和浩特博物院率先打破周一闭馆惯例，9月又推出错峰闭馆模式，小小的改进收获了诸多好评，“打卡”博物馆的观众日益增多。

“还有就是要让每一个走进博物馆的人都有一种‘宾至如归’的感觉。这就需要把‘博物馆+’做得细致、全面、方便，而且有温度。当然，我们也开发了很多文创产品，让参观者，尤其是远道而来的朋友，把博物馆给他们留下的美好印象带回家。”

2024年5月18日，又是一年国际博物馆日，在呼和浩特昭君博物院举办的主题活动开幕式上传来喜讯：呼和浩特博物院（内蒙古自治区将军衙署博物院、呼和浩特市文物保护与考古研究中心）、伊利草原乳文化博物馆、内蒙古自然博物馆获评国家一级博物馆。同时，呼和浩特博物院成功加入了国际博物馆协会。

“国家一级博物馆，就像国家5A级旅游景区一样。5A级旅游景区体现的是旅游业的风向标，一级博物馆体现的是一个地区的文化含量。体现一个地方的品位还得靠文化，呼和浩特现在已经有4家国家一级博物馆了，我们要把6个馆全部打造成一级，为持续推动‘博物馆之城’建设助力。”武高明说。

历史文化是城市的魂，是由这座城市的人一代一代在生活实践中形成的，需要被记忆，也需要被再创造和不断传承。

根据第三次全国文物普查数据，呼和浩特现存不可移动文物点1534处，全国重点文物保护单位21处，现有各级各类备案博物馆31家。目前，呼和浩特成立了博物馆联盟，有16家博物馆开门迎客，成为讲好呼和浩特故事，延续历史文脉，坚定文化自信，凝聚文化力量，促进各地区文明交流互鉴的重要平台和载体。

加强合作、优势互补，搭建起开放交流的平台；探索提升首府各类博物馆公共文化服务水平的途径；不断提升博物馆展陈质量，推动博物馆晋位升级；积极加入中国博物馆协会，开拓视野，加强文化交流互鉴……呼和浩特博物院正在一步一个脚印地向前迈进。

对于退休，武高明没有特别的感受，他认为这是自然而然的事。“退休只是岗位工作结束了，但是热爱不会结束。”他所说的热爱，指的是他从事了大半辈子的昭君文化研究。

告别武高明，他的身影很快融入城市的人流之中，他送我的几本厚厚的昭君文化研究类图书沉甸甸地压着手，这是他几十年的心血结晶，有此成果全凭文物工作者的情怀和满腔热爱。

2024年末，呼和浩特博物院新上任的院长丁健宏接受媒体采访时，介绍了2025年的工作：

举办“钟鸣盛世——紫禁城和承德避暑山庄藏钟表联展”；

参与2025年故宫百年系列文博活动；

打造大窑遗址出土文物特展等精品展；

办好全国“博物馆之城”建设发展交流会暨文创大集活动；

……

多项重大的文博活动即将在呼和浩特掀起文博热潮，再次吸引全国游客和热爱历史文化的人的目光。

从承载着厚重历史文化、讲述青城故事的呼和浩特博物馆，到展现民族风情与传统技艺的各类专题博物馆，呼和浩特“博物馆联盟”已经形成了呼和浩特地区从古至今的完整脉络，它们如同一部生动的史书巨著，静静地等待着人们去翻阅。

内蒙古晨报晨网记者臧嗣业在《呼和浩特：深挖北疆文化品牌，全力打造“博物馆之城”，让城市名片更闪耀》的报道中写道：“从呼和浩特博物馆的研教结合，到和硕恪靖公主府博物馆的文物赋能，再到昭君博物院的‘数字’出塞之旅。走进青城的博物馆集群，让历史不再尘封于展柜——大窑石器、战国铜饰、北魏驼铃、清代砖雕跨越时空对话，共同书写着一座城市的文化自信。此时，呼和浩特正以‘六个行动’为纲，让博物馆成为北疆文化品牌的‘超链接’，让这座城市名片更加闪耀。”

探寻城市文脉

十月，虽然已经进入深秋，但青城尚无萧瑟之意。

金黄的叶子从街边的树上落下来的时候，时而翩然飘飞，时而成群结队，那姿态仿佛赶赴一场邀约，从从容容地飞起、落下。

牛笛走出内蒙古广播电视台大楼，眼睛追着街道两边的落叶，思绪起伏：这大概就是一种成熟的姿态吧，既有对凋零的接纳之美，也有直面未来的从容之美。正像这座城市，包容一切，却始终保持着盎然之气和宁静之美。

她的此番感慨是刚刚启动的大型融媒体文博综艺节目《北疆文化·青城文脉》开播仪式的余波。

近年来，呼和浩特市下大力气挖掘历史文化内涵，梳理城市文脉，进一步提升历史文化名城的内涵，对呼和浩特城市文化形象的塑造颇有成效。其中不能不提到呼和浩特市委、市政府和内蒙古广播电视台携手打造的一档大型文博类综艺节目——《北疆文化·青城文脉》。

用文物演绎共同的家，用文明照鉴未来的路。

大家好，这里是大型融媒体文博综艺节目《北疆文化·青城文脉》。

千年流金的时光，与今世的繁华对话，赓续青城文脉的辉煌。

让我们跟随这档节目，开启神奇的时空穿越之旅。

此刻，您即将翻开的时光画卷，追溯到50万年前。在没有文字记录的时代，呼和浩特地区是什么人居住，我们的家乡又是什么模样？

当主持人一楠说完开场词，镜头推向远古洪荒时代，一颗火种点燃了文明之光。

一群远古人类围着篝火狂欢，他们在大窑遗址留下生活的印记……

这一幕展开的时候，作为这档文博综艺节目的总导演，牛笛双眼无来由得热了。

昨夜，牛笛毫不意外地失眠了。她的脑海里像电影一般浮现出很多画面，从节目策划案的一遍又一遍修改、成型，到脚本设计、拍摄，从现场录制到一帧一帧地剪辑，她从来没有像这半年这样感觉煎熬又莫名的亢奋。

初次听说要做一档关于“青城文脉”的节目，这位土生土长的呼和浩特姑娘异常兴奋：“早就应该有一个好好梳理城市文脉的节目了。”她说，接到这个工作任务的时候，她的心怦怦直跳。

“我好像一直在等这样一个时刻。”

然而，文脉的故事又该从哪里讲起？8集480分钟的体量该怎样做才能既有文化含量又老少皆宜？那些日子，无数个念头、想法不停地在她的脑海中打转。

庞杂无序的巨量信息汇聚而来，要筛选出真正有用的信息，有相当大的难度。各集的执行导演抽丝剥茧，反复研讨，反复向专业人士请教，每形成一集的思路就请专家审定，然后不断修改、调整……这个过程，让每一个团队成员都上了一堂扎扎实实的历史考证课。

开完创作会，厚厚的节目策划案抓在手里，牛笛的心沉静了下来，制片人王虎臣、策划田光宇的心也跟着沉静了下来。之前所有的困惑、焦虑、茫然都烟消云散了。

翻看主创人员的手记，就很容易理解这个团队为什么有勇气直面节目的难度，敢于深入青城纷繁复杂的历史资料以及大量的文物遗存中，去寻找文化脉络，并大胆探索以电视、舞台等艺术创新手段将这些内容呈现给广大观众和网民。

郝思维：

在创作过程中我们发现，这一历史时期虽然遥远，但有很多今天看上去特别亲切和熟悉的场景，比如50万年前，大窑人和北京人是兄弟；比如“文青”最爱的陶器，类似今天的暖水瓶；再比如晋文公重耳和咱是老乡；4000年前的后城咀石城能打地道战……这些“巧合”也给了我们很多设计和想象的空间，我们希望通过这样的对比，完成时空跨越，让人们在今天的文化生活中能够回望古老的文化价值。而这一切，都起源于呼和浩特。

珠　娜：

当我第一次来到和林格尔县盛乐博物馆，走进东汉壁画古墓展示区的时候，壁画里生动的形象和上千年的时空跨度交错产生的时空反差感尤为强烈。一幅幅壁画观看下来，仿佛墓主人现身向我介绍他的生活。壁画中他的生活是快乐的、富足的，他吃的食物、养的牲畜、耍的杂技看着熟悉又亲切，纪连海老师在访谈中所说的“墓主人吃着红柳烤串，吃着烤鱼，一看就是‘吃货’”，评价得好像是一位邻居大爷而非一位千百年前的封疆大吏。

王秋月：

很荣幸有机会探寻呼和浩特400多年来的历史，领略这座古城的辉煌与变迁，看看我生活的城市最初的模样。

行走在呼和浩特市大大小小的博物馆内，可以穿越时空与历史对话。在归化城老街区展示馆里，复原了一百年前呼和浩特的样子，逼真的街景沙盘会让你惊叹，也会给你一种错觉，仿佛看到了阿勒坦汗和三娘子在这里建功立业的场景，也仿佛见证了康熙大帝来到归化城留下的“御马刨泉”的美丽传说。

刘　慧：

北魏时期在呼和浩特市大学路出土的舞乐陶俑共有8个，就像我们现在的手办，把这几个陶俑放在一起就好像古人在开演唱会，当这个念头在我的脑海中闪过时，内心一阵狂喜，这也就有了纪录片《舞乐陶俑》用演唱会开场的一幕。我们再通过数字动画手段复原陶俑手中的乐器，让文物活起来，这样一来不仅生动还原了当时的演奏场面，还让文物拥有更好的视觉表现张力，可看又好看。技术手段的赋能加持，文艺节目的跨界支持，产生了一个又一个意想不到的惊喜，此片终成。

整场节目既有专题片的娓娓道来，也有歌舞、情景表演等穿插其间，把抽象的历史场景用艺术手段还原，让观众在艺术之美中体味每一个朝代的生活韵味。还有《百家讲坛》讲师纪连海、魏新以及内蒙古文物专家的现场解读，从不同角度阐释城市的历史脉络，让观众看完60分钟的节目却完全感觉不到时间的流逝。

魏　新

大窑文化遗址特别可贵的一个地方，这50万年中，人类的每一点进步，在大窑这里都留下了痕迹。

纪连海

中国的文化是满天星斗、多元一体的，它们之间不断交流融合，才有了后来浩浩荡荡、波澜壮阔的5000年中华文明史。

魏　新

也可以说，在中华文明的满天星斗中，大窑遗址与北京周口店遗址是明亮璀璨的“双子星”。

“第一次在现场听魏新老师说出‘中华文明的满天星斗中，大窑遗址与北京周口店遗址是明亮璀璨的双子星’这句话，我特别震撼，也特别感动。这个高度是我从来没想到的。”田光宇在讲到现场录制时的很多细节和感受时，非常动情。

在一旁的牛笛马上说：“就是，当时我也震惊了。说实话，我有点儿惭愧，呼和浩特有这么厚重的历史，我一个呼市人竟然知道得那么少。”

“整个节目创作过程中最难熬的是什么？”

“没有最难熬，只有更难熬。”田光宇说完，一屋子主创人员都被她的这一句“大实话”逗笑了。

牛笛见我有些不解，很严肃地说：“因为在整个过程中，有太多的突破性尝试，‘突破’就会有很大的不确定性。所以，整个创作过程充满了自我否定和自我怀疑，这个过程是非常煎熬的。”

“对，我们每个人的心里都相当清楚，不到结果出来那一刻，谁也不知道这些坚持和努力会不会付之东流。”田光宇说，“大家都有点儿‘着魔’了，尤其是牛导，一会儿提出一个新想法，一会儿又被自己否决了。”

在探讨和论证中，在推翻与重建中，在文物专家、历史学家的支持下，8集系列片的主题逐渐明朗，构架逐渐清晰，血肉逐渐丰满，形式逐渐生动。牛笛冲在场的人双手合十以示歉意，继续说：“到这个时候，我才好像打通了所有的经脉，每一集的画面逐渐在大脑里形成，仿佛延续了最初看到文案时的状态——一个画面接着一个画面，一个节目接着一个节目，一集接着一集……在脑海中清晰地呈现。这个感觉，很上头。所以，我们经历过的磨难和辛劳都是值得的。”

终于开始录制了，终于完成了剪辑制作，终于通过了层层审核，终于让节目和观众见面了。

对呼和浩特这座城市有着深厚感情和深入研究的著名作家邓九刚，每一集都看得很认真。他接受媒体采访时说：“《北疆文化·青城文脉》与以往的综艺节目不同，这个节目以‘舞台演出+文博纪录片+访谈’的电视表达，以XR技术和3D动画制作等多种表现方式，力图营造时空穿越、古今对话、沉浸式体验的节目效果，很震撼，超乎我的想象。”

“尤其是情景剧中为演绎丰满的历史人物设计了很多内心独白，这种舞台戏剧的方式特别吸引人。著名文化学者、文博专家、学者从不同角度进行的深度解析，系统地讲述了青城文脉的孕育发展，非常可信，也非常生动。”

“这档节目的意义在于系统地对城市文脉进行了梳理，多年来出现的各种各样的说法，这一次得到了专家、学者的确认。其次，就是它的传播价值。它让更多的人了解了呼和浩特。”

“一档节目这么大体量，很不容易。从准备到最后播出，前前后后得有一年多吧，仅专家把关就不知道进行多少轮了。”

田光宇听了邓九刚最后那几句话，仿佛遇到了知音一般：“邓老师说到点子上了，这档节目，8支创作团队分头行动，光文稿就起草了不下10稿，其他的环节枝枝杈杈多到大家都恨不能多长出几条腿、几只手来，每个人最后都磨成了文博迷、历史迷，这个过程真是锻炼人呢！”

“何止锻炼，简直是锤炼！”牛笛把“锤”说得格外重，好像有什么东西真的要随着她的话锤下来，“现在回想起来，真不知道我们到底是怎么熬过去的。整个过程，每一处走过的弯路，甚至是出现的差错，只要是被扳过来、修正过来后，都会感慨一番：又长知识了。”

上网搜了一下有关《北疆文化·青城文脉》的评论，除了大量网友评论，还有很多文化学者、专家在点评这档节目。

呼和浩特本土历史文化研习人　张景植：

20世纪80年代，呼和浩特就入选了第二批国家历史文化名城。我认为，呼和浩特之前在文化宣传方面不是很好。这次《北疆文化·青城文脉》节目采用大型文博综艺的方式呈现，让人眼前一亮。它不同于以往的节目，用了很多手法去展示本土文化的亮点。看过之后，就两个字——过瘾。这个节目体现了现在呼和浩特对文旅宣传的重视，以这样的大手笔展示我们的文化自信。作为呼和浩特人，我感到很自豪。

内蒙古文艺评论家、剧作家　李悦：

《北疆文化·青城文脉》节目以时间线贯通历史，从文物古迹回望变迁，是宣传北疆文化的好方式。这个节目具有权威性，能把呼和浩特的文化品牌传播出去。

内蒙古大学文学与新闻传播学院教授　许晋：

《北疆文化·青城文脉》对呼和浩特地区文化源流、文物故事做深层次挖掘、解读，对青城的历史文化做了一个纵向的梳理，展现了北疆文化独特的魅力，让北疆的文物活了起来，让文物蕴含的思想观念、人文精神、价值观念、道德规范得以传播，起到了以文物滋润人心的重要作用。

呼和浩特博物院副院长　董萨日娜：

我一直从事考古方面的研究，所以观看节目后感觉很震撼。它以极强的画面感展示了我们博物馆的文物，这些观感在平面视角下是见不到的，特别有视觉冲击力。可能是因为和我的工作有关吧，我不但反复观看，而且做了笔记。我觉得节目中的一些表现手法对今后做好博物馆的工作很有启发。

昭君博物院副院长　包苏拉嘎：

第三集《昭君出塞》给我留下了深刻的印象，也让大家客观地了解到昭君出塞不仅仅是和亲，而且对于构建中华民族共有精神家园也有着重要的现实意义。这个节目把北疆文化融入一个个故事中，以铸牢中华民族共同体意识为主线，深入挖掘呼和浩特的历史文化内涵和时代价值，让文物活起来，把各族人民团结奋进、共同开发建设这方热土的城市形象树立起来。

复旦大学中国研究院副研究员 陈康令：

《北疆文化·青城文脉》第四集为我们展现了一段激动人心的双向互动历史，讲述了各民族交往交流交融的难忘故事。在中华民族绵长厚重的历史画卷中，拓跋鲜卑演绎了一部关于民族融合的壮丽史诗，为中华民族多民族融合和多元文化交流发展作出了重要贡献。我们要保护好、传承好体现大一统、大交融、大团结的各类文物古迹，在坚定文化自信中铸牢中华民族共同体意识。

中国社会科学院古代史研究所元史研究室主任 乌云高娃：

《北疆文化·青城文脉》始终致力于展现内蒙古地区北疆文化的特点，全面展现内蒙古地区“你中有我、我中有你”的民族交融局面，为铸牢中华民族共同体意识提供历史依据与当代启示。这个节目为观众打开一扇扇探索历史文化的大门，以润物细无声的文化魅力赢得了观众的好评。

复旦大学教授 葛剑雄：

在历史上，赵武灵王到了今天的河套一带就开始推广胡服骑射。赵武灵王的这一举措，很好地体现了农耕民族和游牧民族之间的文化融合。民族之间的融合要通过人际交往交流，创造共同的文化。千年白塔等建筑就是民族交流融合的产物，它们往往作为一种文化的载体，可以在相当长的一段时间里流传，并且通过其流传使这种文化更加永恒。

从历史的脉络中找到城市文化的根和魂，找到形成呼和浩特这座城市文脉的轨迹，这是呼和浩特市委、市政府策划这档节目的初衷，也是呼和浩特市“把城市形象立起来”、提升城市文化能级的一次探索、创新。

城市的历史就像一棵根深叶茂的大树，那种历经风霜不改傲骨，不惧艰难力争上游，面对狂风巨浪仍从容、包容的城市品格，在四季更替中一点点成长、一点点凝聚。

呼和浩特在延续文脉中创新发展，在创新发展中延续文脉，让人既感受到城市深厚的文化底蕴，又能感受到城市的生机与活力。

老街新生

想要读懂呼和浩特市的历史和今天，老街是一个支点。

明万历三年（1575年），成吉思汗第十七世孙阿勒坦汗被封为顺义王，与夫人三娘子共同主持修建归化城。

1579年，阿勒坦汗召集各地能工巧匠，开始兴建大召寺。

仅用了一年，占地约3万平方米、建筑面积8000多平方米的大召寺拔地而起，成为明清时期内蒙古地区等级最高的藏传佛教寺庙。依据这样的建造速度和恢宏的规模也可推测，当时兴建这样一座寺院，必然动用了大量的劳动力。

为了让兴建大召寺的工匠们有栖身的地方，在大召寺西南侧，辟出一块东西走向的空地，命名为朋苏克街（今塞上老街）。随着人群的聚居，这里逐渐形成了一片市井之地。

朋苏克街后来改称通顺街，清代形成一条青砖灰瓦的街，民国时期开始兴盛，独具特色的蒙商文化、老城文化在此发轫，成为归化城的贸易中心。

不妨将当时的盛况想象成一段黑白影像。商贾络绎不绝地涌入这里，两旁矗立着起脊平房，青砖铺地，灰瓦覆顶，木制的门窗透露出古朴典雅的气息。车马店与草料铺并存，点心铺的香气似乎穿透了时光，估衣铺里旧衣翻飞，银匠坊与铜匠铺里叮当作响，各式商品琳琅满目。

提吼式商贩穿梭在熙熙攘攘的人群与车马之间，四下迂回折返，臂弯里搭着毛茸茸的老羊皮袄，头顶着待出售的帽子，手中提着各种小物件，一边行走，一边高声叫卖。街头巷尾，杂要摊点星罗棋布。艺人们身着彩衣，吆喝声此起彼伏，伴随着铿锵作响的锣鼓声，整个场面热闹非凡。

马市、驼市、牛市分区而立，旅蒙的商贾互市，买卖异常兴隆，草原上的牧民们与来自中原的商家讨价还价。砖茶、食盐、各式布匹、绫罗绸缎，都在这座城市汇集，然后再分销到四面八方。

……

400余载光阴荏苒，这条老街历经沧桑，无论是朋苏克街，还是通顺街，抑或如今的塞上老街，都已经在时代的洪流中沉淀为一段“活化石”般的记忆，也成为草原丝绸之路上不同国家、不同地域、不同民族间文化相互碰撞、交融的汇集地。

有人说，一座城市最真实的人间烟火，只有在老街才能寻得到。

老街，是历史的见证者，它镌刻着一座城市几代人的故事。虽然在老街发生过的动人故事都成了回忆，但这些回忆停在了旧屋舍的窗棂处，停在了高大的树干上，甚至青砖拼砌的墙缝里钻出的野草上，都带着几代人的体温。

老街，承载着人们对过往的怀念、对慢生活的向往、对地道风味的寻味。

按下历史快进键，指针飞速向前，时间定格在2024年的深秋。

一场“大地飞歌”高空威亚秀正在塞上老街上演。故事背景设定在遥远的2324年，彼时中华文明历经数千载演进，科技成就已至巅峰。3位杰出的科学家利用时空旅行的尖端科技，带着观众穿梭古今，共同探寻中华文化的璀璨与未来世界的无限可能。

这场以未来科幻为背景的奇幻之旅，让400年的老街和300年后的未知世界穿越时空相遇。

从高空威亚带来的惊心动魄，到地面杂技与舞蹈的密切配合，整场演出的视觉效果令人称赞，更以引人入胜的故事情节，将观众对塞上老街的认知推向了前所未有的高度。

从科幻表演回到现实中的老街，历史的厚重感扑面而来。

穿过人流，徜徉在略有弯曲的塞上老街上，雕砖兽脊、翘角宽檐，沿袭了明清时期的风格，让这条全长仅有几百米的老街看上去更加古朴幽深。

走进一家毛毡烙画店铺，秋风混合着蛋白质烧焦的味道，店铺里挂满了精美的烙画作品。手艺人老赵浑然忘我，正专心于他的烙画，一匹奔马已跃然其上。

铁器为笔，毛毡为纸，不施颜料，先用小烙笔在羊毛毡上勾勒出轮廓，再用其他型号的烙笔沿轮廓绘制出明暗深浅不一的纹理，浅淡的焦味从白棕相间的毡面飘出，几缕青烟散去，一幅作品成型。

画中虽是单一的黄褐色，却能勾勒出立体感极强的多彩世界，可以是昭君出塞前辞别的场景，也可以是猛虎下山的威严，还可以是蒙古族姑娘放牧时的茫茫草原和朵朵白云……

这种传统手艺，经过一代一代的传承，已由粗犷变得越来越精巧，一代又一代烙画师不竭的想象力和不断精深的艺术表现力将烙画艺术推到了一个新的高度。

如今，毛毡烙画工艺从油灯烙发展为电烙甚至激光烙。随着工艺升级，老画新生，表现力更为丰富，毛毡烙画也已经成为家庭、酒店的装饰品，并走出国门。

同样坚守在塞上老街的，还有蒙古族金银器制作技艺非遗项目代表性传承人周君。我见到他时，他正在全神贯注地錾刻一把银壶。外面人来人往的喧闹似乎和他没有什么关系，他只专注于眼前的物件。挪动一下錾子，敲一锤，这个动作每天不知道要做多少遍。就这样，他一下一下地敲打着，合着时光的节拍，不急不躁地从陶醉于手工艺的少年敲打到头发花白。我站在那里看，看不出个门道，他那细致的手法、恰到好处的力道以及面对所制器物的沉浸感，却让我深为动容。是怎样的心境让他练就了如此专注力？他几近虔诚地倾心制作每一件银器。如今，大家好像都在求快、求新，唯恐跟不上时代的脚步，像这样一板一眼、慢工出细活的手艺人，他们以自己的作品及坚守，立于时代洪流之中。

手工打制金银器工序很复杂，包括设计、下料、延展、反复淬火、敲制银胎、对合、焊接、酸洗、灌胶、敲形、錾刻、打磨、压光等几十道工序，其中錾刻是重中之重。

这间不大的店铺里摆满了各种金银饰品和摆件，每一件都是他用几十把尺寸不同的錾子和锤子錾出的艺术品。

周君创作的一把茶壶，牢牢地锁住了我的目光。它上下两边各有6种纹样，代表一年12个月，壶身配上十二生肖，空白的部分点缀着民族吉祥图案，这只茶壶既将时间流转与传统生肖文化巧妙融合，又以吉祥图案作为过渡，让传统手工艺与民俗文化赋予器物以时间维度的叙事性。它不再仅仅是一个生活用具，而是一件承载了多民族文化融合的艺术品。

蒙古族金银器制作技艺历史悠久。在草原丝绸之路沿线，考古发现了许多遗迹和遗物，其中就包含了大量的金银器。这些金银器的造型、纹样和制作工艺都表现出历史上北方与中原交往交流交融的特征，而且这些金银器融入了中亚、西亚、南亚、欧洲等地区的文化艺术元素，印证了中华文明与世界各国文明交流互鉴的历史。

在塞上老街的深处，蒙和轩民俗馆成为游客探索塞外古韵、触摸历史文脉的必访之地。清中期孔雀蓝珐琅雕花女鞍、民国时期蒙古族贵族使用的鎏金雕花鞍……当游客驻足于一件件马具前，仿佛能听见驼铃穿越时空的声音。

蒙和轩的创始人王殿和16岁便进入索伦军马场当马倌，之后他成了一名骑兵。20世纪70年代初转业时即开始收藏马鞍，20世纪90年代正式进入收藏领域，开始系统收集蒙古族马鞍、马镫等马具。如今，蒙和轩已经从个人收藏转为公共文化空间，从最初的200多平方米的小店扩展为1500多平方米的蒙和轩民俗馆，形成以马具、蒙古族服饰、度量衡等为主类的收藏矩阵。

王殿和跟我讲起了一段收藏往事。大约20年前，他听说阿拉善盟某牧民家中藏有两辆明清时期的军用古车。作为收藏迷，他立即赶到阿拉善盟。“一辆是清代早期制造的运粮车，9瓦18辐的车轮布满铁钉，需要7匹马才能拉得动，承重量在2500公斤左右。另一辆是明代的军车，在古代战争中用于攻城。”王殿和回忆起古车的细节，忍不住赞叹：“这可是考古级别的军车！”王殿和耗时两天两夜将车转运到呼和浩特。如今，这两辆古车已经流转到了其他博物馆。

蒙和轩收藏过很多军事文物，除明清军车，还有元代复合弓、明代狼烟筒、清代箭囊和蒙古战刀等。王殿和收藏有200余副马鞍，蒙古族传统银器、皮雕酒具、桦树皮画，蒙古族服饰、靴子，以及各类秤杆、秤砣、斗、尺子等约1000件。

蒙和轩与全国民俗行业以及相关博物馆交流频繁，已经成为全国各地博物馆补充民俗展品的重要渠道，比如鄂尔多斯成吉思汗陵马鞍馆的马鞍展品全部来自蒙和轩民俗馆。

蒙和轩民俗馆中的一件件展品，似乎在提醒我们：放慢脚步，回顾历史，体会文明。

塞上老街的看点不止于此。在这片以塞上老街为核心的文化区块内，有3处A级旅游景区、4处全国重点文物保护单位、88处不可移动文物、4个非物质文化遗产传习基地、730余家文旅创意产业商户。

作为呼和浩特市唯一保存完好的明清一条街，塞上老街于2021年入选第一批国家级夜间文化和旅游消费集聚区名单。2022年，塞上老街入选首批国家级旅游休闲街区名单。

2024年国庆节假期，呼和浩特市共计接待国内游客365.82万人次，同比增长11.6%；实现国内游客总花费26.04亿元，同比增长10.06%。而塞上老街就是最热门的打卡地。夏季，这里平均每天人流量过万。

老街，见证了一座城市的发展。走进老街，就能了解一座城市藏在时光里的秘密。

走在塞上老街由长方形石砖铺就的路上，踏着那被岁月打磨得泛着青光的路面，踩上去的每一步都有岁月的回响。日影西斜，投在塞上老街青砖青瓦的建筑上，像镀上了一层金色。有的店铺已经亮起灯，仿佛和墙外的光影呼应着。

一阵欢笑声从不远处传来，4位年龄相仿的中年女子刚刚从旅拍店出来。她们妆容淡雅，衣服上的民族元素设计感十足，大气又亮丽，说说笑笑徜徉在老街上，摄影师跟在她们身后，边走边拍，记录她们的欢声笑语，这样的跟拍也成为塞上老街上的生动景象。

几位女士中最爱说笑的华静说，她来自乌兰察布市，她指着后面的文弱的女子和打扮时髦的女子说："王春梅是从呼伦贝尔来的，旁边的贺晶是河北霸州的。我们都是从小玩到大的闺蜜，相约来呼和浩特看望娜木罕。"说着，她拍了拍身边年龄最大的女子。她们都曾来过呼和浩特，但今天是4个人近10年来第一次聚齐。"我们一定得拍照留念，尤其是拍一张我们之前来呼和浩特的时候分别留过影的塞上老街。"她们打开手机相册，让我看在新华广场、呼和浩特博物馆、火车站、大召寺等地方拍过的老照片。"呼市变化太大了，你看那年我们在这一片儿拍的照片。”说话细声细气的王春梅说，那张在大召寺门前拍的照片，3个人的脸上笑容灿烂。贺晶指着照片大声说：“哎，这张照片你们是什么时候拍的，为什么没有我？这不可以！”她回头对摄影师说，“你能不能给我修一张有我的照片？”小伙子笑着答道：“修啥呀，咱们过去照一张不就全了。”几个人说笑着一起往大召寺门前走，想赶上太阳落山前的最后一抹霞光。

在塞上老街，到处可见身着汉服或民族服饰的游客，她们走在熙来攘往的人流中，毫无违和感。她们用镜头定格美好瞬间的同时，靓丽的身影也成为街景的一部分。

塞上老街有几百家商户，一路走下来，我发现了上百家摄影店，可见街拍已成为炙手可热的新业态。几位女士的跟拍摄影师说，别看他们的店面不大，但是顾客不少，两三个摄影师忙不过来，有时候老板和化妆师也帮忙打灯、架机器，尤其到了夏季，每天都忙到很晚。“淡季能清闲些吧？”听王春梅这样问他，他笑了：“你是指冬天吧？你不知道，冬天下过雪后，大召红墙那边，还有这条老街，特别出片，更忙。”他把手机中的样片给她们看，俊男靓女身着汉服，外披毛领斗篷，走在白雪覆盖的大召红墙下，美不胜收。

这条承载着岁月痕迹的老街，正是以更加开放和包容的姿态，迎接着每一个寻梦而来的旅人，让这座城市成为炙手可热的网红打卡地。

迎合年轻人的喜好，既有商家的嗅觉，也有建设者的初衷。

将一条400年的老街“修旧如旧”，又能与时俱进，当然离不开传统建筑、文物古迹的保护性修缮，却又不拘泥于此。

完成这样的工程，非一日之功。

塞上老街进行过3次大规模修缮改造。2013年第一次大修围绕基础设施进行，2020年开始探索“文化+旅游+商业”的深度融合，对30万平方米的塞上老街区块进行了大规模的城市更新改造，多个景点连片成区。2023年，又对塞上老街西段地下管网等基础设施提升改造、路面硬化、街区绿化以及亮化进行了精细化改造。

每一次改造，建设部门都充分考虑了塞上老街承担着保留历史文化记忆的责任。在进行历史街区的活化更新以及新建设计时，没有按照建筑师的主观想法随意堆砌元素，而是在尊重历史、理解文化的前提下创作出符合历史文化记忆的作品。

老街最近一次更新，着重振兴当地传统文化，留存城市文化记忆。更新后的老街街区内集合了明清时期旅蒙商文化、红色文化、草原丝路茶叶文化、民族特色饮食文化等多种文化资源，特色鲜明，影响广泛，打造了一处市民休闲、旅游者打卡的主客共享的文旅空间，激发了年轻人的消费兴趣。

如今，塞上老街的建筑风格和商业业态既“古”又“潮”，成为呼和浩特市旅游休闲街区“四街八巷二十四院”的核心区域。丰富的日间及夜间消费赋予了塞上老街不同的韵味。

夜幕低垂，周边街巷里传出小吃的叫卖声、牛羊肉油脂滴入炭火的声音，烟火气十足。沉浸式歌舞剧《千秋昭君塞上情》和街景剧《万里茶道万里情》让老街显得更加复古文艺，而大观园剧场、大盛魁相声茶楼定期的精品演出也透露出怀旧的商业气息，一群群轮滑爱好者穿梭其间，留下一道道绚烂的青春光影。

这一晚，广场之上青城“草原音乐美食季”系列活动之一的明星演唱会正式拉开序幕。

夜风如水召城起，音乐美食一脉香。

美好的夏日夜晚，在青城“草原音乐美食季”上，不仅可以听草原音乐，还可以尝草原美食、购草原好货，享受草原文化盛宴，体验内蒙古风情，全面感受内蒙古各盟市丰富多元的文化旅游资源。

今夜，这里注定是一个浪漫激情之夜，让我们共同在内蒙古的音乐盛宴中开启草原音乐美食季之旅，让城市留住美好的记忆，让人们记住那萦绕内心却从不曾淡忘的乡愁。

主持人的话音刚落，悠扬的歌声便回荡在夜空之中，牵引着很多人的脚步向灯光璀璨的舞台方向聚集。

“我得去听演唱会，你们不知道，刚到河北定居，做生意最难的时候，我常常靠听内蒙古的歌‘鼓劲儿’。”这边的热闹吸引了贺晶，她边向舞台方向走边说，“哎，你们别不信，那种在异乡打拼，举目无亲的感觉可凄凉了。有时候听着《天堂》《美丽的草原我的家》，就好像得到了安慰。”

越接近演唱会区域，人群行进得越缓慢。挤在人群中，她们才发现，在通向舞台的途中，一个几十人的方阵正在热舞，节奏明快，舞姿飒爽，吸引了很多前行的人驻足围观、拍照，有的人被他们的广场舞感染，也下场跟着跳了起来。要奔赴明星演唱会的人群，不得不从方阵边缘的人群里穿过去。

“前面有演唱会，难道这里不需要清场吗？”华静有些纳闷。

我问“草原音乐美食季”的组织者陈实，他笑着说：“一边是明星们演唱，一边是群众热舞，这不就是‘各美其美，美美与共’嘛。这才体现了呼和浩特是一座包容的城市。”他向南指了指，继续说道，“如果再向那边拐一个小弯，还能看到有年轻人弹着吉他唱民谣，还有乐队演出，旁边那条小巷里是热气腾腾的小吃……”所有的元素共同烘托着呼和浩特夏夜的迷人气氛。

是的，呼和浩特就是这样一座城市，她接纳所有的存在：你唱你的歌，我跳我的舞，商家叫卖着自家的商品，游客随性寻觅着自己感兴趣的娱乐活动和美食。人流熙熙攘攘，没有人觉得被打扰，也没有什么不妥和不便，他们开心地或结伴或独行，游走着，观赏着，随时可以在某一处感兴趣的地方驻足，也随时可以离开。他们享受着这座城市的夜生活，也享受着城市文化繁荣带来的惬意。

目前，塞上老街已经形成“1主2辅”3条街道和2个广场的整体结构，共有商户498户。街区年访客人数达600万人次，年总收入超过2500万元。

塞上老街的每一次更新迭代，既是对过往岁月的深情致敬，也是其拥抱现代、展现多元魅力的生动写照，是城市建设者绘就的一处别具特色、历史与现代交融的人文新景观。

从塞上老街踱步而出，向北行进，进入呼和浩特市的另一条老街——中山路。

这条同样承载着百年风雨的老街，风韵略有不同。如果说塞上老街是一位阅尽沧桑的旅人，那么中山路一带则更加蓬勃，富有朝气。

“百年中山路，青春步行街”是中山路上的巨幅广告。“百年”和“青春”恰是这条老街的前世和今生。

1949年前，呼和浩特市的旧城与新城仅仅相隔五里。之后，随着平绥铁路（即今京包铁路）的通车，一个新的居民区围绕火车站形成，城区逐渐呈现出“品”字形的独特风貌。而中山路，便在这历史的洪流中，悄然成为连接新城与旧城的枢纽。

彼时，中山路还是一条尘土飞扬的土路，两旁空旷。直到20世纪60年代，中山路的命运才迎来转折。北侧，一座4层高的联营商店拔地而起，成为当时呼市规模最大的商业地标，中山路商圈便是在这样的背景下初具雏形。紧接着，内蒙古供销合作总社大楼、工会大楼、呼市工人文化宫以及青城公园等相继在中山路两侧落成，为这条街道注入了新的活力。

2000年以后，中山路的繁华更是达到了前所未有的高度。民族商场、维多利百货、王府井等商业中心纷纷聚集于此，形成了呼和浩特首屈一指的大型商圈。在长达半个世纪的时间里，中山路始终是呼和浩特最繁华的地段，见证了这座城市的沧桑巨变和繁荣发展。

但随着万达广场、维多利摩尔城、长乐宫等新商圈的发展，中山路作为一条百年老街，需要担负城市发展的新使命。

对于呼和浩特的城市建设者来说，改善商圈的风貌，首先要围绕消费者的购物体验展开。

2023年年初，政府规划建设部门从打造特色和提升功能品质两个方面着手对中山西路商圈进行改造和提升，优化产业空间布局，推动商、旅、文、体融合发展。

转角巷，就是在这样的背景下诞生的。

转角巷位于中山西路核心商圈，紧邻维多利商厦、维多利购物中心、振华广场，因形状迂回转角呈“人”字形而得名转角巷。

转角，恰恰因为需要“转角”，不能一眼知其全貌，而给人以遐想。当然，它的诱惑力，不止于名称的隐喻，还有那里的“时尚范儿”。

这条步行街是由色彩斑斓、错落有致的新型集装箱巧妙组装构筑而成的，长达240米，占地面积约5000平方米。它融合了特色建筑设计、前沿潮流购物、特色美食、趣味游乐项目以及多样化网红拍照点，是一个集全业态、多功能、多元化客群、全年龄段、24小时不打烊的新型潮流玩乐街区。

转角巷以创意社交空间为特色，一开街就成为呼和浩特新晋网红打卡地。

从转角巷一路向西3000米，是具有百年历史的宽巷子。这里是呼和浩特的美食聚集地，有首府几代人记忆深处的味道，弥漫着市井街巷的烟火气。

如果说转角巷是致青春，那么宽巷子则更能代表呼市人的烟火生活。

这座城市最具特色的美食就藏于宽巷子，许多呼市人都能说出多种宽巷子的美食。

宽巷子始建于1572年，当年回族人来呼和浩特做生意聚居于此，1931年正式定名为宽巷子。

而今，宽巷子在城市更新中迎来了蜕变。2023年升级后的“老街巷”变成了“新地标”，成为人们领略城市魅力的一扇窗，也成为慰藉游子乡愁的去处。毕竟人的肠胃是有记忆的。从南京回乡探亲的何玉兰说，她在这条巷子里找到了童年的美味。从考上南京大学到落户南京，她的生活轨迹发生了变化，多少年过去了，她一直念念不忘家乡的美食，回来的这几天，每吃到一种美食都忍不住感叹一句：“对，就是这个味道！太迷人了。”这两天，她带孩子出去游玩，最后一站一定是宽巷子，总要换着样地买点儿什么。“没有比这种感觉更幸福的了，在宽巷子，我能从这头吃到那头。”说完她朗声笑了起来，指了指手里大包小包的食品，说是给南京的朋友带的。

那一天，我在微信朋友圈看到何玉兰晒出了宽巷子美食的九宫格，配着这样的句子：

悠长的古巷
错落着百年的乡愁滋味
一座城市的回忆，款款弥散
走在这里，每一步
都能暖世间游子的心

对于初到呼和浩特的旅游者来说，宽巷子无疑是一个理想的起点。一条街的烟火气，仿佛城市的呼吸，既是人生滋味，也是世间繁华。

在“逛吃”的同时，游客还能欣赏街边亮丽的景色，许多带有国潮元素的墙体涂鸦引得游客纷纷驻足。

街道两旁，古建筑巍然屹立，其中拥有600年历史的清真寺，也是多元文化交融的见证。

这样的变化，给老呼市人带来了更多的文化自信。这份自信，让越来越多的呼市人愿意将自己的家乡推介出去。

有人给来青城旅游的网友发老街巷攻略时说，呼和浩特在城市变迁中留存下来的小巷最能说明这座城市的发展，也最能体现城市发展中留存城市记忆的用心。呼和浩特的历史文化街区，不仅保留了丰富的文化资源和生活风情，而且充满了时代气息和文化创意。

亚里士多德曾经说："人们来到城市，是为了生活；人们居住在城市，是为了生活得更好。"

城市，作为人类发明的群居生活形态，自诞生之日起，便不断地求索、论证它最理想的模样。上海文化研究中心副主任在谈城市文化IP的文章中表示："在全球文化不断碰撞和融合的趋势下，保护地域文化的独特性与多元性，培育在地文化的归属感尤为重要。城市文化IP联结了地缘、自然、人文等多重要素，并赋予城市空间以文化的属性与价值。打造个性鲜明、地域特色浓郁的IP，以及层次结构合理的IP矩阵，就能实现资源与客流的汇集，形成具有强大吸引力的文旅服务供给。"

呼和浩特的建设者，为了让市民生活得更好，为了更好地打造城市文化IP，让每一条老街都焕发青春活力。

青城蝶变 第二章

一座城市的浪漫

扫码解锁

北方的春天来得迟一些，花开得也迟一些，但是，呼和浩特人的春心萌动从来都不迟。只要一有花萌芽，你就会在微信朋友圈看到消息，花开仿佛号令，浪漫的春天花事，谁也不舍得错过。

呼和浩特的气温渐渐回升，这个时候如果在大学东街、丝绸之路大道、鄂尔多斯大街、新华大街等街上看到由许多人组成的跑步队伍，也不必讶异。那一定是“一路生花”赏春欢乐跑活动正在进行，他们踏着春天的脚步，闻着春天的花香，在每一条街上欣赏春色，并热情似火地传递春天的消息。

桃花、杏花、迎春花比赛似的开遍呼和浩特的城乡，文旅活动便比那些摇曳在春风中的花开得更热烈、更繁盛。回民区乌素图村、和林格尔县台格斗村争相亮出漫山的杏花，新城区丁香节紧随花期馥郁芬芳，还有和林格尔县芍药节、托县薰衣草节、蒙草赏花生态研学等20余项活动，一一亮相，吸引着全国各地的游客。

这还不算，趁着赏花季的热度，呼和浩特市大张旗鼓地亮出“全季”主题品牌节庆活动的招牌——“亮丽敕勒川·精彩黄河湾”文化品牌系列活动，自然是先从“春赏花”开启大幕，接下来就会有“夏避暑”“秋采摘”“冬滑雪”的设计，完全不用担心错过哪一季或者哪一场，因为全年有500多场活动，每一场都有这座城市的独特巧思。

诗意的邀约发出，热情不言而喻：你来或不来，呼和浩特的四季，都活力满满地等着你！

春天的花事

四季从春起，做好花文章。

如果你想认识青城的春天，就先从丁香开始吧。

在呼和浩特见一株丁香，实在是件容易的事。若要从丁香花里读出一段关于这座城市的故事，将军衙署是一定要去的，那4株180多岁的丁香，可以说是呼和浩特丁香中的极品。

将军衙署在呼和浩特的闹市之中，东南角的入口正对着十字路口。但只要进入院门，所有的喧闹都被隔绝了，仿佛进入了另一个空间，回廊、厅堂、偏房、后花园，都安静地承载着历史的厚重。

偶有身穿古风霓裳的年轻人翩然而过，他们的一颦一笑，在这院落里毫无违和感。这一番景象，是“古风穿越聚衙署　文明春游赏丁香”活动的余韵。

这时节，在将军衙署遇到各种各样的活动，也是自然而然的事。也正是这个5月，我巧遇了一场丁香诗会。

180多岁的丁香树枝叶婆娑，垂着一串串小而精巧的淡紫色花朵。

树下，古琴流韵，马头琴悠扬，在丁香幽幽的气氛中，青城热爱诗歌的人相约而来。

含苞朱紫贵胄身，零落青城不争春。
无言香满乾坤日，塞北雨夜凝心神。

一位白衣青年于丁香间流连，在古琴的伴奏下轻轻吟哦，仿佛在对满树丁香花说着心事——丁香诗会的帷幕，就这样轻轻拉开了，很多游客停下了脚步。

撑着油纸伞，独自
彷徨在悠长，悠长
又寂寥的雨巷，
我希望逢着
一个丁香一样的
结着愁怨的姑娘。
她是有
丁香一样的颜色，
丁香一样的芬芳，
丁香一样的忧愁，
……

一袭灰白色长衫的朗诵艺术家刘小宁手持书卷，漫步丁香树下，读着戴望舒的这首《雨巷》，身旁有身穿旗袍的玲珑女子撑着一把油纸伞翩然起舞。

接下来，本土诗人一个一个地朗读着自己的诗，抒发对生活的思考和对这座城市的情感。

著名作家邓九刚讲起了呼和浩特的历史故事，他主讲的《我的故乡我的城》系列短视频已经被人们熟知。

“相传，清道光十八年，棍楚克策楞出任第四十八任绥远城将军，偕夫人一起来到了呼和浩特。”

邓九刚讲的正是那4株闻名遐迩的丁香树。

“将军夫人体弱，在京城时总是无缘无故地犯恶心，看遍名医却不见好转。后来在一位老中医的指点下，在住所周围栽种了数棵丁香树，夫人的病才渐渐好转。”

“来到呼和浩特，夫人的旧疾又犯了，可是塞外苦寒，满眼风沙，去哪儿找丁香树呢？夫人只能忍着、拖着，将军看在眼里，忧在心中，却又无计可施。”

“棍楚克策楞将军在一次歼灭劫匪的战斗中立下战功，皇帝龙颜大悦，要给他加官进爵。将军念及妻子的病情，于是向皇帝上书，说他不要高官厚禄的封赏，只想请皇帝赐他御花园中的丁香移栽到呼和浩特。”

“皇帝允准了，丁香树便从颐和园中移栽到将军衙署。将军夫人的病也渐渐好转了。”

“棍楚克策楞任过绥远城将军、黑龙江将军，半生金戈铁马，戍守边疆，谁也没想到他却用赫赫战功换来4棵丁香树，所以说，这丁香是有情义的丁香。”

听到这儿，很多人都不由自主地望着眼前的丁香树。那枝头的花朵里，那扑鼻的芬芳里，有着一个将军对妻子的爱，热烈而深沉，浓郁而醇厚。

“这个故事一定是真的。那些枝条、花朵，还有暴露于地面、深藏于地下的树根，现在看起来都不一样了。”刘小宁说，“真不知道，这远道而来的树是怎么忍受春天的风沙、熬过冬天的苦寒活下来的，而且活了这么多年。”

“是啊，它们听着这座城市早年的驼铃声，看着这座城市风云变幻，闻着这座城市奶茶和烧麦的香气，也体会着这座城市的人来人往、喜怒哀乐……180多年，它们阅尽人间事，依然芬芳。”我接过刘小宁的话。他笑了：“你怎么抢了我的话？不过，这个故事充满温度，可以好好讲讲，还有这座古建筑中的学堂。”

“学堂？”我的好奇心顿起。

“对呀，将军衙署里办过学堂，也是这个地区第一所官办学堂。”

我想起浏览《北疆文化·青城文脉》时见过一个情景剧，好像和书院有关，马上翻出来给刘小宁看是不是他说的书院的故事。情景剧《书院育人才》中有这样一段讲述：

1739年，绥远城建成后不久，就在将军衙署内北面辟公廨15间，办起官学。1868年，定安任绥远城将军，开办长白书院。1877年，继任绥远城将军瑞联将“长白书院”改名“启秀书院”，奏明朝廷立案，托晚清江南书院诗人薛时雨为书院撰写一副对联：

盛世本同文，合左云右玉封疆，息马投戈，沙漠寖成邹鲁俗；
将军不好武，萃黑水白山俊彦，敦诗说礼，边关长此诵弦声。

长白书院的建成对当时绥远地区教育进步有较大的推动作用，不仅为绥远开化风气、储备人才作出贡献，同时书院定制、规范亦对此后书院发展有所助益。瑞联将军对兴教传道用心甚深，书院得以延续。清人张曜于《绥远城创建长白书院碑记》中言：从此八旗英俊，诵读怡怡，释甲胄而读书，化干戈为礼乐。书院前东西向街道始称书院街。

“书院前东西向街道始称书院街”，这一句话终于解开了我前日漫步书院西街时，心中萦绕的“这街上并无书院遗存，缘何有这么一个有书香气的名字”的疑惑。

我正想把这个发现和刘小宁分享，丁香诗会现场传出阵阵笑声和热烈的掌声，原来场上读了几首写丁香的唐诗宋词，引发了观众的共鸣，有几位观众争相读出自己知道的写丁香的诗。

一位相貌清秀的小伙子大声说：“我还知道李商隐的一首丁香诗。”主持人忙把话筒递到他面前，他琅琅地诵道：

楼上黄昏欲望休，玉梯横绝月中钩。
芭蕉不展丁香结，同向春风各自愁。

他的同伴，一位身着汉服的姑娘念了一首宋代李吕的《鹧鸪天》：

脸上残霞酒半消，晚妆匀罢却无聊。金泥帐小教谁共？银字笙寒懒更调。
人悄悄，漏迢迢，琐窗虚度可怜宵。一丛恨满丁香结，几度春深豆蔻梢。

她的声音细而柔，再加上汉服装扮，读起诗来韵味十足。

刘小宁站在一边使劲儿地鼓掌，兴奋地对我说：“这才是一次成功的活动，大家都被感染了。”

他说这句话的时候，声音很有穿透力，很多人都回头看他。

“这氛围真是太好了，这个诗会成了现场每一个人的诗会。”高校教师杨世斌感慨道，“呼市这几年的文化氛围越来越好了。”

痴迷朗诵艺术的吉利芳戏称自己是“朗诵发烧友”，她说：“就是因为氛围好了，才有越来越多的人开始追求精神的丰盈。我参加过一次公益朗诵进社区的活动，一下子就喜欢上了朗诵，一有公益活动我就报名，也慢慢找到了感觉，现在上瘾了。”她笑起来，一个劲儿地向引她入朗诵圈儿的杨世斌老师致谢。

爱好文学、喜欢朗诵的人走着走着就走到了一起。杨世斌和吉利芳是这样，左大宁、仇龙、胡春宇、巩晓锋、丁雄英、李霞、闫瑛娟、武文超……还有爱了大半辈子配音、朗诵的老艺术家马智聪也是这样。他们中有文化部门的干部、企业职工、教师、电台主播，经常自愿参与、组织公益阅读、朗诵活动，与呼和浩特市诗词学会等团体联手，走进校园、军营、社区，把诗歌的美和朗诵艺术的美传播到青城的各个角落。

说起近几年呼和浩特文化活动的丰富，大家都有共鸣，诗会结束了，他们还在热烈地讨论着，罗列着一些自己参加过的活动，比如中华民族传统节日的文化沙龙活动，“诗歌走进美术馆”“我们的节日”“阅读经典　品味书香”等活动。呼和浩特市文联、文化馆、图书馆、美术馆等文化单位和文化场所也时有书画摄影展览、文艺惠民演出等文化活动。

“记得2015年参加内蒙古妇联‘一起读书’公益文化活动‘一首诗的距离’专场朗诵会时，我们最担心的就是没有人参与，没想到那天会场爆满，可以说那场活动开创了朗诵活动的先河。”刘小宁说，“我们的担心也是有原因的，那些年一年见不到一场文化活动，不像现在每个月都有各种文化活动。除了官方组织的，我们这些文艺爱好者也在活跃青城的文化氛围。”

“不能低估民间的文化力量，那完全出于热爱。热爱是一种能量，也是一种动力。”一直静静听着大家议论的复转军人尹杰说，“比如我们一群文艺爱好者策划排演的音诗画舞台剧《我愿以身许国》，就是因为热爱，效果出乎意料地好，‘两弹一星’科学家们的故事打动了太多的人，也激励了很多人。”

向23位共和国“两弹一星”元勋致敬的《我愿以身许国》，演员班底多半是配音演员、朗诵艺术家、播音员、主持人和朗诵爱好者。公演之后引起热烈反响，内蒙古艺术剧院出资与牧马人音乐工作室合作，又共同对这台演出进行了艺术提升，将其打造成一台大型交响诗剧。如今，这部剧已成为一个演出品牌，不但在内蒙古多地巡演，还走进了清华大学校园。

“在清华大学的那场演出最为轰动，剧中的科学家大都是清华人，校园中留下过他们的足迹和奋斗的身影。”尹杰说，“我和马智聪老师演的那场邓稼先的故事，别看演了这么多场，到了关键剧情，我们还是会忍不住热泪盈眶。”

青年书法家左大宁是一个典型的文化人，他在呼和浩特市美术馆工作，经常在繁忙的工作之余参加大型公益朗诵活动。他说：“这座城市越来越有历史文化名城的范儿了。以前怎么能想到每年能在呼和浩特听到新年音乐会？而且是呼和浩特的爱乐乐团，呼市老百姓也能走进大剧院欣赏交响乐了。”

“看来咱们的文化公益之路还得继续走下去。”杨世斌说。

“那必须的啊，呼和浩特建设‘艺术之城’，我们必须贡献一份力量。”左大宁说。

来自广东的游客金浩贤听着几个人的聊天，忍不住加入进来：“哇，我太喜欢你们这里了，每个人都好有文化情怀。这两天还有什么文化活动，我可以去看一看吗？”

“马头琴小镇的音乐会，还有网红村恼包村也很热闹……你都可以去看看。哎，青城公园附近有一座美术馆，展出了很多作品，还有读书分享会。”刘小宁指着左大宁说，“喏，就是他们那里，雅致得很。”

左大宁问：“你是哪里人？第一次来呼和浩特吗？”

“我从广州来，我是在广州塔和呼和浩特一见钟情的。”

“广州塔和我们呼和浩特有什么关系？”左大宁有些纳闷。

“当然有啦，好几个城市电视台联制联播的特别报道《一朵花一座城》中就有呼和浩特。我在广州塔上看到‘呼和浩特：许你一季丁香倾城’，让我之前存在脑海中的对呼和浩特、对内蒙古大草原的向往，一下子变得特别迫切了。”金浩贤说，“丁香满城，浪漫满城，这不就是人们说的‘诗和远方’吗？”

“你来呼和浩特，没失望吧？”左大宁问。

“没来的时候就有人告诉我，现在不是到呼和浩特旅游最好的季节。可我觉得每个季节有每个季节的美，不过我还是没想到这里还真是满城的丁香，空气都是香的。我还去了昭君博物院，看了实景剧，很震撼。王昭君是古代四大美女之一，我觉得她的美应该不只是长得好看，还有大义之美，她是个了不起的女人。”金浩贤竖起大拇指，很认真地说。

刘小宁也冲他竖起大拇指：“没想到你对王昭君的理解这么深刻，我得给你点个赞。”

“我骑车游览敕勒川草原，还去参加了那个……那个什么春日骑行，名字我忘了。”

“一起追风，是不是丝绸之路大道那边的骑行活动？”吉利芳问。

“对对对，一起追风，辽阔的草原、宽阔的马路，还有雕塑园……感觉太好了，连呼吸都变得特别畅快了。”

“我家离敕勒川草原比较近，没事我也经常在附近骑行，那种感觉的确很好。”杨世斌说，“怎么说呢？放飞自我，撒欢儿了。”

“广州寸土寸金，想找个开阔的地方撒欢儿不容易。相比之下，呼和浩特开阔得有些奢侈，有那么多公园，好像每转过一个街角就有一个花园。”金浩贤一脸羡慕。

大家七嘴八舌地像《花为媒》里面的“报花名”一样，兴致勃勃地给他逐月报了一下青城四季的花：四月就去公主府公园看桃花，还有乌素图一带漫山遍野都是花；五月去将军衙署、丝绸之路大道文化公园赏丁香；六月可以去和林格尔县南山公园赏芍药；七月在青城公园和满都海公园观荷花，或者去武川县欣赏漫山遍野的油菜花，大黑河畔的马鞭草花海也美得不得了；八月去哈拉沁公园看格桑花；九月有向日葵；而进入十月，呼市街头到处可见各色菊花……“十一月到次年三月嘛，”左大宁笑了起来，“将近5个月的时间，一直能赏雪花，雪花的季节里还捎带在大黑河沿岸公园观赏雾凇……”话语间充满了自豪感。说得金浩贤也喜滋滋的，好像要一个月一个月地住下去似的。

“人家也待不了一年，先说这几天该看点儿啥吧。”胡春宇翻出手机微信中的一条文化活动预告，“这两天内蒙古文学馆有《草原》杂志和呼和浩特市诗词学会策划的‘世界诗歌日’大型诗会，展出很多内蒙古诗人的手稿，几个代际的诗人也会到现场谈诗，你可以去看看。”

“一定去，一定去。”他乐呵呵地挥手告别，和同伴们边走边拍照，还不忘向另一边的我们喊一嗓子，“嗨，我特别喜欢你们的马头琴，声音太迷人了。”

北疆大地上的文化活力

走进呼和浩特市歌舞剧院的排练厅，熟悉的旋律响起，曾在舞剧《昭君》中担任主演的张羽琪正在随着音乐起舞。

这是舞剧《如见》中的一个片段，她正在为一个动作的情绪反复推敲。

此刻，她已经不再是舞剧《昭君》中那个怀抱琵琶、披着红氅走在白雪苍茫大地上的昭君，她正以青春的舞姿演绎当代青年的形象。

在她看来，每一个人物都有各自的使命，无论是像王昭君这样的历史人物，还是《如见》中的现代人物，都是不可复制的。

“我参与了多部反映城市历史的艺术作品的创作，比如《青山烽火》《红山玉龙谣》等优秀剧目，我希望通过这样的艺术表达，让北疆文化有形有神、生动感人。”张羽琪说，艺术之路很长，舞蹈演员能站在舞台上的时间很有限，她想做的就是把每一场跳好，不管观众多少，也不管舞台大小。

人民群众希望看到好的文艺作品，也希望看到新时代的艺术表达，《如见》就是一部表现现代青年人的生命活力和对人生求索的作品。

《如见》在北京、广州、上海、杭州等多地巡演，吸引了大批年轻人。那一方舞台，浓缩、演绎了无数年轻人的人生：大幕拉开，灯光渐亮，每一位舞动的人，都是生活中的你我，有梦，有爱，有迷茫，有觉醒，也有奋斗。

时光的车轮转动，人生浮沉时时上演，然而如何驱散迷雾，与自己和解，与世界和解？这好像是每个人都需要破解的人生谜题。最终，《如见》以“极致浪漫的幻想、乌托邦式的美好、自我审视的思考、冷漠孤寂的迷惘、前行路上的奋进、互相扶持的温暖”，让人生的高处亮起一道信念之光。

时尚的布景、唯美的舞姿、震撼的形体语言，演员们用一场极具诗意、创新和唯美的表演，将呼和浩特包容开放的现代城市形象留在观众心中。

“参加《如见》的演出，我收获了很多。艺术的探索是无穷尽的，需要吸收更高层次的艺术思维。说真的，你越贴近艺术的殿堂，就越觉得有太多值得学习和钻研的东西。”张羽琪说，“《如见》的成功，既在意料之中，又在意料之外。这和呼和浩特不断加快文化事业发展步伐，加强文艺作品创作生产，推动文化强市建设是分不开的。”

立足本土，守正创新，拍一些接地气的、与新时代年轻人有共鸣的好作品，不管走到哪里，观众都是认可的。

“很多时候我们总在说创新，创新的方向和路径还是很关键的。这个舞剧创排、公演的过程，让我深受启发，呼和浩特不光有历史的厚重感，也不只有‘天苍苍，野茫茫’的诗意，更有现代化进程中无数奋斗的身影，应该艺术地表达出来。”张羽琪说。

多年来，呼和浩特不断探索文化产业形态的创新，一部部思想精深、艺术精湛、制作精良的优秀剧目涌现出来，成为代表首府文化的品牌剧目，也取得了很多成绩。舞剧《昭君》获得第二十七届白玉兰戏剧奖提名，歌剧《青山烽火》荣获第十二届“萨日纳”戏剧剧目奖，古典舞《红山玉龙谣》获得第十三届中国舞蹈“荷花奖”古典舞奖提名，尤其是舞蹈《浪漫草原》于2021年获得第十三届中国舞蹈“荷花奖”，这是继2013年舞蹈《戈壁沙丘》和2019年舞蹈《爷爷们》获得该奖之后，第三次获得中国舞蹈最高奖“荷花奖”。

市委宣传部副部长、市文旅广电局党组书记在接受《呼和浩特日报》记者采访时表示，呼和浩特将以北疆文化为主题，开发更多镌刻首府印记的文化“爆款”，全面提升首府城市的文化能级。

呼和浩特文化艺术开花结果，与呼和浩特成千上万的文艺工作者的努力是分不开的。

2024年9月，“敕勒川杯”全国传统诗词楹联创作大赛颁奖活动在呼和浩特成功举办，来自广东、四川、贵州等地的获奖者齐聚呼和浩特。

有朋自远方来，让主办这次活动的呼和浩特市文联的工作人员忙得不亦乐乎。征稿启事发出后，46天的征稿期内收到1107件来自全国各地以及日本、美国、澳大利亚、韩国、新加坡等国家发来的参赛作品。

颁奖典礼上，一首首优秀的获奖作品被吟诵，无论是发思古之幽情，还是颂塞外之美景，都抚今追昔，赞四海一家。

傍晚时分，来自全国各地的诗词爱好者交流得兴致勃勃，呼和浩特文艺广播“诗意北疆”专栏也正在直播。

亲爱的听众朋友们，大家晚上好！欢迎收听由呼和浩特市文艺广播、呼和浩特市诗词学会共同主办的《诗意北疆》栏目。今年是中华人民共和国成立75周年，在国庆即将到来的时刻，我们在这里为伟大的祖国送上最真挚的祝福，国泰民安就是人民之福。今晚，我们邀请到了诗词学会的作家、诗人和朗诵爱好者，让我们一起来欣赏那些歌颂祖国的经典诗歌。

……

呼和浩特市诗词学会副主席高金鹰说，这个专栏目前已经直播了40期，内容涉及《诗经》、唐诗宋词以及现代诗经典作品品读，中华传统节日的诗词及文化习俗，古代叙事长诗的艺术魅力，诗歌朗诵的艺术技巧，好书分享及名著赏析，文学与电影艺术，“石榴花开”民族团结专题等10余类。

类似的活动，在呼和浩特文艺界层出不穷：“书香新时代　‘典’亮新征程”——世界读书日诵读分享会，《赤诚之路》《辽阔大地》新书捐赠暨“我从草原来”诗歌朗诵会，“文艺进万家·健康你我他”新时代文明实践文艺志愿服务，“高质量发展成果”主题采风写生活动，“强国复兴有我”主题快闪活动，共赴文化传承青春盛宴——铸牢中华民族共同体意识主题书画展暨第五届青少年美术书法作品展，“共融·共生”2024呼和浩特摄影周，“放歌中国　诗意北疆”——庆祝中华人民共和国成立75周年主题诗会，强基工程——文艺助力基层精神文明建设行动·内蒙古美术家采风创作指导活动，“紫丁清韵”呼和浩特新时代诗歌创作研讨及培训活动……每一项活动都为这座城市的底蕴和气质增添了一抹绚烂的色彩。

时任呼和浩特市文联办公室主任的贺云飞感慨万千，她说：“这一年很忙碌也很充实，活动太多，大家恨不得长出三头六臂。但是一想到呼和浩特文化能级提升有我们的一份贡献，就觉得一切辛劳都是值得的。”

扎扎实实付出辛劳，就会有好消息不时传来：

第十四届全国美术作品展，呼和浩特市有21件中国画、油画、水彩画、雕塑、艺术设计等门类的作品入选；

呼和浩特市晋剧院的冀美君获得第七届黄河流域戏剧红梅大赛二等奖；

呼和浩特市作家协会荣膺内蒙古自治区基层作协先进集体；

呼和浩特市选送的村歌《一溜湾情思》获得“内蒙古自治区最美村歌”称号，市文联荣获“村歌嘹亮2024内蒙古村歌大擂台”活动“优秀组织奖”；

呼和浩特市音乐家协会的刘武斌创作的歌曲《一生跟你走》入选中国文联青年文艺创作扶持计划2024年度项目；

呼和浩特市民间文艺家协会的14件作品入选沿黄九省区民间工艺美术精品展；

呼和浩特市诗词学会会员的诗作，获得了“第三十一届东丽杯鲁藜诗歌奖一等奖”“第二届乡村振兴故事征文大赛最佳纪实奖”“第九届全国大学生野草文学奖一等奖”“‘中共创建第一城杯’全国大学生诗歌大赛一等奖”“第九届中国·徐志摩诗歌奖大学生特别创作奖”等奖项；

和林格尔剪纸亮相央视2025年贺岁曲艺晚会，《北疆春晖》《和林格尔民俗》《春到草原》等28幅剪纸作品在现场陈列；

……

呼和浩特市为打造北疆文化品牌所做的努力，让文化“血脉”更畅通，让文化建设更有形有感，让城市的每个角落都散发出迷人的文化气息。

2023年3月，呼和浩特市委宣传部联合内蒙古日报社正式开启“北疆文化　青城印记——寻迹文化符号集群”活动。

“寻找青城印记推荐人”的征集令发出以后，受到社会各界的广泛关注，各行各业的推荐人积极参与进来，推荐心目中的青城印记。

这项活动耗时近半年，30余位专家数次审定，完成了3万余字的文字注解，最终形成古风遗韵、民俗故事、巷陌时空、馆院记忆、青城风物5个序列、100个印记。

各级媒体联动发布“青城印记”，全网点击量达1.8亿次，社会反响热烈。

当然，“北疆文化　青城印记——寻迹文化符号集群”活动只是呼和浩特提升城市文化能级的一项内容，星星点点的文化印记，终将以独具特色的文化魅力汇入首府文化建设的主航道。

呼和浩特文旅融合发展速度更是可圈可点。

2024年2月18日，呼和浩特市文化旅游广电局（文物局）在官方网站发布了一篇题为《407.82万人！这个春节，呼和浩特年味出圈！》的文章，吸引了人们的眼球。

> 记者从呼和浩特市文化旅游广电局获悉，春节假期，呼和浩特市累计接待游客407.82万人次，按可比口径，较2023年同期增长252.29%；累计实现国内旅游收入43.63亿元，同比增长697.87%，占全区总收入的19.72%。

这个数字让很多人感到难以置信又欣喜不已。

6个板块、80项文旅活动共同营造节日气氛，加之2023年很多热门活动的连锁效应，呼和浩特文化旅游事业实现提质增效。

呼和浩特在文旅活动的丰富性上也做足了文章。

近年来，春节期间各种文旅活动可谓异彩纷呈：古老的民俗表演、活灵活现的泥塑制作、国潮汉唐演艺、特色美味佳肴、瑞兽与机甲巡游、文艺演出、“敲响新春幸福锣”……在“幸福北疆　团圆青城”2024呼和浩特新春文化庙会上，各种活动应接不暇，还有多位非遗传承人在现场大展身手。恼包村九州非遗新春文化节、莫尼山第六届非遗中国年、“幸福赛罕”非遗展示、“寻味和林”非遗美食千人羊肉宴、“河口元宵节”非遗美食千人品鱼宴等活动，让广大市民和游客感受到丰富多彩的“青城年味”里的文化韵味。同时，沉浸式传统社火表演、户外曲艺表演、地方戏曲表演、元宵狮王争霸、“千人饺子宴”品鉴活动等，传递着青城的温度。

再来看2025年春节期间的文旅活动数据，比上一年更胜一筹：

> 春节8天假期，呼和浩特市累计接待游客486.59万人次，同比增长15.84%，旅游总花费34.32亿元，同比增长15.19%，“在呼和浩特过大年”热度不断攀升。

北疆文化是内蒙古大地上各种优秀文化的有机整体，是在各民族不断交往交流交融中形成的。

在呼和浩特，你能看到黄河文化、草原文化、农耕文化、长城文化、昭君文化等多种文化水乳交融之美，也能看到每一种文化形态独有的绚丽。托克托县黄河开河鱼节、黄河龙舟赛，和林格尔县芍药节、盛乐美食节，黑水泉寿阳鼓、河口老龙等一系列具有文化标志的文旅活动的知名度逐渐上升，由南山旅游景区、绥远革命根据地遗址、明长城等景区景点串联起的文化研学线路，让自然风光、红色基因、历史人文在这里交相辉映。

春夏秋三季的活动自不必说，呼和浩特冬季旅游的势头也很猛。几年来，呼和浩特市充分挖掘旅游资源，提升“冰雪元素”，促进旅游产业升级。土默特左旗哈素海冬捕节的冬捕、冰上娱乐项目、冰上趣味运动会及冰上垂钓，滑雪运动爱好者的乐园——太伟滑雪场、马鬃山冰雪世界，让外地游客过足了“冬瘾”。已经连续举办三届的呼和浩特欢乐冰雪节更是让人们喜欢上了呼和浩特的冬天。

在文旅融合之路上，呼和浩特探索市场化的方式成功举办了一系列大型演艺活动：

周杰伦演唱会吸引游客达126万人次，实现旅游收入28.8亿元；

呼和浩特音乐节累计入园游客近25万人次；

生态恼包音乐节吸引了来自全国各地的游客达50万人次，带动旅游消费达5亿元；

…………

文旅融合带来的经济效益实实在在，近两年呼和浩特的《政府工作报告》显示：

> 2023年全年接待国内游客5058.1万人次，实现国内旅游收入773亿元，获评全国旅游集团优选投资十强城市、中国康养旅游城市。
>
> 2024年全年接待游客超过5500万人次。

“呼和浩特将北疆文化融入城市建设发展中，融入城市精神中，打造具有北疆特色的博物馆之城、雕塑之城、艺术之城和现代文明之城，通过打造一批好项目、发展一批好产业、排演一批好剧目、创作一批好作品、树立一批好品牌等方式，让北疆文化在首府大地立起来、火起来、活起来。”呼和浩特市委宣传部相关负责人说。

一座城市的文化内涵，源于其独特的地理资源和历史人文积淀，既体现在当下，又着眼于未来。

2025年2月15日，各大新闻媒体纷纷刊发《呼和浩特“六个行动”动起来——“北疆文化建设提升行动”百花齐放》一文。文中所列2025年的“六个行动”任务，是呼和浩特市委、市政府根据中国共产党内蒙古自治区第十一届委员会第九次全体会议暨全区经济工作会议的部署作出的快速反应。

“六个行动”中北疆文化建设提升行动的任务如下：

●提升首府北疆文化理论研究地位

组织召开呼和浩特市北疆文化研究专家论证会，形成有呼和浩特特点的北疆文化史料体系和学术体系。建好用好北疆文化研究中心。加快建设北疆文化重点研究基地。组织开展首次有关呼和浩特书籍数目的普查整理。对规划实施的重大研究项目，面向全国招引团队“揭榜领题”。

●加强文艺精品创作

编制《呼和浩特市北疆文化文艺精品创作规划（2025—2030年）》，实施北疆文化创作工程。启动“青山文心”大青山生态文学创作项目。新创舞台话剧《大青山》。出版长篇小说《守望者》、报告文学《青城蝶变》等。推动《千古马颂》申报国家旅游演艺精品名录。

●打造重大文体活动品牌

创新昭君文化节举办模式，办好欢乐冰雪节、明星演唱会和音乐节等各类文体娱乐活动。办好2025年亚足联女子五人制亚洲杯决赛。组织开展内蒙古大学生艺术节，高质量办好“艺韵北疆　翰墨青城”书法季等活动。

●推进“博物馆之城”建设

举办“钟鸣盛世——紫禁城和承德避暑山庄藏钟表联展”，参与2025年故宫百年系列文博活动，办好全国博物馆之城建设发展交流会暨文创大集等重大活动。

●加深文物保护利用力度

制定《呼和浩特市文物保护条例》。成立呼和浩特文物考古研究所。成立大窑遗址保护中心，推动大窑遗址公园建设，办好大窑遗址出土文物特展。实施土城子国家考古遗址公园、辽代白塔遗址公园等重点项目。

●打造北疆特色“雕塑之城”

打造内蒙古雕塑艺术中心，举办第二届呼和浩特国际雕塑艺术展，精心策划“守望北疆”系列主题雕塑展。通过开设文化讲堂、文化沙龙，推出文博雕塑艺术场馆旅游专线，带动研学、旅游等相关业态，更好满足首府人民精神文化需求。

●打造文旅商体融合发展“新亮点”

出台《呼和浩特“一廊两轴五带”文旅产业空间发展规划》。推进敕勒川星光里提档升级。规划建设云中盛乐度假区、蒙马小镇一期、呼哈风情铁路漫游等。全面提升老牛湾黄河大峡谷景区建设，启动申报世界地质公园。正式开放圣水梁旅游区。逐步有序开放哈达门、了目山等16处大青山休闲观光点。

●实施全媒体传播工程

推出更多制作精良的新媒体系列产品。在央媒推出“一笼烧卖一座城”城市形象宣传。推出纪录片《守艺青城》，精心打造文博系列微纪录片《北疆物语》《阴山下》等，提升北疆文化网上传播影响力。

跨入2025年，呼和浩特铆足干劲，正举全市之力、集全市之智，从理论研究、内容生产、载体建设、宣传推广、体制改革5个方面，全面叫响“文化青城”品牌。

从文化轴带到世界表达

城市的真正高度，不在于摩天大楼的几何级数式增长，而在于文化基因的代际传承与创新表达。

呼和浩特之所以为呼和浩特，其最独特的地方在于文化，建筑有历史文化，街区有市民文化，公园有民生文化，风俗有多样的民族文化。这些文化终将凝聚成一个符号，就像在呼和浩特随处可见的奔马雕塑，就是这座城市的精神符号。

梁思成在《中国雕塑史》中指出："艺术之始，雕塑为先。"从石器时代的打制石器到青铜时代的礼器铸造，雕塑始终是人类最早的公共叙事载体。

现代城市建设中，总会通过在公共空间建造雕塑来传递积极昂扬、开拓进取的精神意境，以彰显这座城市的灵魂。而雕塑的价值，不仅在于其艺术性，更在于它参与构建了城市文化语境。

可以说，形态各异的雕塑，是展现城市文化的"活态博物馆"。

雕塑之于呼和浩特，是城市基因里与生俱来的表达方式。在呼和浩特的城市肌理中，雕塑不仅是凝固的艺术，更是文明基因的现代转化。

呼和浩特博物院上奔腾的白马、昭君博物院的和亲铜像、山丹小区内的群羊雕塑、呼和浩特市人民体育场外的运动员雕像，还有内蒙古大学教学楼前的迈向未来喷泉雕塑、中国乳都雕塑、满都海公园里的满都海·彻辰夫人雕像等，都带着时代的痕迹，承载着建造时的背景和意义，它们成为这座城市难以抹去的文化记忆。

清晨五六点钟的青城尚未完全苏醒，从火车东站出来的出租车司机张志义已经绕着丝绸之路大道转了几圈。无论是送站、接站，还是跑白塔机场，他总在路过呼和浩特雕塑园一带时不自觉地减速，也会非常自然地和乘客说起这条城市文化轴带："这个雕塑园来过没？可好了，里面有很多世界有名的雕塑，景色也非常好。"

若乘客说没来过，他一定会啧啧两声表示遗憾，然后介绍道："这个公园有十多里长，整整横跨了3条街，各有各的特色。北边靠西一点，还有一个新建的呼和浩特雕塑艺术馆。"

如果乘客闻言有惊讶的反应，他心里会很得意地再抛一个"大瓜"出来："我跟你说，这个地方原来是个废弃的大坑，市里顺势就建了个半地下的雕塑艺术馆，然后把沿街那一溜都建成了文化公园。公园里有各种很牛的雕塑，还有长长的栈桥、水泊、野鸭、大鹅，那些建筑都是古色古香的，比如凉亭就是仿清代风格的建筑。"

要是乘客是没有来过这个公园的本地人，张志义反而会惊讶地说："本地人都没来过？我跟你说，你要是忙没法出去旅游，就领上一家人到这个公园里一日游，带上吃的喝的，不比出门看风景差，还省钱。"

今年58岁的张志义是土生土长的呼市人，20世纪90年代初失业后开起了出租车，中间停过一段时间，跟着亲戚出去卖药，几年下来，没挣到什么钱，身体还落下了毛病，索性回来继续开出租车。

他爱和乘客闲聊，爱给乘客介绍青城好玩的、有美食的去处，这是他出去出差时受到的启发。一次，他在河南安阳坐出租车，那个司机把安阳介绍得非常详细，历史、人口、经济、旅游景点、特色美食……无所不谈。他当时挺感动的。"本来到安阳跑业务人生地不熟的，挺有陌生感和畏难情绪的，结果让这个司机这么一整，心里热乎起来了。"他当时就想：要是以后还开出租车，我就像他似的，给呼和浩特也做做宣传。

去年，他拉了一个来青城看演唱会的南方人，没想到还成了朋友。

当时，这个人想感受一下塞外青城的夜生活，便叫了辆车。张志义接了这一单。

张志义见乘客上了车，便打开了话匣子，还给他合理规划了路线，让他把塞上老街、恼包村和马头琴小镇都转了。每到一处，他都介绍得特别详细。

“我这个车坐得可是太值了，花了几十块钱，一路就把呼市了解得差不多了，你比导游介绍得都全面。”乘客好奇地问张志义，“你是受过专门培训吗？”

张志义笑呵呵地回答：“谁培训我呀，我就是爱叨拉故事。”

“没想到呼和浩特人这么热情，师傅，过一阵子我还来，还坐你的车。”

下车的时候，他加了张志义的微信。

张志义发现乘客的名字叫杨志义，学着范伟小品里的腔调冲他感慨一句：“缘分呐！”车开走了，张志义看见后视镜里的杨志义还看着他的车笑着。

杨志义没过多久又来呼和浩特了，他在跑客户之余就包了张师傅的车到处转悠。呼和浩特也没让他失望，丰富多彩的游玩街区、景点好不热闹。最出乎意料的是，晚上呼和浩特博物院、呼和浩特雕塑艺术馆也开放了，他还能参观展览。

他来呼和浩特雕塑艺术馆那天，约了在呼和浩特有业务往来的朋友白巴特尔。

虽然白巴特尔是本地人，但他不大关注本地新闻，并不知道呼和浩特还有一个雕塑艺术馆。他跟着杨志义在馆里一个展厅一个展厅地转，一脸惊喜和兴奋。

在一件《关山几重》的作品前，白巴特尔站了许久，他仿佛被时间定格了一般，直到杨志义喊他，他才回过神来。他激动地说：“我特别想知道，是谁提的建议，在这儿建一座雕塑艺术馆。这太有想法了，让我们有了欣赏艺术之美的场馆，也有了不同地域的心灵交流。”

“雕塑不是凝固的艺术吗，为什么是心灵交流？”

“凝固并不等于没有流动，只不过我们看不见而已。”

“老白，你这话说得有点儿玄啊。”杨志义不解地说。

“作品本身表现文化的碰撞和对话，就是一种流动，还有你看他们时思绪的流动。比如刚才看到的那个《达·芬奇和齐白石》就太好了，我很崇拜这两位大师，吴为山将他们雕塑在一起，就给了我们一个启发，让我们重新去思考东西方文化艺术的碰撞。还有这个，”他指着眼前的雕塑《关山几重》说，“看着它我突然想到：人生无论关山几重，最终还是要回归内心，和你的热爱重逢。”

“回归内心，这个说得好，但是为什么是和热爱重逢呢？”

“35年前我从鲁迅美术学院毕业来到青城，却从事了与美术不相干的工作，放下多年了。我真得感谢你，今晚约我来这里。”白巴特尔说，“我很幸运，在我即将退休的时候来到这里，好像在提醒我应该重新捡起画笔。这不就是和‘热爱’重逢嘛。”

“行啊，老白，没想到你还是鲁美毕业的。”杨志义拍了拍白巴特尔的肩，“说实话，你们生活在这座城市真是有福啊，尤其是住在这一带的居民，随便在公园里遛个弯都能和雕塑作品打个照面。”

走出展馆，看到有很多人向坡后面走，他们也好奇地跟了过去。不远处有一座青砖房，砖房正门楣上写着“青城奶站零号店”，店面是按照20世纪80年代供销社的样式建造的，门口有一个秋千，有小朋友在荡来荡去。东侧门口摆着几只牧区常见的奶桶，还停着一辆老式挎斗摩托车。

奶站里人很多，满屋子弥漫着甜香，各种烘焙食品的香味诱人得很。

“真不愧是乳都，随时能打到新鲜的牛奶。”杨志义排在打奶的队伍

里，经过几个龙头时看到旁边摆着大、中、小号3种型号的奶瓶，他选了一个小号的，拧开龙头，洁白的牛奶汩汩而出。

“你没法煮、没法存放，干吗要打一瓶呢？”白巴特尔不解地问。

“我没打算喝掉它，我就是觉得在被称为‘乳都’的城市，亲手打一瓶鲜奶很有意思，做个纪念。”他笑呵呵地举了举手里的牛奶说，“要是在城市的每一个小区、每一条街道，随时都能享受拧开龙头就能打一瓶鲜奶的便利，就更有意思了。”

受杨志义的感染，白巴特尔也打了一大瓶牛奶，虽然他每天都在喝伊利、蒙牛的纯牛奶，但是此刻，他觉得手里的牛奶还是有些不同。

青城奶站零号店也是一个休息场所，很多人会坐下来，点一份甜品或者创意酸奶、奶糕，有的甜点被制作成精美的呼和浩特标志性建筑造型，排队的人总会忍不住举起手机拍下那些有创意的食品。

“补充一下体力，咱们继续逛雕塑园。”杨志义兴致勃勃地说。

“这一带可以好好待一天……”没等白巴特尔说完，他们几乎同时想起出租车师傅张志义“可以一日游”的话，不禁相视而笑，“咱们都被张师傅‘种草’了。”

呼和浩特雕塑艺术馆的建设，确如张志义所说的那样“很神奇”。

最早发现这一带有“动静”的是丁香南路附近的居民，那是2023年5月的一天，东边那片闲置了很久的洼地开始有人进进出出。不过是一个废弃的基坑，能做什么呢？3个月后，还没等他们琢磨明白这个问题，一座完全依托原有地形地貌的下沉式建筑从地底“长”了出来。

竣工这一天，正是这栋建筑开工的第100天。

人们很惊讶，连连赞叹这个建筑有创意，也为这样的建设速度而惊叹。

10月14日，新落成的呼和浩特雕塑艺术馆正式开馆，并迎来了首个展览——中国城市雕塑家协会和呼和浩特市共同主办的“首届呼和浩特国际雕塑艺术展”。

“呼和浩特也有雕塑艺术馆了！”

这个消息不胫而走，引来了很多人，既是看展，也是参观新建成的雕塑艺术馆。

呼和浩特雕塑艺术馆占地面积7.35万平方米，建筑面积2.5万平方米，规模位居全国第三，是国内一流的雕塑艺术馆。

雕塑艺术馆的设计风格被认为是这座城市“文化自信的独特表达”。

内蒙古工大建筑设计有限责任公司以张鹏举为主创建筑师的设计团队在一篇说明文字中这样描述了他们对这座雕塑艺术馆的创作思路。

> 通过“藏拙”的方式，将庭院空间与室外展场有机地融合在一起。对内外空间边界进行柔化处理，将外部的自然景观引入建筑内部，形成艺术与自然的对话。这一空间组织方式既丰富了室内展厅的空间体验，又提升了建筑外部的景观环境。
>
> 呼和浩特雕塑艺术馆最大限度地保护和恢复了城市绿地，克服了地形条件对建造的限制；同时，将建筑体量嵌入基地的做法，有效地减少了建筑的体形系数，降低了建筑的能源消耗。设计从生态、气候、地形等多个自然维度出发，展现出一种综合的设计策略和对地方性问题的深入思考。

只要你来到呼和浩特雕塑艺术馆，你就会对雕塑艺术有一个全面的了解和直观的感受，也会真正懂得艺术家的匠心。

在一片被废弃的万伏高压输电走廊用地上进行生态恢复和景观建设，建起这个文化地标——呼和浩特雕塑艺术馆，这个想法已经很有创意了。何况呼和浩特雕塑艺术馆还与风景如画的草原丝绸之路文化公园连成一个整体景观。由此，也就很容易理解雕塑艺术馆建筑设计的理念中提到的“将庭院空间与室外展场有机融合在一起”，即指将雕塑艺术馆的建筑群融入草原丝绸之路文化公园。

这个时候，如果把丝绸之路大道、丁香南路东侧地段以及新华大街北侧、丝绸之路东侧连起来看，便颇有意味：以内蒙古科技馆、内蒙古美术馆以及呼和浩特雕塑艺术馆为“龙头”，以国际雕塑园和草原丝绸之路公园为“主干”，形成了呼和浩特的文化轴带。

正如媒体报道中说的“首府群众又有了一处引以为傲的地标性建筑”，很多外地游客游走在文化轴带上，又怎会不直呼过瘾呢？

社会学家芒福德在《城市文化》中提到：“景观是一种文化资源。”

呼和浩特雕塑艺术馆恰恰就是呼和浩特城市文化的新景观。后来，当它成为城市的文化地标时，人们才开始真正了解这座建筑对于提升城市文化品位的重要意义。

呼和浩特自古就是草原丝绸之路的重要枢纽城市，在展现中国气派、时代风格、国际视野方面自然也要走在最前沿。呼和浩特市委、市政府提出建设“艺术之城”，从文化轴带的构想上就可以看出这座城市管理者的用心和决心。

如果说呼和浩特厚重的历史是这座城市的文化底蕴，那么这条“文化轴带”就是呼和浩特以独特的城市文化与世界展开的一场对话，也是呼和浩特建设“雕塑之城”的一次宣言。

国内建有雕塑园或雕塑馆的城市并不鲜见：北京有北京国际雕塑公园，吉林省有长春世界雕塑园，山东省有青岛雕塑园，山西省大同市有中国雕塑博物馆，上海市有静安雕塑公园，河南省有郑州雕塑公园，广东省有广州雕塑公园。其中，最为耀眼的是芜湖雕塑园，已经给芜湖带来了“雕塑之城”的美誉。

虽然呼和浩特算是后来者，但并不妨碍呼和浩特市以“北疆文化”为核心，建设雕塑“一馆一园”文化新地标，实现“雕塑之城”的目标。

芜湖市与中国雕塑学会共同打造的“芜湖模式”，就是将神山苗圃按照原有地貌建成雕塑与自然景观相结合的主题公园，这一模式成为文化、艺术与城市合作的成功范例。然而，芜湖从最初的神山苗圃到后来初步具备游览功能，再到如今游人如织的神山公园，最终形成中国雕塑公园建设的“芜湖模式”，用了12年的时间。

不得不承认，呼和浩特以“雕塑之城”为文化新坐标，其发展脉络既是对芜湖雕塑公园“十二年磨一剑”模式的借鉴，更是对“北疆文化”基因的现代重构。从2016年高压线入地改造的市政工程，到2023年“一馆一园”（雕塑艺术馆与雕塑园）的落成，这座城市用7年时间完成了从文化符号到国际艺术对话平台的蜕变。

呼和浩特雕塑艺术馆从地面上看，被绿色的草坡所掩映，一片青白色的阶梯在绿色中尤为醒目，逐级而下，一排排台阶错落有致，非常美观。

走近呼和浩特雕塑艺术馆，你会发现建筑本身就是一件艺术品。外观简洁大方、布局清晰的几何形态，还有漫步式的空间体验，充满时尚感。

在建筑群前空阔的广场上，人被错落的石阶包围，空间和人形成的阔大与渺小的冲突感，足以将艺术感拉满。这种“建筑隐于自然”的理念，既延续了芜湖雕塑公园“与生态共生”的规划思路，又以草原文化特有的苍茫气质赋予建筑新的精神维度。

走进雕塑艺术馆，里面藏着很多功能区待你一一去发现、去体验，更有雕塑艺术品安静地等你去观赏。

当然，到呼和浩特雕塑艺术馆看展，还只是走进草原丝绸之路文化公园的前奏。

踏入草原丝绸之路文化公园，你会感到天高地阔，一条历史轴线徐徐展开。公园的整体布局，以及勒勒车轮、丝路驼帮、票号、茗茶清苑等艺术化雕塑小品，展现了呼和浩特不同历史时期的经济、文化和自然风貌，让市民在游览美景的同时感受呼和浩特的历史文化。

呼和浩特国际雕塑园则以天地为展厅，在南北长约1.2公里的园区里，矗立着54件雕塑作品，将文明之美、文化之美、艺术之美融入人民群众的日常生活之中，并以一种最贴近大地的姿态，与自然和谐共存。

园中的大型雕塑，是呼和浩特市政府从国外引进的世界级宝贵艺术作品，供游人近距离观赏。它以“文明互鉴”为主线，将《思想者》《青铜时代》等19件经典作品与吴为山的《问道》、韩美林的《牛》等26件国内雕塑代表作并置，形成东西方文化的对话场域。

在“一馆一园”众多的雕塑作品中，著名雕塑家、“中华之光——传播中华文化年度人物”吴为山的一组作品很引人关注。我先被《神遇——孔子和苏格拉底的对话》《齐白石与达芬奇对话》这两件作品深深吸引，他的奇思妙想让人心波荡漾，却无所凭依。几千年后的人是否能感知到他们思想碰撞的火花呢？取材于《老子·韩非列传》的《问道》则不然，浸染于中华传统文化的我们，不难想象孔子和老子对话的深意，而呈现在雕塑上又非常耐人寻味：老子言上善若水，于是水在雕塑中得以充分体现；孔子的问礼状，微笑中包含着温和与谦逊，他的身体像岩石，寓意他是一座文化的泰山。如此一刚一柔，何尝不是表现了中华传统文化的哲思？

本土雕塑创作留给人们的深刻印象是它们所显现的深沉的文化自觉。曲建的作品《冬月》以蒙古马与自然共生的场景为主题，是蒙古马精神的当代诠释——既象征草原民族的坚韧，又暗合“绿水青山就是金山银山”的生态理念。《草原之子》通过写实手法刻画牧民形象，身后的马群与草原构成视觉张力，将“天人合一”的哲学观转化为具象艺术语言。

雕塑园里《丝路印象》等作品则重构着这座城市的历史记忆：两峰骆驼头部雕塑以少代多，驼峰化作城市剪影，既还原驼铃古道的壮阔，又以现代雕塑语言诠释“一带一路”的时代内涵。

在民族文化的寻根之旅中，呼和浩特逐渐获得了历史认同。这种认同，不仅体现在文化自信上，更体现在对民族团结进步事业的坚守上。

在呼和浩特国际雕塑园中，可以看到许多反映民族团结主题的雕塑作品：《草原母亲》以群像雕塑记录“三千孤儿入内蒙”的历史佳话，通过衣纹褶皱与目光交汇，让历史细节在雕塑肌理中重生；《团结》以交织的线条与融合的形态，隐喻多民族共生的城市精神；《和谐》则通过抽象造型呼吁文化尊重，其设计理念源自“昭君出塞和亲路”申遗的文化愿景。

这些雕塑作品以其独特的艺术语言和深刻的文化内涵，成为文化接纳、理解和认同的桥梁。正如雕塑园设计理念所要传达的那样，每一件作品都是文明的翻译官，让不同文化背景的观众在雕塑中找到共鸣。

建成不足两年，呼和浩特雕塑艺术馆推出“长征组雕特展”“守望北疆雕塑艺术展”等展览，还有“艺美北疆青城讲坛”音乐公益讲座、文化沙龙、“北疆文脉·青城盛景”青城十六景摄影作品展等文化活动，展示了青城打造“北疆文化”品牌的成果，也宣传了呼和浩特的城市精神和文化印记。

这座艺术气息浓郁的建筑已经成为当地民众和外地游客的“打卡胜地”，也成为诸多艺术家交流的平台。

从咖啡区穿过去，可以看到一个长长的走廊里摆放着一些雕塑作品，稚拙、淳朴，透着几许天真。材质各种各样，有陶瓷的、树脂的，还有儿童常玩的彩泥。一个导览牌上写着“青少年造型艺术美育中心”，我仔细欣赏了展示的《小红马》《不一样的企鹅》《繁花似锦》等作品，每一幅作品都标注着作者的姓名、作品的材质以及作者的年龄。大的十几岁，小的六七岁，创意中的那份童真独一无二。讲解员说，这间工作室经常举办少年儿童艺术活动，会有美术学院的老师、学生来指导，“从小培养孩子的审美能力，在他们心里种下艺术的种子”，这也是呼和浩特雕塑艺术馆设立青少年造型艺术美育中心的初衷。

当我漫步在雕塑园中，夕阳在米开朗琪罗的《大卫》上投下光影。我驻足凝视，雕塑的肌理中仿佛还保留着五百多年前的温度。再看园内，米隆、罗丹、马约尔等世界雕塑名家的作品都罩上了一层淡淡的光晕。

看得正出神，这时，我的思绪被一群孩子的笑声打断，转过头去，见十来个孩子背着画夹，在一位老者的带领下走过。带队的老者是美术教师邓昱晨，退休后就在艺术机构里指导孩子们绘画。他说，每到周末，这里就成了艺术课堂，孩子们坐在雕塑间的树荫下，用稚嫩的笔触描绘心中的艺术。

“10年前，这里还是一片荒地。”邓昱晨指着远处，“现在这里成了市民最爱来的地方。”遇到的每一位说起雕塑艺术馆的人都会提到“荒地”，“荒地”变艺术场馆，确是一件值得自豪的事。环顾这座文化园，游人如织，有白发苍苍的老者驻足沉思，有年轻情侣在雕塑前自拍，还有推着婴儿车的年轻父母。艺术不再是遥不可及的，而是融入了寻常百姓的生活。

夕阳西下，最后一抹光照在《草原母亲》雕塑上，使那位母亲的面容显得更加柔和、有温度。我赶紧举起手机拍照。邓昱晨说，他每天都要来这里转转，雕塑馆和雕塑园不仅是艺术的容器，更是城市灵魂的栖息地。在这里，艺术不再是冰冷的展品，而是温暖的城市记忆，是连接过去与未来的桥梁。

这时，远远地看到内蒙古美术馆副馆长、画家柳迪应约而来，他说，他每天下班时都会从雕塑园穿行。随着他穿过雕塑园的脚步，夜幕会一步一步地垂下来。在昏暗的光线下感受这座园子，那些雕塑显得更高大了，也更安静了，在婆娑的树影掩映下，雕塑园更神秘了。

“跨过车水马龙的丝绸之路大道，进入树木掩映的雕塑园，好像穿越了时空。无论是夏天繁盛的花草树木，还是冬天的萧瑟，你都会被这里的寂静感染，好像都不敢大声说话了。”柳迪说，“当然，偶尔有人外放手机音乐从身边走过，你也不觉得被打扰，更不会感到心烦，好像一切不良情绪，包括疲惫感，都被美妙的自然景观和那些高大而安静的雕塑抚慰了，这种感觉非常好。”

他说，以前想看雕塑得去北京、上海，现在家门口就能欣赏到世界级的艺术品。这就是进步，也是一座城市文化自信的体现。其实，每件雕塑都在等待新的故事，这些青铜雕塑也会慢慢形成这座城市的文化包浆，刻印在人们的记忆里。“作为这座城市的一分子，又是一名艺术工作者，我期盼着这座城市越来越好，也非常期待呼和浩特能早日成为‘艺术之城’。”

跟随柳迪走出园区，回望那一片璀璨的灯火，我忽然明白，城市文化繁荣的目的是满足人民群众日益增长的文化需求。一座城市的魅力，不仅在于高楼大厦，更在于它能给予市民怎样的精神滋养。而呼和浩特以“北疆文化”为内核，借助雕塑这种古老的艺术形式，完成了这座城市的顶级文化表达——以“青城血脉”的雕塑体系，将文化符号融入城市肌理。

当一座城的褶皱里都藏着艺术的灵光时，它的呼吸便有了温度。呼和浩特正在用“博物馆之城”“雕塑之城”“艺术之城”的生动实践，书写着属于自己的城市艺术。

扫码解锁

第三章

民族团结的内生力量

扫码解锁

“灰猴！今儿个咱说段儿老话——‘不待要’不是不要脸，是说这事儿咱不掺和！”

土默特左旗人民广播电台主持人长江和迷糊操着土默川方言，开始了《你听我说》节目。几平方米的直播间里，旧式调音台蓝光闪烁，窗口飘进羊膻味儿和远处大青山的风声，仿佛整个土默川的市井气都灌进了麦克风。

这种用方言解读政策、讲述家长里短的风格，让这对“江湖组合”十多年来收获了无数听众的喜爱。

短视频爆发的今天，随处可以看到因“呼”式方言爆红的短视频博主，也不难看到呼和浩特各色美食的诱人推荐，更有本地二人台、晋剧和草原歌曲各具风味的演唱推送，这恰恰来自这座城市多元包容的土壤。

呼和浩特是一座很特别的城市，41个民族共同塑造了它独有的文化风貌：内敛、多元、包容。正因为如此，时至今日，无论现代化的步伐如何匆忙，呼和浩特依然保留着草原都市的气质——热情、奔放、豪迈。

走在城市的每一个角落，随处可见超越方言的市井趣味：回民区“红石榴”志愿服务主题公园的中华文化彩绘石与百字立体墙交相辉映，玉泉区清泉街社区11个民族共居的庭院里朝鲜族阿妈的辣炒年糕与蒙古族邻居的奶豆腐香气交融，蒙古族奶茶端上了各民族家庭的餐桌……这种“你中有我、我中有你”的共生哲学，正是各民族在中华民族大家庭中像石榴籽一样紧紧抱在一起的生动诠释。

文明城市的温度

在很多人的思维里，北方的冬天是严酷的，他们也常常喜欢用“熬过冬天”来形容。

然而，随着城市文化的繁荣，冬天也成为很多人的“诗和远方”，尤其是大雪覆盖下的青城，美得大气、庄严。

白雪是丹青高手，勾勒着大青山和那些高高低低的楼群、纵横交错的立交桥，时而硬朗时而柔和的线条，铺展开一幅城市水墨画。

雪花飘落从不计较方位，无论是山坡、桥头，还是楼顶、树枝，它只管飞扑而来，凡接纳它的，它都用心点缀。

这个时候，青城的街边、公园里的树，全都变成了玉树琼枝。若在河畔，定是美轮美奂的雾凇。

这个时候，也自然不用担心雪天路滑，这座城市对雪天带来的出行安全隐患是很有办法的。哪怕是在夜晚，雪只要飘起来，就是一种召唤，各个区域的环卫部门马上开始除雪行动。你尽管放心，当你清晨走出门时，雪勾勒出的美景还在，只是路面已被清理得干干净净。

一个雪后的清晨，樊登书店呼和浩特店的主理人党亮廷早早起来，把越野车后备厢塞得满满的，他清点了一下所载物品：条幅、彩旗、滑雪装备、活动必需的书籍、笔记本电脑……

今天，他要在马鬃山滑雪场组织一次阅读分享和滑雪运动相结合的活动，自从去年他把阅读活动办到野外后，他对户外分享有了新的认知和无限的享受。他的车开上二环路高架桥时，他看见大青山上覆盖着的雪，一下子激动起来。这场雪来得正是时候，好像特意为他们的活动增添诗意。

党亮廷是一位资深媒体人，后来却打起了开书店的主意。很多朋友都不看好，说“纸质阅读越来越少，你这是拿着血汗钱打水漂”。他只是笑，因为他明白自己心里有一个缺口，那是精神需求未能满足的“空洞”，他相信，在物质极大丰富之后，很多人都会有这样的“总好像缺少点什么”的怅然。他也知道自己的“理想主义”在生意场上是致命的。但是，他还是固执地先后在南二环和北二环附近各开了一家樊登书店。

马鬃山滑雪场离呼和浩特市区不远，开车半小时左右就能到达。樊登书店的小赫早已经到了，她已经把分享会的桌椅、绿植、图书和茶点布置好了。

读者陆陆续续到来，非常自然地围坐在一起，热络地说着最近读书的心得。

党亮廷在一旁津津有味地听着，他很享受每一次读书分享会的时光。他说：“每一个书友在谈阅读感受的时候，脸上都有一层暖光，眼睛都是清亮的。”

“你这话有夸张的成分。”我开他的玩笑。

他不以为意地说：“那是你没好好看过他们。喜欢读书的人，眼睛都是有光的。不信，你仔细观察。”

“你觉得那些眼睛里的光是什么？”

“腹有诗书气自华，其实这七个字已经说得很明白了。”他说，“好的书籍就像阳光，渗透到心底，就会散发出来。”

“你怎么想到要做书店？”

“人生没有标准答案，但是，书里有太多的营养，能让你找到自己想找的答案。这算是一个理由吧。简单地说，就是因为喜欢。”党亮廷说，“很多年前就有人呼吁‘别让这座城市的文化荒漠化’，我就想着，不能光着急，总得做点什么。这几年呼和浩特的文化建设不断呈现向好的势头，全民阅读、打造书香城市也在不断推进，多一家樊登书店可能也起不了什么太大的作用，可是，只要书店在，就会有人来；只要有人来，就会有人翻开那些书，看到里面的文字。或者，进了书店，哪怕只是坐下来喝一杯茶，享受一段安静的时光，也是好的。”

为了做好这两家书店，他没少到各大城市去调研，说起一些城市的书店，他的兴奋、羡慕之情溢于言表：“呼和浩特还是应该多开一些书店，不管走到哪一处闹市区，市民一转头就能看到一家书店，那该多好啊。”

在青城阅立方刚刚进驻呼和浩特的时候，我也曾听青城阅立方总经理庄冬梅说过类似的话，我把这归结为一种情怀。

这种情怀最终让青城阅立方成为“书香呼和浩特”的一处文化地标。

新华书店、青城阅立方、樊登、普逻、西西弗……这些书店都成了人们闲时常去的地方。在尽可能丰富图书供应的同时，每家书店也在不断推出图书签售、公益分享、名家讲座等文化活动，打造各具特色的“文化场”。

外面不知什么时候又飘起了小雪，有人惊呼了一声，指向窗外。大家兴奋起来，都跑到窗前拍照。山坡上有很多滑雪的人。时而能看到四五个人列队滑下来，也有个别炫技的年轻人，在转身的一刻滑出很美的弧线，引起山坡下人们的欢呼和尖叫。

这时，读书会的人已经武装起来了，他们说说笑笑，互相帮忙，很快一小队人就已经走在了山坡上，向更高处行进。

坐在窗前，我和小赫东一句西一句地聊着樊登书店的运营和活动，了解了书店最初的艰难，以及遇到的种种困境，能熬过来，实属不易。但是，爱阅读的人总是能打动他们，给他们坚持下去的勇气。

现在樊登书店的活动频次增加了，活动从文学书籍分享渐渐扩展到经典分享、家庭教育分享、励志故事分享、音乐欣赏和美术赏析分享等。他们也联合了很多企事业单位和民间读书会，一起推动书香呼和浩特全民阅读活动。

呼和浩特大大小小的民间读书会很多，无论哪一个读书会，也无论参与的人数多少，总以“热爱”影响着身边越来越多的人。很多年前，雷蒙读书会就是呼和浩特沉寂的文化生活中的一抹亮色，那个读书会是呼和浩特最早的公益文化活动吧。记得每一次读书会都会挤满人，无论是炎炎夏日，还是严寒的冬季，人们从四面八方涌进一方天地，听读书人分享书中的故事，那种情形让人印象深刻。

呼和浩特很多民间读书会中，Enjoy英卓读书会是非常纯粹且持久的，每天微信群里都有人分享阅读的书目和阅读感受，每个月都会策划线下分享活动，参与者还要写“小作文”。

“我总说我们是非正式的公益读书会，最欣慰的是一群有相同爱好的人走着走着就走成了特别好的朋友，大家在一起抱团取暖。”英卓读书会女会长何莹说。之所以强调“女会长”，是因为读书会里还有个“男会长”王卫中。最近他们又开了阅读分享直播，每周有3个会员对话，话题宽泛，从书里的故事到现实的烟火，再到科技发展、家国情怀，有思考、有见解。直播间里的人气不温不火，但是并不影响3个人以书山为径，话题“神游”八方。

时代阳光阅读会更偏重朗读，参与的人多半是朗诵发烧友，每天清晨都有轮值管理员在群里领读，分享阅读的诗文片段。这是一个500人的大群，网络无界限，天南地北的人都有，也都是喜欢朗诵、爱阅读的朋友。会长杨世斌是普通话水平测试员，会帮初学者纠正字词读音。还有马智聪、尹杰、刘小宁、胡春宇、董凯、左大宁、丁雄英等朗诵艺术家、发烧友在群里给大家分享朗诵音视频“打样儿”，也有作家、诗人自发地点评和上传作品。时代阳光阅读会的线下活动也不少，他们和呼和浩特市诗词学会结对子，进社区、进校园，传播中华优秀传统文化。相比线下活动，时代阳光阅读会线上的活动影响力更大，中外经典文学作品朗诵会、《草原》北中国诗卷·青春的交响朗诵会、“石榴花开”诗文品读会、“逆行之光·青城加油”诗歌朗诵会等活动，采用在线语音直播的方式，每一场都会引起热烈的反响。

从最早的雷蒙读书会，到内蒙古妇联“一起读书”公益活动，从樊登书店读书会、Enjoy英卓读书会、时代阳光阅读会，到额勒朗诵艺术团、思享阅读会、沐春文化朗读会……这种爱阅读、爱朗诵的良好氛围，近年来已成风气，越来越多的爱好者加入进来，而且出现了很多年轻的身影。

每一次文化公益活动，都会带来蝴蝶效应，经常在朋友圈里刷屏，引得外地朋友羡慕不已：“呼和浩特的文化氛围可真好啊！”

城市文化繁荣的目的是满足人民群众日益增长的文化需求。阅读的人群增加了，公共服务设施也要跟上，在报端、手机端都能看到这样的报道：

> 呼和浩特市以城市书房建设为抓手，持续深入开展“书香呼和浩特”和“鸿雁悦读”品牌建设，构建覆盖城乡的“15分钟阅读圈”服务体系，在全市营造“爱读书、读好书、善读书”的良好氛围，不断提升呼和浩特市的文化能级。

“15分钟阅读圈”意味着从任何一个地方出发，15分钟内就能到达书店、鸿雁书房等可以坐下来阅读的公共场所。

呼和浩特市图书馆在企事业单位、社区等地设分馆，这已经不是新鲜事了。早在2020年，呼和浩特市图书馆鸿雁书房在如意开发区启用，正式拉开呼和浩特市鸿雁书房建设的序幕，同时开启了“鸿雁悦读”的服务模式。

图书馆开在社区，居民只需要走出家门就能挑选到自己喜欢的书。这对喜欢阅读的人来说是一个巨大的便利，尤其是对于喜欢带孩子“泡”书店的家长来说，更是方便了许多。

住在如意小区的秦风每周六日都会领着孩子去图书馆或者书店坐坐，如意开发区的鸿雁书房就在他家附近，他每天下午下班接孩子放学，路过鸿雁书房，就会顺道进去，父子俩守着一张桌子，津津有味地读着书。偶尔抬起头来，秦风看到儿子的手肘压在一本科幻漫画书上，手托着下巴出神，他也不去打扰。

“起初我是填鸭式地给儿子推荐书，还给他讲，有时候能看出来他很不耐烦，我自己还挺生气。”秦风笑着说，“后来参加了一次樊登书店‘亲子阅读算不算真正的阅读’主题活动，专家的讲座以及大家的分享让我醍醐灌顶，我意识到应该让孩子独自阅读，不打扰，才能培养孩子的专注力，才能让他形成思考的习惯。现在我们基本就是各看各的，他有问题需要我帮助的时候，我再帮他。这样做的效果很不错，他也越来越爱看书了。”

秦风的儿子马上要升入初中了，他有点儿遗憾地说：“要是去离这里远的地方上初中，就不方便来这里看书了。”

“那还有别的鸿雁书房呢，一样可以去。”我安慰他。

我从手机上找出一条图书馆的推送链接给他看鸿雁书房的分布图。

他惊喜地说：“现在有这么多家了？锡林南路儿童探索博物馆旁有一家，石羊桥路玉泉区好人公园有一家，蒙鑫国际小区、秋实学院、星火巷……”

他一个一个地数着，刚才的惆怅一扫而空。

进入2023年，呼和浩特市为提升城市文化能级，把服务的触角伸向人群更集中和位置相对偏远的社区。

于是，一个个有着敞亮的空间、崭新的书架、整齐的桌椅、智能化的设施以及琳琅满目的书籍的24小时街区图书馆，先后在体育场、秋实学院、上东墅等地建起，极大地满足了周边居民的阅读需求。尤其是进入冬天后，人们更多地选择走进书店、书房。有的鸿雁书房还成为小学生的临时自习地。

“孩子放学早，有时候赶不及接孩子。放学后她一个人回家我还不放心，她就去鸿雁书房看书、写作业，等我下班了再喊她回家。”住在星火社区的王文莲说，“孩子在这里，我特别放心。”

社会的进步、人民群众的幸福，不仅体现在物质生活的不断丰富上，更在于精神世界的饱满丰盈。如今，经过不断地融合、探索，通过“鸿雁书房+青城驿站、景区、学校、社区、军营、机关、企事业单位、草原书屋”等多业态服务模式，打造出各具特色的鸿雁书房。24小时自助鸿雁书房已成为青城推进全民阅读的新阵地、文旅融合的新标杆、城市文化会客厅。

“叫一声‘妈’，我有4个家；被叫一声‘妈’，我有自己的家。”2021年5月，在内蒙古广播电视台《我家有故事》节目里，当呼和浩特供电局110KV察素齐变电站的张春梅说出这句话时，在场的人都愣住了。

“怎么会是4个家？”所有的目光都集中在她身上。

张春梅说，她和丈夫德力格尔有相同的经历：有亲生父母，还有养父母。夫妻俩将这8位老人都视为亲人。丈夫因病去世后，她就一个人挑起了照顾2个孩子和4对父母的重担，成了5个家庭的“主心骨”。

“一天24小时，对我来说有点儿不够用。”张春梅特别爱笑，说这句话的时候，没有半点抱怨的意思，“我就是特别想多一些时间照顾他们，毕竟他们都是80多岁的人了，生活起居都不太方便。”

每天早晨，张春梅先去公婆家照料二老的饮食起居，然后去上班。好在她的亲生父母家兄弟姐妹多，她可以少跑一点儿。丈夫的养父母她更得管，养父患上了白内障，双目失明，她带着老人去做手术，还帮他们翻盖了房屋。在丈夫的养父去世前，她让老两口搬进了新房，完成了丈夫生前的心愿。

“那几年真是‘屋漏偏逢连夜雨’，我的养父因脑溢血瘫痪在床，养母身体也不好，家里还有一个智障的二儿子，我把大部分精力放在这个家。”她的养父去世后，为了方便照顾养母，张春梅在自家附近为养母和二哥申请了一套廉租房。

日子就这样一天一天过着，张春梅就这样一家一家地忙着。“好在我的两个孩子都大了，也能帮我了。这么多年，我身边很多人都在支持和帮助我，要不然我哪能这么一关一关地闯过来。”

张春梅很忙，尤其逢年过节，她要按照不同的民族习俗给4家老人置办年货节礼，清扫、布置房间，在毕克齐和察素齐之间往来数趟。在工作上张春梅也不落后，她工作积极主动，认真负责，待人温和谦虚，每当同事在工作中或生活上遇到困难，她都会想方设法给予帮助，与他们相处融洽，更似一个温暖的大家庭。

张春梅的故事感动了很多人，“内蒙古自治区道德模范”“内蒙古好人”“全区民族团结进步模范个人”“呼和浩特市道德模范”“青城好人”等荣誉也接踵而至，她既激动又感慨：“照顾老人是我们中华民族的传统美德，我只是做了我应该做的事情，没想到还获得了这么多荣誉和认可，以后我也要为社会多做贡献。”

张春梅积极参加了呼和浩特供电公司新时代讲习团，不时深入基层宣讲民族政策，以实际行动唱响“民族团结一家亲”主旋律。

无论是为人女、为人妻、为人母，还是变电站职工、新时代讲习团成员，张春梅都乐在其中，中华民族的传统美德在这样一位普通女性身上有着别样的光彩。她心中有一团信念的火种，就是要以自己的奉献去照亮他人。

张春梅的坚强、淳朴和善良，让我很自然地想起了“内蒙古十佳法治人物”、尚衡律师事务所的律师塔拉。

塔拉是个直爽的人，她走路带风，说话率真，自信大方。每每看到她匆匆的瘦小的背影，你很难想象她已经年逾七旬了。

第一次见到塔拉的人，都会因她身上明显的烧伤后遗症而惊讶，那是她52年前在锡林郭勒盟的一场救火行动中死里逃生落下的一级伤残。但塔拉没有因此消沉，她选择将法律服务作为自己的终身事业。听到这段故事，很多人会自然地流露出同情的神色。塔拉却把那场大火定义为“重生”。正是这样一位身有残疾的女人，18年如一日，奔波在为妇女儿童维护权益的路上。

塔拉办理过千余件妇女儿童权益相关案件，更是援助过无数家庭暴力案件，见证了太多暴力造成的伤害，轰动全国的丈夫杀害女记者红梅的案件即由她和她的律师团队负责辩护。2006年，内蒙古自治区妇女联合会（以下简称内蒙古妇联）成立了妇女权益维护志愿者团，塔拉等来自全区的50余名律师成为志愿者，不断为受家暴的妇女发声、奔走，虽然艰辛而琐碎，但塔拉始终甘之如饴。

在北京尚衡（呼和浩特）律师事务所的支持下，她的妇女儿童维权之路也越走越宽。塔拉与北京尚衡（呼和浩特）律师事务所主任王玉琳共同帮助受前夫骚扰、遭家暴长达12年的赵昕（化名）申请到内蒙古首份“离婚不离家”人身安全保护令，终于结束了赵昕长达12年的梦魇。此案也入选了第二届全国维护妇女儿童权益十大案例，被评为“2016年内蒙古十大法治事件”之一。“离婚不离家”人身安全保护令被最高人民法院选为优秀案例。

“俗话说清官难断家务事，很多妇女儿童受侵害的案子比别的案子办起来难度更大。律师如果没有热心、爱心和社会责任感，是干不了这个事的。”王玉琳说，“别看塔拉律师年纪挺大了，办起案子来比年轻人还有活力、有韧劲。经常是她带着我们跑。”

塔拉笑了，说：“我还不算老。等我实在跑不动了，就帮着接听24小时妇女维权热线。反正我不能闲着。”

“闲下来后每天散散步、赏赏景、跳跳舞，不好吗？”

“对别人来说挺好。对我来说，不好。”塔拉说，“我总想起当年在大火中牺牲的战友，既然我活下来了就不能白活。只要还能为社会做点儿有意义的事，我就要多做一些。何况，有很多妇女儿童需要我们帮她们维护权益。我能干的时候就好好干，多帮一个是一个。”

与塔拉律师合作多年的内蒙古妇联原权益部部长魏云玲说起塔拉满是钦佩：“塔拉律师是个非常纯粹的人，爱憎分明，正义感爆棚，为调查一个案子不知道要跑多少趟，没少吃苦受累，甚至不被理解，但她不计得失，身上好像有使不完的劲儿。70多岁的人，她的精气神儿，我们年轻人都比不了。这可能就是信念的力量吧。”

每一个甘于奉献的人，都愿意向这个世界捧出自己的赤诚，无所求，也无所悔，怀着一颗赤子之心一直向前走。

在第一女子监狱“丁香节”活动上遇见的“青城好人”魏刚，也是这样的人。

魏刚第一次做公益是在20世纪90年代，去的是清水河北堡乡口子上村，他看到那里的孩子穿的衣服那么脏，校舍里有窗户没门，有电线没电灯，孩子们的目光是懵懂的、胆怯的。“临别的时候，有一个小孩用一张皱巴巴的纸包了一个圆圆的东西塞给我就跑了。我上了汽车后打开那张纸，里面是一个椭圆形的东西，原来是一颗煮熟的土豆。村里的孩子心目中最好的东西原来是土豆，而他却把它给了我。”这一刻，魏刚坚定了做公益的决心。

做公益的最初阶段，是困难而孤独的。“很多人不理解，包括我的妻子、儿子。但是时间长了，我的家人慢慢理解了我，也全力支持我了。”

2004年，魏刚开通了一条青少年心理咨询热线，至今已经接了5万多通电话，接触了几千个孩子，38个有轻生念头或行为的青少年得到了救助。

“一个电话对应的就是一个无助的家庭。我也为人父母，我见不得父母无力、绝望又期待的眼神。”魏刚说。他曾经帮助过一个男孩。他赶到男孩家的时候，男孩已经坐在了窗台上，窗户也已经打开了。

“我一下子冲过去抱住了他。那一刻，我突然不能动了，可能因为动作太猛了，或者因为我太恐惧了，身体出现了应激反应。”这件事过去后，魏刚既后怕，又欣慰，“我庆幸我来得及时，我也庆幸我竟然还能救人，尽管我不高大，也不魁梧。”

2006年，他走进内蒙古女子戒毒所，开始了更多的专项服务。帮助失足者修复心灵，改善她们的生活，由此也接触到不少特殊或贫困的家庭。他发现，墙内那些女子的问题根源其实在墙外。于是，他于2009年创办了“紫丁香之爱”公益团队。

“我就是有一股不服输的劲儿，人称‘一根筋’。”魏刚自嘲道。他把公益团队取名为“紫丁香之爱”，就是因为做公益的人就像丁香那样真诚、进取、团结、自信，都有一如青城百姓般质朴的情怀。

随着时代的发展，他们公益服务的领域也在不断扩展，内蒙古自治区第一女子监狱就是他们常去的地方。同时，他们在中华优秀传统文化传承、社会心理服务、乡村扶困救助、城市社会文明和红十字人道精神传播上，都做了大量工作。十多年来，他们的足迹遍布山区、草原，行程10万多公里，捐助各类物资价值达120万元，资助贫困学子630多名，做公益讲座2000余场，捐赠现金达100余万元，成为呼和浩特市志愿服务文明进步的一面旗帜。

城市作为巨大的生命集合体，每一位居民都是其精神品格的培育者与提升者，也是承载者与守护者。正因如此，我们才会说：“人人都是城市的软实力。”

城市的精神品格是由千千万万的人创造出来的，也会在千千万万的人身上更好地展现出来。

呼和浩特这片古老而又年轻的土地上，涌现过很多平民英雄，也从来不乏乐于奉献的人。2024年，呼和浩特市共选出“内蒙古好人”“青城好人”37人，“新时代好少年”104人，1人入选“中国好人榜”。组织开展“感党恩、听党话、跟党走”“德耀青城”等先进典型事迹报告会、基层宣讲、好人见面会等活动180余场，推动道德模范先进事迹进公园广场、街道社区等公共场所共计1900余处。

多年来，道德模范引领风尚，文明创建热潮涌动，志愿服务情暖人心，从机关单位到田间地头，从城镇社区到乡村，文明的力量春风化雨、润物无声。

提名“大国工匠”的丁瑞，“全国脱贫攻坚模范”武汉鼎，“全国防沙治沙先进个人”刘平杰，“全区道德模范”魏明，守护北疆生态近30年的环保老兵孟庆臣，“最美科技工作者”史玉东，“全区民族团结进步模范”付兵兵，社区“贴心人”武荷香、李一芝，还有徐润平、宋守军、何红、郭连娣、王芸、赵雅冬、杜倩、陶伟、王帅、云雨森、郝方树、李峰、巴特尔、马玉彬、仝伟、杜一伟……这一个个闪光的名字和他们的故事，成为城市文明的注脚。他们都在以实际行动塑造着这座城市的精神品格。

《呼和浩特日报》上的一篇文章《呼和浩特市持续推进文明城市建设综述》中写道：

> 2024年，呼和浩特打造了新时代文明实践基地48个，新时代文明实践点66个，推出新时代文明实践带7条，进一步扩大文明实践覆盖面。还举办了“多彩实践　乐享假期”寒暑假未成年人实践活动400余场，打造了15个关心关爱未成年人品牌及项目。与此同时，呼和浩特常态化开展“文明实践我是行动者”活动1万余场次，服

务20余万人次，打通服务群众的“最后一公里”……

2024年，呼和浩特市进一步完善文明城市创建工作、12345热线、市委网信办、市融媒体中心的联动机制，及时回应群众诉求，围绕老旧小区改造、温暖工程、饮水难、物业服务不到位等与群众日常生活密切相关的问题，推动市民诉求的快速解决。截至目前，推动解决基础设施、水电气暖、环境卫生等各类问题5.1万件。

呼和浩特市深入开展“文明有约　青城共赴”“文明交通你我同行”“青城十礼”等市民文明素质提升活动4800余场。推出公益海报、短视频等新媒体作品450余件。开展“我们的节日”“文明有我”等系列群众性文化活动5000余场，让文明浸润群众心底，融入城市血脉。

依托“青城之光”理论宣讲团、理论学习轻骑兵开展诚信宣讲1800余场。重点打造“‘诚’就美好青城”诚信宣传工作品牌，刊发相关报道1800余篇（条），在中央和自治区媒体上报道相关稿件340余篇。创排演出二人台小戏《一诺千金》等诚信主题剧目19部，演出230余场，举办诚信主题书信征文、演讲比赛等各类诚信教育活动3000余场，刊播公益广告1250余小时。

组织开展“奋进新征程　共筑家国梦”“德耀青城　好风传家”“弘扬中华传统文化　传承良好家风家训”等活动200余场；举办“立德树人少年时　强国复兴担大任”全方位育人品牌发布活动，开展“扣好人生第一粒扣子”“小手拉大手　文明一起走”“创文明校园　做文明学生”等青少年系列主题活动和学雷锋志愿服务活动、预防网络沉迷等主题实践活动1200余场。以铸牢中华民族共同体意识为主线，举办了“邻聚力·共享家”共建美好幸福家园呼和浩特市第二届社区邻里节活动240余场，参与活动的群众达2万余人，让社会主义核心价值观内化于心、外化于行。

这篇文章还从民生、环境卫生、交通秩序、小区管理等角度，记录了呼和浩特开展的七大专项整治行动和市民文明素质提升八大行动的成果：背街小巷的果皮、纸屑不见了，路面平整了，大雨过后也没有积水了。

“交通违法”随手拍、“分餐不分爱　公勺公筷保健康”随手拍、“文明随手拍”等系列活动，更是鼓励、引导群众参与到文明城市常态化创建中来，极大地提升了群众对城市的认同感、归属感。

一系列举措和行动，让现代文明生活理念、生活方式逐渐成为群众的自觉行动。这也是近年来呼和浩特市持续推动文明城市创建结出的文明果实。

从草原狂欢到文化破圈

大幕缓缓拉开，宛如徐徐铺展的历史长卷，舞剧《昭君》用唯美的舞蹈艺术讲述了一个传奇女子的故事。

舞者们的身姿似灵动的画笔，每一个动作都勾勒出细腻的情感线条。每一个舞姿、每一道光影、每一段旋律，都像是历史与艺术碰撞出的火花，照亮了我们对那段古老岁月的想象。

2024年8月23日，敕勒川草原上，第二十五届呼和浩特昭君文化节在舞剧《昭君》营造的美轮美奂的艺术氛围中拉开帷幕。

演出结束，扮演王昭君的青年舞蹈家张羽琪卸妆很仔细，就像上妆的时候，要一点一点描摹、晕染，而后戴上那些珠钗、穿上层层叠叠的汉服一样。

“昭君已经是青城的一个文化符号了，演昭君，演的是延续了几千年的中华民族的文化传统，是民族团结进步的新时代解读。”张羽琪说，《昭君》是她演过的角色中特别钟爱的一个，“昭君一生都是和平的使者、美丽的化身，我们应该以多种形式把最核心的精神传递给广大观众”。

每年8月，当夏末的微风轻拂过草原，昭君的故事都会以不同的形式在青城重新演绎。

在对王昭君无尽的敬仰与怀念之中，昭君文化节悄然走过了24个春秋。这24年，是民族团结之花在青城大地愈发绚烂的24年。

公元前33年，汉宫女子王昭君以一己之身，承载着家国重托，踏上了一条通往未知的和亲之路，不仅平息了汉匈之间的干戈，更让“昭君出塞”的佳话成为民族团结的永恒记忆。这份跨越千年的文化记忆，如同一颗璀璨的星辰，闪烁在中华大地的文化天空中。

昭君抵达漠北后，积极传播中原的农耕技术、礼仪文化，推动了汉匈“边城晏闭，牛马布野，三世无犬吠之警，黎庶忘干戈之役”的和平局面，使汉匈友好关系维系了60余年。

昭君带来的中原文化与草原文化在此深度融合，不仅改进了当地生产方式，更让“和亲”成为文化纽带，为后世留下“昭君自有千秋在，胡汉和亲识见高”的历史启示。

“丰州滩畔王昭君，青冢犹存至今新。”岁月流转，2000余年的时光匆匆而过，但草原人民对昭君的歌颂绵延不绝。

为了纪念这位远嫁边塞的汉家女子，历史上许多文人墨客曾到此凭吊，留下了大量的诗词歌赋；近现代的文艺工作者也以她为题材，创作了诗歌、小说、舞剧、影视剧等艺术作品。老百姓口耳相传，讲述着昭君的故事，并将其融入日常生活，表达朴素的爱与怀念。

2008年，中央电视台以影像考古的手法，精心制作了专题片《王昭君》，不仅还原了毡车远行的历史现场，还构建起跨越两千年的文化对话场域。当专题片的英文译制版在海外播出，一度掀起东方文化热潮，昭君的银簪与草原的弯弓，已然化作文明互鉴的红绳。

文化的候鸟效应远未停歇，昭君的影响力早已跨越了国界。在越南，昭君题材的小说《昭君贡胡书》和《昭君新传》广为流传，东方叙事在异域开出并蒂莲。19世纪的汉学先驱们已在古籍残卷中嗅到昭君的异香，玛克龙明、日·勒夫以西方棱镜，在《美女》与《中国著名妃子》的著述中，对王昭君进行了重点介绍，折射出东方美人的文化内涵。

昭君文化，是一种跨越时空的文化传承，是一条连接内外的文化纽带，更是一种面向未来的文化力量。

而今，承载着各民族多元共融的历史文脉的呼和浩特，仍氤氲着昭君款款而来的浪漫意象。在这座城市很多地方都能找到昭君的印记：有以她的名字命名的街道、公园、广场、酒店、博物馆，有以她为主角的文艺演出，还有与她有关的民间习俗……呼和浩特用几十年的时光，将昭君文化从一个符号发展为一场影响世界的节庆活动——昭君文化节，让这份文化底蕴在现代社会中璀璨绽放，如同草原上最温柔的风，轻轻吹拂着每一个渴望和平的心灵。

每一届昭君文化节，都是一次对昭君精神的深情回望。从最初简约、热闹的昭君庙会，到如今集文化、艺术、旅游、经贸于一体的综合性盛会，点缀着历史与文化的浩瀚天空，见证了这座城市的变迁。

1988年农历七月，一场由民间自发组织的昭君庙会在呼和浩特南郊昭君青冢（即昭君墓）脚下拉开帷幕，人们用蒙古族长调与汉族山歌交织的旋律，叩问着历史深处的和亲传奇。

1999年，呼和浩特市政府正式将昭君庙会更名为“昭君文化旅游节”，并在青冢举办了首届文化节。如同在时间长河中投下了一颗石子，激起了层层涟漪，唤醒了人们对那段历史的共鸣与向往。这一届文化节，着实有了节庆活动的模样，虽尚显稚嫩，却已显露出文化破圈的端倪：民俗歌舞、书画笔会与理论研讨交织，学者与牧民共话“和亲文化”，昭君墓前回荡着《昭君出塞》的悠扬旋律。那一年，我以《呼和浩特晚报》记者的身份参加了首届文化节，在活动中遇到了来自昭君故里的人，也是昭君家族里的后人。那女子肤色白皙，举止端庄娴雅，说起话来字正腔圆，她在兴山县昭君博物馆做讲解员，这份工作于她再合适不过。

第二届昭君文化节突破地域限制，邀请全国文艺名家与本地艺术团体联袂献演，开幕式晚会《天堂草原》首次将草原文化与现代舞台技术融合在一起，让世界听见“天苍苍，野茫茫”的苍茫回响。

2004年，昭君文化节与首届草原文化节联袂登场，35国佳丽共聚青城角逐“环球洲际小姐”桂冠，来自蒙古、俄罗斯等15个国家的艺术团，与中国内蒙古的艺术家在草原上演出、交流。从此，昭君文化节跳出“昭君出塞”的单一叙事，成为草原丝绸之路上不同文明碰撞融合的舞台。

进入新时代，文旅融合大势下的昭君文化节更显气象万千。2023年，140多位海内外学者齐聚青城，围绕“昭君文化在中国式现代化中的基因”展开研讨，“昭君出塞和亲路”申遗倡议引发五省联动，雁门关的落雁池与青冢的月光遥相辉映，昭君文化从历史符号升华为文明对话的桥梁。

第二十五届呼和浩特昭君文化节用一个月的时间，带领游客沿昭君出塞之路沉浸式体验呼和浩特这座城市厚重的历史文化：沉浸式演艺、文化交流、互动体验、户外潮玩、展览展示5个主题的25项特色活动，其中，主体活动10项，包括“炫彩敕勒川”实景演艺、民乐之夜等；配套活动15项，包括故宫博物院清代宫廷玉器展、敕勒川草原半程马拉松、篝火音乐会等。它们如同点点繁星，共同构成了一个多元而包容的文化夜空。无数海内外游客与客商，在这里寻找文化的根脉。

值得一提的是，这届昭君文化节恰逢第十届博博会在青城举办，厚重的历史文化底蕴、丰富的文化活动内容，加之高规格、高品质的会议，这种重合也是呼和浩特市委、市政府的文化匠心所在。

这一年，昭君出塞和亲之路沿线湖北、河南、陕西、山西、内蒙古5个省（区）14家博物馆及文博机构的185件（组）精品文物在呼和浩特汇聚，昭君博物院再次受到国内外高度关注。这次集中展出前所未有，那一件件文物，是和亲路上的历史印记，多元地展示了昭君出塞所蕴含的历史文化和时代价值。

与此同时，呼和浩特还依托各种活动推动昭君文化在全球传播，联合和亲之路沿线城市打造文化联盟，共同发布昭君和亲之路文化旅游精品线路。此后，踏上和亲之路沿线的一条条文化精品游线路，就是踏着昭君的足迹，见证中华大地各民族相亲相爱的“石榴籽”之路。

“2024昭君文化研讨会”尤为引人注目，来自中国社会科学院、中国社会科学院大学、中央民族大学、中国民族学学会昭君文化研究分会、昭君出塞和亲之路沿线的宜昌市博物馆、洛阳市博物馆等国内60多所高校、科研院所、博物馆及社会团体的150余位学者齐聚青城进行学术交流。

时任呼和浩特博物院院长的武高明表示，昭君出塞是一条文化纽带，在新时代构建起服务美好生活、促进经济发展、构筑精神家园、展示中国形象、增进文明互鉴的文化旅游区域联动发展的新格局。

在这片古老而又充满活力的土地上，昭君文化节已成为一种文化的象征、一种精神的传承。

经过多年的打磨，呼和浩特也越来越注重市民的互动体验，让年轻人成为盛会的主力军。

忆起体验“重走昭君和亲路”之旅，已经做了多年导游的王子慧激动不已：“从昭君故里湖北兴山县发车，我就开始激动，沿着昭君出塞的路线，一路经襄阳，到西安，再穿过甘肃庆阳、陕西神木等地，最后抵达呼和浩特。每一天我都感受着昭君那种离家越来越远的难舍和慨然奔赴塞外的心情。”

2000多公里的行程，跨越长江、黄河来到敕勒川草原，沿途5省多个县市的民俗风情，给王子慧留下了深刻的印象。她心中不断感慨祖国山河之美，感慨昭君当年一路北上和亲的大义之举。“很多游客一路走来，等到达呼和浩特的时候，已经建立了深厚的感情。2000多年过去了，我们还会因为昭君而生出一份友情。”这一次活动意在促进两地的文旅项目合作，而收获远远超出了最初的预期。“昭君连着祖国的南北方，昭君连着湖北兴山和内蒙古呼和浩特，这条和亲路也是新时代各民族相亲相爱的融合之路。”王子慧表示，她愿意一直在这条路上走下去，因为这条路有情感、有温度。

历史如烟，现代人终究隔着两千多年的岁月，已经无法获知昭君出塞的彼时彼景。但是，游客可以走进昭君博物院，在“遇见昭君”剧本游中体验。体验者成为时空圆梦师，身着汉服穿越回2000多年前，在历史隧道的文物中寻找通关密码，深度体验其背后的文化内涵，探寻王昭君波澜壮阔的一生。参与体验的游客乐在其中，迫不及待地分享着“遇见昭君”剧本游的感受：“太有代入感了！”

昭君走进茫茫草原，埋下一粒文化的种子，经年累月，这粒种子在这里生根发芽，并郁郁葱葱地长成了“民族团结”的参天大树。

作为一种文化符号，作为民族团结的载体，昭君早已超越了历史故事的范畴。

两千多年后，还是这片草原，从草原狂欢到世界盛会，不仅见证了呼和浩特乃至内蒙古的发展变化，更成为中华文化走向世界的一个载体。

昭君文化节使呼和浩特市的知名度和影响力不断提升，文化节的溢出效应显著。2022年昭君文化节期间，呼和浩特接待游客超过300万人次，旅游收入同比增长28%，此后逐年增长，带动了周边餐饮、住宿、交通等行业增收。

值得一提的是，昭君文化节远远超越了文体活动的范畴，已经成为促进呼和浩特市扩大开放、推动经济社会发展乃至构建和谐社会的有效载体，是展示城市地域文化特色、塑造呼和浩特市国家历史文化名城形象的文化品牌，形成了呼和浩特独有的文化旅游产业和文化创意产业。

昭君文化节不但要“请进来”，还要“走出去”，它已经成为跨文化交流的桥梁和纽带。

中国爱乐乐团携《千里江山》登上乌兰恰特，与蒙古国、奥地利的艺术团同台演出。

舞剧《昭君》在宜昌、上海等城市巡演近百场，引发“昭君回娘家”的文化共鸣。

昭君文化节期间，“百团千场下基层”惠民演出年均8000余场，草原书屋藏书超5700种，让文化的滋养触手可及。

昭君墓晋升为国家5A级景区，昭君博物院年接待游客超过50万人次。

呼和浩特因昭君文化节跻身“中国十大节庆城市”，与乌兰巴托、首尔等城市建立了文化交流机制……

当夜幕降临，敕勒川草原马头琴湖上亮起追光灯时，舞剧《昭君》的旋律再次响起。2000年的风沙未能湮没青冢的苍翠，今天的文化节正让这段和亲史诗成为连接过去与未来、中国与世界的文化桥梁。这或许就是文化最动人的力量——在传承中创新，在开放中包容，在对话中生长。

一杯奶的环球之旅

晨雾未散的大草原上，牧民敖特根将挤奶桶摆放在蒙古包外，她双手温和地贴合牛腹轻柔地揉挤着，乳白色的牛奶汩汩流入桶中，泛起细碎的奶泡。

这是游牧民族延续数千年的传统生产、生活方式留在人们记忆中的画面。

如今，内蒙古草原的牛奶正通过现代产业链的“毛细血管”，流到全球数亿家庭的餐桌上。

从智慧牧场到奥运赛场，从克什克腾旗的天然牧场到纽约第五大道的有机食品店，从蒙古包里的奶茶到巴黎时装周的奶酪甜点……一杯牛奶的旅程，见证了民族融合与产业革新的双重变奏。

荷兰合作银行发布的2024年全球乳业20强排行榜显示，中国乳企伊利稳居第五，蒙牛位列第九。

内蒙古是全球重要的奶源基地，生产高品质牛奶。数据显示，全国每六杯牛奶中就有一杯来自内蒙古，而排名全球乳业前十的伊利、蒙牛两家乳企都在呼和浩特，呼和浩特被称为“中国乳都”实至名归。

追溯一杯出现在我们餐桌上的牛奶是如何诞生的，这个过程不仅包括产品从牧场到工厂的生产全流程，而且涉及草种、草业、牛种繁育、养殖业、技术等各行各业、各民族的交融合作。

草业是“乳业第一车间”，饲草的品质决定着牛奶的品质和安全。紫花苜蓿是“牧草之王”，其蛋白质含量达20%以上，是非常适合奶牛食用的优质牧草。近年来，呼和浩特市积极建设苜蓿产业化种植示范基地，增加优质饲草种植面积，提高优质饲草自给率，为乳业全产业链发展提供保障。

站在土默特左旗紫花苜蓿基地的田边，眼睛会非常舒适，那一大片绿油油的苜蓿，整整齐齐地覆盖在大地上，生机勃勃。

这是苜蓿头茬收割的时刻。清早，农民驾驶的收割机已经在地头作业，几台机器依次开动，收割后的土地露出土黄色，远远看去，油绿色和土黄色一溜一溜或错落，或相间，像散发着草香的田园诗行。

作为高蛋白、高维生素、高矿物质及微量元素、高能量、高消化率的饲料作物，紫花苜蓿是奶牛最好的“营养餐”，而且紫花苜蓿一年能收四茬，收割后的苜蓿被打包成“草罐头”，送到奶牛的餐桌上。

苜蓿收割、晾晒时最怕下雨，如果赶上下雨而延迟收割，苜蓿草就会开花，影响营养价值。种植苜蓿需要防范霜冻、倒春寒、渍涝、冰雹等气象灾害。

抢抓晴好天气的“收获窗口期”，需要气象部门的助力。你或许很难想象，气象观测会直接应用于饲草种植，科技的助力让饲草良好的生长有了保障。

在土默特左旗万亩人工饲草气象观测示范区，可以看到蒸散量观测仪、轨道式植被观测仪、作物生育期智能识别监测仪、高标准农田气象试验仪等设备，这些设备守护着这片草场，提供全链条、全周期气象服务，同时发布灾害性天气预报预警。

紫花苜蓿种得好坏，直接关系到乳业能否良性发展，其重要性不言而喻，因而在每一处草业基地，你都会发现科技无处不在。

在60公里外的和林格尔县台基营苜蓿基地，蒙牛旗下现代草业的技术团队正用无人机喷洒微生物菌剂。盐碱地曾是呼和浩特乳业发展的“卡脖子”难题。蒙牛集团成功改良土壤，并采用了智慧灌溉技术，将这一片盐碱地变成优质苜蓿的“绿洲”，不仅保障了奶牛的“口粮”，而且带动周边农牧民增收。

在巴彦淖尔市，蒙牛旗下圣牧高科有机奶业园区的万亩青贮玉米田里，传感器正在实时监测土壤墒情，确保每一株饲草都汲取天地精华。

改良托克托县5万亩饲草产业园的盐碱地，已成为现代草业综合治理项目。耐盐碱的青贮玉米、苜蓿、燕麦等成为保障奶牛“口粮”的优质饲草。

从种植到科研，以伊利和蒙牛为代表的乳企正在掀起创新之风。

即便如此，国内饲用草种植仍然无法满足旺盛的市场需求，我国每年从国外大量进口优质苜蓿。也正是因为优质牧草供不应求，催生了呼和浩特将种源创新作为破解乳业“卡脖子”难题的决心。农业农村部《“十四五”全国饲草产业发展规划》提出，到2025年，全国优质饲草产量目标为9800万吨，其中，苜蓿等优质饲草被列为优先发展方向。

呼和浩特市以“从一粒种子到一杯奶”为支点，启动了优质牧草技术攻关项目。

国家林草种质资源库内蒙古分库内，2200种草种、6万份样本在恒温恒湿的环境中沉睡。这里保存着蒙草集团历时20年采集的乡土草种，其中，自主培育的紫花苜蓿干草蛋白质含量达21%。

2024年，呼和浩特市制定苜蓿草、燕麦草地方技术标准44项，形成“育种—扩繁—栽培—加工—利用”全链条技术体系，推动优质苜蓿亩产提升43%。

从土默特左旗、和林格尔县到托克托县，呼和浩特市已建成145万亩优质饲草基地。蒙草集团联合正时农业、优然牧业等306家草企，形成“青贮玉米+苜蓿草+饲用燕麦”的三元供给模式。2024年将170万亩盐碱地改良为饲草基地，2025年目标是突破300万亩，饲草自给率稳定在80%以上。

蒙草集团的螺旋繁育塔内，环境控制系统正在精准调控温度、湿度和光照。通过“补光+水培”技术，牧草生长周期从45天缩短至7～10天，全程采用微喷灌溉、无土栽培技术，相较传统模式，人工和用水成本明显降低。这家企业联合32家科研机构、85个科创团队，成功培育了6个饲草新品种，开发了国内首款低成本苜蓿液相芯片，构建了国际领先的种质资源数据库。

在乌兰布和沙漠的圣牧高科园区，传感器实时监测青贮玉米田的土壤墒情。这项源自以色列的滴灌技术，经本土化改良后，不仅使饲草产量提升，而且节水效率达到国际领先水平。

2023年，农业银行对伊利授信超过150亿元，专项支持饲草基地建设与技术攻关。政府同步实施“草畜一体化”奖励机制，对标准化种植基地给予补贴。金融活水与政策春风，让蒙草、正时农业等306家草企形成了产业联盟，带动5000亿元畜牧业产值。

这一模式证明，乳业发展需农业、科技、金融等多领域协作。种源创新突破资源限制，盐碱地改良扩大产能，全产业链整合提升附加值，最终实现“从一棵草到一杯奶”的乳业振兴目标。

不仅要有好草，还要有好牛，更要有一流的饲养技术。

赛科星是国内奶牛育种领域的“顶流”企业，不仅建立了国内最大的奶牛基因数据库，还在呼和浩特市清水河县布局了世界级育种场。这个育种场“黑科技”满满，每年能培育500头顶级种牛，还能用高科技的胚胎技术生产5万枚高产奶牛“种子”。

10年前，我国一头成年奶牛年平均产奶量仅有5.5吨，而发达国家一头成年奶牛年平均产奶量为10吨。伊利将种质资源视为奶业“芯片”，启动了“良种牛品质升级工程”，最终培育出年产奶量达14吨以上的“天选之牛”，这些牛具有高产、长寿、抗病的基因。

从“引进改良”到“自主育种”，呼和浩特市已建成2个国家级奶牛核心育种场、1个种公牛站、16个奶牛扩繁场，建成了全国最大的性控冻精生产基地。在养殖端和生产端，大数据、物联网、5G、人工智能等先进技术，以及智能化、数字化设备已在呼和浩特市各大乳企得到应用。

走进敕勒川生态智慧牧场，可以看到奶牛的管理有条不紊、分门别类，仿佛一所“因材施教”的奶牛学校，根据不同品种、不同年龄的奶牛采用不同的饲养方法。在这里，已经有数千头奶牛出生、成长，并完成它们的使命——产奶。

不同阶段的牛都有专属休息区和运动场，干乳期的牛还能享受60天的“带薪休假”，住在带有度假风格的小单间里。产奶期的牛更幸福，全智能牛舍里，挤奶、喂食全部实现自动化，牛犊出生后都有独立的“婴儿房”。

在这里大可不必担心奶牛粪便会带来污染。伊利集团早在2008年就开始采用国际先进的“粪污干湿分离系统”进行粪污处理。粪污中分离出的固形物经堆肥发酵，作为牛床垫料，可防止奶牛发生乳房炎，保障原奶质量。另一部分液体被引入氧化塘，作为液体有机肥料，满足有机饲草的种植需要。

最神奇的是奶牛会自动走上牧场的转盘式挤奶设备。这个设备看上去不起眼，但运转起来，单台设备8分钟就能完成80头奶牛的挤奶工作。在挤奶的过程中，转盘会缓慢旋转，以便让奶牛感觉每次挤奶都在同一个位置，增强其安全感。挤奶完成后，奶牛会自己退出转盘，回到休息区或运动场。

相较于转盘式挤奶区，全智能无人牛舍让奶牛更为放松和惬意，它们可以自己选择休息、挤奶、进食的时间。牛舍内分为挤奶区、躺卧休息区、采食区3个区域，挤奶区引入了8套无人挤奶机器人，奶牛“足不出户”就能自主完成挤奶，生产效率大幅提升。

奶牛进入挤奶区后，机器人会自动识别乳房并完成药浴、验奶，使牛奶产量提升10%。系统还能根据奶牛的产奶量和泌乳期设定挤奶次数，并准确识别乳房炎等问题。此外，挤奶时系统会根据奶牛的身体状况补充精饲料，实时监测牛奶的质量。

生态智慧牧场里的奶牛戴着智能项圈和耳标，可以实时监测其健康数据，每次挤奶都相当于做一次体检，通过大数据分析保障奶牛的健康。

这是呼和浩特市敕勒川生态智慧牧场的日常，标准化生产、集约化经营、资源高效利用的智慧牧场，是奶牛养殖业的全新模式，其中应用的多项技术成果均来自2022年度内蒙古自治区科学技术进步奖一等奖项目——乳业智慧牧场标准化及关键技术。

目前，伊利在全球设立了15个创新中心，开展全产业链创新合作，突破了中国乳业的多项“卡脖子”技术难题。2022年7月，伊利现代智慧健康谷全球智能制造产业园正式投产，引入上下游产业链企业300多家，形成了集种植、养殖、包装、物流、营销、新能源、总部基地、城市建设于一体的全产业链、全周期现代化产业体系。

在牛奶从牧场运送到伊利数字工厂后，几小时内就可以完成加工并进入市场。

在伊利现代智慧健康谷液态奶全球智造标杆基地，你会惊异于从原奶到成品盒装入库等十多道工序全部实现了无人化作业，所有的工作都离不开智能化协作网络。

在液态奶全球智造标杆基地，物联网传感器实时采集各项原奶数据，AI算法根据市场需求动态调整配方，形成“牧场—工厂”的智能协同网络。灌装环节的利乐E3超高速灌装机与MES系统联动，实现辅料添加、灌注、封合的毫秒级同步，温度误差控制在±0.1℃以内。这种“设备—数据—工艺”的三位协作，不仅使单线产能显著提升，且异常奶源的检出率高达99.9%。

如此复杂的流程，从原奶到灌装，仅仅需要几个小时，从每秒11包的灌装奇迹到覆盖43个国家的全球供应链，通过配备了GPS的冷链车运往全国400多座城市。每一包牛奶都拥有唯一的区块链溯源码，消费者扫码即可查看牛奶从牧场到货架的全生命周期数据。

这样的数智化生产已经成为乳业巨头的标配。蒙牛数智化已经进入了3.0的AI时代，构建了从供给侧到消费侧数智双飞轮驱动的模式。在供给侧，数智化3.0主要包括智慧牧场、智慧工厂、全渠道智慧管理等模块；在牧场端，蒙牛实现了24小时智能监控和10多种养牛标准；在生产端，宁夏“灯塔工厂”做到了全链路数智化，实现了管控一体、系统决策的全新智造模式。

这样的协作模式是一种“数字信任”，本质上是一种跨越时空的科技协作。

内蒙古大草原地处北纬45°，拥有广阔的天然草原和人工草地，公认的“黄金奶源带”造就了“全球唯一”的头衔——呼和浩特是全球唯一同时拥有2家世界乳业10强企业的城市。

在呼和浩特乃至内蒙古，众多农牧民成为奶产业链上下游的受益者。呼和浩特市乳业全产业链直接带动就业超过10万人，间接带动养殖、物流、包装等关联产业就业30万人。

“企业连着牧场，牧场连着牧民”。伊利集团通过“七种利益联结机制”，带动了560万农牧民增收。蒙牛集团在全国持续推动优质奶源基地建设，带动全国400多万农牧民增收致富。这种“产业带动+就业帮扶”的模式，让草原经济带成为民族团结的坚实纽带。

蒙古族奶食品非遗传承人娜仁其木格的店铺里正在做直播，俄罗斯游客安娜通过短视频平台看到了直播，专程来体验“草原味道”。这种跨文化的共鸣，正是民族融合最生动的写照。这几年，内蒙古的民族特色食品通过电商平台已形成规模化出口。

2015年，伊利内部就首次提出制定“全球乳业丝路”的发展规划，到如今，伊利已在亚洲、欧洲、美洲、大洋洲等乳业发达地区构建了一张覆盖全球资源和创新体系的网络。这种“走出去”的全球市场布局，从某种程度上说，正是丝绸之路精神在现代商业中的体现。

伊利已经成为全球奶源供应商，全球合作伙伴总计2000多家，遍及六大洲，分布在39个国家。伊利在全球拥有81个生产基地，产品销往60多个国家和地区。其“乳业丝路”战略通过新西兰奶源基地、东南亚创新中心等构建全球资源网络。

蒙牛通过收购澳大利亚贝拉米、布局新西兰牧场，成为“全球乳业资源整合者”，在澳大利亚、新西兰、印尼、菲律宾等地建立了68座生产基地，其中印尼工厂年产值达1.6亿美元，成为东南亚市场的重要支点。

一杯奶，早已不是从奶牛到餐桌这么简单，它是无数生产要素和文化的融合：长白山蓝莓、丹东草莓、新疆哈密瓜和来自草原的牛奶相遇，变成一杯果粒酸奶；牛奶和啤酒原本风马牛不相及的两种饮品，却能碰撞出一杯奶啤。

这种融合，从伊利现代智慧健康谷开始，延伸到伊利欧洲创新中心，途经英吉利娟姗岛，再到伊利新西兰牧场，最后到达东南亚绿色智能制造中心，“牛奶丝路”无不体现人类命运共同体大格局下共生共赢的走向。

伊利把民族文化基因注入工业设计，在金典有机奶包装上印有蒙古文“天赐良源”，安慕希希腊酸奶的蓝纹瓶身灵感则源自蒙古族纹饰，这些文化符号让产品获得了溢价。

蒙牛采用“航天级”标准打造特仑苏，将蒙古族游牧文化转化为高端品牌叙事，连续19年保持常温奶市场占有率第一。

在洛杉矶的有机食品展上，伊利金领冠奶粉与当地牧场奶源产品同台竞技。其产品凭借“α+β创新蛋白”专利技术，获得美国FDA注册，成为首个登陆美国市场的中国婴幼儿配方奶粉。

蒙牛冰淇淋品牌“艾雪”已经成为东南亚市场的“超级品牌”，覆盖印尼、菲律宾、泰国等多个国家。巴黎奥运会的塞纳河畔，身着56个民族服饰的演员们带来蒙古族舞蹈表演，马头琴乐曲《万马奔腾》与电子音乐交织成震撼的视听盛宴。蒙牛携手张艺谋团队打造的“中国之夜”，用一杯牛奶串联起草原文明与世界潮流，让全球消费者重新认识了中国乳品企业的创新基因。

更年轻化的市场正在崛起。2025年1月，内蒙古酸奶糕凭借“0蔗糖+冻干技术”登陆各地，深受白领群体欢迎，这种将传统奶豆腐与现代食品科技结合的创新产品，正在重塑“Z世代”的消费习惯。

就是这样，一杯牛奶串联起不同文明的味觉记忆。

漫步于呼市的街头巷尾，无处不展现着各民族和谐共处、文化交融的美好图景。时尚的咖啡店创新推出奶皮子咖啡，为冬日增添了一抹独特的暖意。传统的糖葫芦也玩起了新花样，中间夹着香浓的奶皮子，成为季节限定的美味。传统奶食与现代网红食品巧妙结合，共同演绎了舌尖上的民族大融合。

“在2005年我们就被授予‘中国乳都’的称号，依托伊利、蒙牛2家全球排名前十的乳企，建成了‘一谷一园’（即伊利智慧健康谷、蒙牛乳业产业园）两大千亿级园区，乳制品占全国市场份额的60%以上。”下一步，呼和浩特将盯住链条完善、科技创新和高端产品，特别是利用好全国唯一的乳业创新中心和正在积极推动获批的国家草业创新中心，把产业往更高端化、更精细化的方向做，既要填补市场空白，更要占据全球领先地位，全力打造“世界乳都”。

从“一杯奶”到“全球链”，呼和浩特正以乳业为傲，让民族文化与现代科技共鸣，让草原经济带成为民族团结与经济发展的见证。

青城
蝶变

第四章

基层治理的微笑表达

扫码解锁

“树高千尺扎根深，楼高万丈地基稳。”基层治理恰似城市的“毛细血管”，将政策温度与民生诉求紧密连接。

呼和浩特建成区人口密度高达1.06万人/平方公里，平均每个街道承载着6.44万人的生活琐事，每个社区承载着7120人左右的喜怒哀乐。

这座拥有360万常住人口的草原都市，城市人口密度大、外来流动人口多、老旧城区占比高，基层治理存在相当大的难度。

近年来，呼和浩特以“六个一”体系构建治理新格局，通过贯通市、区、街道、社区四级党组织的“一条线”，激活5880个智慧网格的“神经末梢”，打造“一网通办”的数字化平台，12345热线成为民意的“最强回声”。

当清泉街社区的“说理堂”把邻里矛盾化解到“零上访”时，当城管帮瓜农摆摊儿吆喝时，当俪城社区“红蜂驿站”的快递小哥写下问题反馈时……基层管理从街头执法变为全民共治，这些看似微小的治理细节，正让公共服务的暖流渗透到城市管理的每一条“神经”。

只有将基层治理这条“神经末梢”锻炼得足够敏锐，才可以精准感知老百姓的“微需求”和“微心愿”，才能让公共服务的温度触达每一个看得见的城市表情。

大活动与微管理

2025年五一假期，全国营业性演出票房收入达21.59亿元，观众人次突破1031万，“演唱会+文旅”的新文化消费，正在重塑城市经济版图。

越来越多的年轻人“为一场演出奔赴一座城”，演出经济的涟漪效应扩散得越来越广。

演唱会打破传统上依赖“一线城市”及“超大型场馆”的模式，转向二线乃至三四线城市，这为呼和浩特带来了难得的机遇。

呼和浩特可不可以“火”起来？这需要找到具有本土性和烟火气的“流量密码”。

周杰伦2023嘉年华世界巡回演唱会呼和浩特站带动的酒店订单量激增220%，凤凰传奇呼和浩特站演唱会吸引了超过109万人次，“演出经济”已从单一消费场景延伸为撬动城市发展的战略杠杆——跨城观演比例达68%，衍生消费覆盖交通、住宿、餐饮等关联领域，形成“观演—旅游—消费”的完整经济链条。

演唱会这样的大型演出活动，对一座城市的管理能力和基层治理能力无疑是巨大的挑战。

呼和浩特这座城市的精细化基层治理能力，也在一场场超大规模的盛事中得到了检验。

向来不温不火的呼和浩特，这两年频频“出圈”。

“周杰伦2023年8月将在呼和浩特开唱！”消息一出，迅速引发关注。

2023年2月27日这一天，无数人守着网络等待抢票，17:18开始预售8月17日场次的门票，17:58开始预售8月18日场次的门票。没想到，刚刚开售30秒，门票已一抢而空。提前半年，周杰伦演唱会已经点燃了呼和浩特沉寂的大型演艺市场。

“从原定的2场演唱会，最后加到了4场，场场爆满。”时隔一年之久，呼和浩特的演出经纪人陈实说起周杰伦演唱会，还抑制不住激动的心情，“此次演唱会吸引了全国各地的‘杰迷’，甚至还有一些外国歌迷，他们和中国歌迷一起嗨翻全场。”

全国各地18.4万粉丝蜂拥而至，仅4天时间，呼和浩特市实现旅游收入28.8亿元。

要知道，观演的18.4万人中，外地人超过了八成。

对于一座北方城市来说，8月份是旅游旺季，交通、住宿比平时要紧张得多。周杰伦演唱会突然爆火，呼和浩特地铁日均客运量达27.44万人次，体育场站进出站最高客流达6.42万人次，创单日历史最高纪录。

呼和浩特各大旅游景点也被挤爆，大黑河军事主题公园、草原文化旅游区、白塔等热门景点，旅游人次高达127万。

呼和浩特交通运输部门高效调度公共交通，公交公司4天共运送乘客达32万人次，全市巡游出租车日运输量达到16.28万趟次，每车日均运输31.78趟次，运输趟次较平时提高了近15%，出色地完成了演唱会期间的运输任务。

据百度资讯指数显示，周杰伦演唱会期间，“呼和浩特”这一关键词的搜索量攀升至历史峰值，是2022年同期的33倍。

一座城市如此迅速地破圈，这让呼和浩特的市民深感震撼。

2023年全国演艺市场统计显示，与非跨城观众相比，跨城观众倾向于观看演出后在当地及周边城市进行旅游，其中，短期旅游的跨城观众占比约为26.8%。这就意味着，不少观众会选择在观演城市进行一次1～3天的短期旅行，他们对城市的文娱消费有着不容小觑的贡献。

呼和浩特深深俘获了跨城看演唱会的观众的心。

有了2023年周杰伦演唱会的“开门红”，2024年呼和浩特在该模式上持续发力，5月到8月共举办了8场大型演唱会：张杰演唱会2场，张信哲演唱会1场，薛之谦演唱会2场，邓紫棋演唱会1场，凤凰传奇演唱会2场。

在大型活动中，不可控的因素一定是存在的，怎么把不可控变成可控，这就需要组织者的能力和智慧。

凤凰传奇演唱会那天，天气突然发生变化，人们刚刚开始入场，瓢泼大雨从天而降。当人们都在担心露天的体育场中观众无处避雨，怀疑演唱会能不能如期开始的时候，微信朋友圈里很快就有了观众穿着多彩的雨衣，在风雨中挥舞着荧光棒放声歌唱的图片。

从鄂尔多斯市鄂托克旗赶来的雷海燕一家也在现场，见到雷海燕时，她的刘海湿漉漉的，还滴着雨水，兴致却丝毫未减。

“这场雨下得太突然了，能让我记一辈子。”雷海燕说。他们是三家人开着两辆车赶来的，因为玲花是从鄂托克旗走出去的姑娘，所以他们专程来现场给家乡的歌星助力。这场雨和现场的热烈早就已经把她的疲惫消解了。“没想到会下这么大的雨。”雷海燕一边说，一边搂着女儿给她擦着淋湿的头发，“幸好组织者及时发放了雨衣。呼和浩特的热情和周到，还有在雨中坚持演唱的玲花都太让人难忘了。”

从四川飞过来的付琳琳和男朋友照日格图也在现场，被淋成了“落汤鸡”。

“我是看他和看演唱会‘一举两得’。”她对照日格图说，“我俩这也算共同经历风雨了吧。”说完她笑起来。照日格图连连点头。我问他们为什么不穿雨衣，她说，因为去接她的路上有些堵车，他们迟到了几分钟，下车的时候雨下得正大，他们没有拿工作人员递上的雨衣，“我一看反正都淋湿了，就这样吧。”照日格图说，“在雨里，大声跟着凤凰传奇唱，别提多爽了。”

“哎，你说感人不？演唱会结束后我们俩准备吃点儿烧烤，就在附近找了一家店，刚坐下，老板竟然送来一壶姜汤。这也太贴心了吧！”付琳琳拉着照日格图的手说，“你们这里的人都巴适得很。”

演唱会现场下大雨，说起来是很糟糕的意外情况。然而，现场送上的雨衣、烧烤店老板端来的一壶驱寒的姜汤，温暖了很多外地游客的心。

演唱会市场火爆，呼和浩特文旅也被点燃了。

呼和浩特文旅部门逐渐找到了“演唱会+”模式的引流逻辑，将配套文旅活动打造为城市形象展示的重要载体：张杰演唱会期间推出16项配套活动；张信哲演唱会期间推出18项配套活动；薛之谦演唱会期间推出20项配套活动；凤凰传奇演唱会期间推出24项配套活动。

这些精心设计的文旅活动充分彰显了策划者的巧思。

从机场、火车站的民族歌舞快闪，到敕勒川草原的乌兰牧骑沉浸式演出。

从昭君博物院升级版的情景剧《王昭君》，到大青山野生动物园的“遇见野人”互动项目。

从云上露营小镇的篝火烟花秀，到青城公园的工艺美术展，再到万达广场的市集消费补贴……

整座城市以文旅融合的立体化布局，向游客展现多维度的城市魅力。

全市各相关行业打破惯例，为歌迷提供多项优惠服务，以“宠粉”行动放大演唱会效应：各类A级旅游景区、营地对持有演唱会门票的游客提供优惠。整个8月，结合旅游旺季和演唱会，呼和浩特博物院所属的6家博物馆也打破“周一闭馆”的惯例，每日开门迎客。

面对呼和浩特人的热情，游客当然是买账的。抽样统计结果显示，呼和浩特2024年的8场演唱会期间，全市累计接待国内游客284.18万人次，实现各类消费收入29.44亿元。

2023年7月，生态恼包音乐节3天邀请到27组音乐人，接待国内游客50多万人次，带动呼和浩特旅游消费达5亿元。2024年元旦，新华广场跨年狂欢夜等一系列活动点燃全城，3天假期有165万人次参加跨年活动，累计接待游客135.35万人次，实现国内旅游收入8.91亿元。

呼和浩特以一座北方城市独特的方式，搭上了文旅消费的“高铁”。它以2400多年的文化底蕴和现代都市的繁华，热情地拥抱来自四面八方的游客。

让明星“流量”变为文旅“留量”，不仅仅依靠演出市场的“买赠”活动，基层治理才是这座城市“整活儿”的底气。毕竟，每一场演出背后，都是一次对城市治理水平的大型测评。

呼和浩特各部门协同作战，成立了由交管、市场监管、环卫等13个部门组成的保障指挥部。新城区作为主场馆所在地，通过“网格化布警+智能安检”实现风险动态清零。

全市星级酒店、大型商超、露营地、民宿等商业机构也拿出了最大的诚意，让跨城观演的群众感受到“吃住行游购娱”全方位的温暖惠民：游客持演唱会门票可享受折扣、延时退房、延时闭店、免费接送、赠送礼包等各类优惠政策及服务。

此外，公交地铁延长运营时间、大量投放共享单车、允许在周边机动车道临时停车、整合场馆周边停车场资源、开通专线观光巴士等措施，构建了“地铁+公交+共享单车+志愿车队”的专业运营保障模式，全力保障接驳运输，有效提升了青城旅游的接待水平。

安保工作更是一个看不见的硬功夫。在每一场井然有序的演出背后，是市公安局以“专业+机制+大数据”的新型警务运行模式为牵引，在演唱会之前就制定个性化、流程化的安保方案。网格化布警、“1、3、5分钟”快速反应、多重安保防线，才有了每一场演出的有序入场和退场。

市场监管部门建立价格监测预警系统，监控酒店价格变化。2023年周杰伦演唱会期间，酒店价格波动幅度被控制在5%以内，保障了演唱会期间酒店价格平稳有序，不让游客吃哑巴亏。环卫部门在体育场外围安排环卫人员、保洁车，全面保障道路保洁工作及后勤工作，采用“机械+人工”立体保洁模式，实现场馆外围垃圾“随产随清”。

媒体联手企业提供粉丝应援免费妆造活动，让粉丝带妆入场，更是做到了歌迷和游客的心坎儿上。

一句话：只要来到呼和浩特，就都是座上宾。

基层治理是有感染力的，公交公司、文旅部门、市场监管等部门在服务和管理上的改变，让网友们毫不吝啬地给他们点赞。

其中，市民的“主人翁意识”成为治理亮色：600余名志愿者组成“特种兵”，为来自全国各地的歌迷提供路线指引、周边旅游攻略咨询服务，还有人在地铁口赠送文创手绘地图，在服务点提供藿香正气水等二十多种应急物资。

在线上形成了“评论区即服务台”效应，商家与游客在平台上实时互动，有市民守在评论区，耐心细致地答疑解惑，变身城市的“在线客服”。有人吐槽商家服务态度差，商家就现身在评论区诚恳道歉，表示一定会改进；有外地游客感慨呼和浩特美食多、人热情、风景好，就会有一群人跟评“呼和浩特欢迎您”“欢迎下次再来”。

呼和浩特以心换心，用“我们马上改”“感谢您的指正”等谦虚的态度，赢得了外地游客“理解万岁”“不足再改”“越来越好”等温暖的评价。

无所不在的服务，让2024年张杰演唱会期间相关投诉的解决率达到100%。这种“政府搭台、市民唱戏”的治理生态，让呼和浩特连续2年蝉联“中国最具幸福感城市”，更让跨城观演比例从2022年的45%跃升至2024年的68%。

呼市人形象地把志愿者的热情称为“志愿红”，这一抹红离不开有效的组织和管理。在一场演唱会背后，政府基层治理得力，市民热情好客，成就了大型活动的“呼”式微治理。

“欢迎凤凰传奇的歌迷们，这里是呼和浩特。在演唱会期间，我们还举办了‘垃圾不落地，青城更美丽’活动，到时候会把我手上的可降解垃圾袋发放给大家……”

“张杰的粉丝们，这里是张杰演唱会的外场，我们提供了15500个共享单车停放点位，140名运维人员，20辆清运调度车，演唱会周边共设置了6处收费停车场、5处免费停车场、5座固定青城驿站、8个移动公厕……”

“薛之谦的粉丝朋友们，距离演唱会还有两天时间，你们对演唱会的保障工作有什么意见、建议，欢迎给我们留言……”

这是呼和浩特城市管理局宣传科通过其抖音号“呼和浩特城管”，在每一场大型活动前进行城市宣传，这个看似严肃的官方账号，展现出了呼和浩特城市管理的细致和温度。

以上这些落实到实际工作中则更需要细致、贴心。

几次演唱会的主会场外，城管部门都会设置几百个免费摊位，划定摆摊区域，通过短视频提前告知摊位要求：不能有明火，避免造成污染，产生的垃圾放入附近的果皮箱，摊位不得摆到马路上，以免影响车辆通行。

一位黑龙江姑娘在演唱会场地附近摆摊儿卖俄罗斯食品，看到城管队员来了，心里特别紧张，生怕被赶走。她没想到，新城区城管综合执法局海办中队的中队长张鹏飞以“支持正常售卖”回应了她，并叮嘱她要按规矩来，不能影响交通，还贴心地对她说：“挺好，你把外地的特色产品带到我们这儿，也要把呼和浩特的产品带到你们那儿，这也是一种文化交流。”

张鹏飞的柔性执法引来了很多人点赞，有网友说：“呼和浩特大气！这种执法简直太赞了！既维护了城市秩序，又善待经营者，双方和谐共处，一起把城市经济搞活。必须给这样的城管点赞！”

城市管理者将执法镜头转化为城市包容性的具象表达，这种“疏堵结合”的治理智慧，让演唱会从“城市负担”变为文旅红利。

呼和浩特城市管理的温度，通过“柔性执法”的具体实践，流淌到城市的每个角落。

在呼和浩特，城市管理不再是冷冰冰的，无论是演唱会期间的精细化保障，还是日常街巷的温情互动，城管部门以服务者的姿态重塑着城市治理的模式，一改以往人们心目中的负面形象。

他们还与时俱进地利用新媒体“公开”工作内容，“小溪巡街”抖音号成为家喻户晓的“网红城管”，成为认真履职、热诚服务的新时代城管形象。

“小溪巡街”是呼和浩特市城市管理局（以下简称“呼和浩特城管”）抖音账号中的一个标志性栏目，这个栏目是由乔世华等3个人组成的小团队扛着摄像设备一边巡街，一边直播。对于群众关注度高的问题，他们先是把问题反映出来，再联系相关部门解决问题，随后还要把相关单位的领导邀请到现场解答问题。

用这种类似“新闻写实”的手法开展城市管理工作，是需要勇气的。

起初，“小溪巡街”在抖音上发布巡街工作视频，经常会有很多负面评论，有人说“作秀”，有人对他们冷嘲热讽。

“我们知道我们在做什么，所以出现什么声音我们都能接受，也能正确对待。”乔世华说，他们相信坚持下去，群众会看到城市管理工作者真实的工作状态，也会了解他们努力的意义。

渐渐地，跟评的声音和缓了很多，也有很多人为他们实实在在地利用新媒体来宣传政策、沟通情感、规范管理而点赞。

见到“小溪巡街”三人组，是初秋的一个早晨，他们在腾飞南路的路边等着辅路施工单位负责人的到来。他们是为群众反映的辅路方砖翘起来的问题前来了解情况的。

“有人反映，你们就一定到位吗？”

“群众热心反映，我们就一定要热情回应，这样才能让更多的人来帮助我们发现问题、解决问题。哪怕只是很小很小的事。”乔世华说。

“你们工作的难点是什么？”

“我们经常会接到一些反映的问题，但是到了现场发现并不是我们执法局的工作范围，也不是我们能解决的。”

“那该怎么办？向群众解释一下？”

“不能解释一下就完事了，因为群众不清楚工作分工。我们通常的做法是，先了解群众反映的问题归哪个部门管，再联系那个部门，沟通、协调，直到问题得到解决。”乔世华说，“有时候联系沟通会有一些难度，那就多点儿耐心。现在很多职能部门的服务意识提高了，很多时候还是能够比较顺利地联系到相关部门，问题也能够得到解决。”

这时，腾飞南路辅路施工负责人和如意区城管的工作人员都赶了过来，小乔马上走过去和他们一起商议辅路路面施工的问题，她的两个小伙伴在一旁全程拍摄。

“拍摄后，晚上回去还要剪辑出来。”乔世华说，“对每一个群众反映的问题，我们都会发布问题解决的进展情况，也算是有头有尾、有交代。”

把执法变成服务，这就是一座城市在提升管理水平的过程中取得的进步。观念变了，方法自然也会跟着改变。乔世华说：“很多网友会把问题直接发在评论区，我们每天都会关注评论区，看看群众的反应，把问题整理出来，有针对性地去调查。”

2024年5月，“小溪巡街”在一条视频的评论区发现一位网友提出了一个问题：“我是昭君路上的商户，现在正是秧苗销售的季节，秧苗存放时间有限，能不能摆放在店外销售？”

这个问题下面有网友跟帖：“想买秧苗不知道去哪买，能给个地址不？”

临街店铺不允许把货物摆放到门外销售，是为了保证人行通道的畅通和安全，也是为了维护市容整洁、秩序井然。可是，5月前后正是栽种秧苗的时节，售卖的商家只能把秧苗摆放在店里，而需要购买秧苗的人却求购无门。

“小溪巡街”马上联系了玉泉区城市行政执法局昭君路执法中队，和执法中队副队长索磊一起来到昭君路了解情况，并现场向领导进行了请示、沟通，当即决定在秧苗售卖期间，允许商户在门店门口一米范围内摆摊售卖。

这个回复，让这条街上售卖秧苗的商户喜不自禁，纷纷开始在门口摆出秧苗，而且尽量摆得规规矩矩、整齐美观，保证不影响群众在人行道上行走。他们说：“秧苗出售有时限，放在店里，路过的人看不到，所以特别不好卖，当时只是抱着试一试的心态反映给‘小溪’了，没想到她真的帮我们解决了问题。城管队对咱们老百姓和商户越来越关心了。”

“‘柔性执法’不仅仅是工作方式的改变，还需要切实从群众的角度去考虑问题，不能忽视群众提出的意见。”乔世华说，“秧苗出售可以摆到店外，这个事看起来并不大，而且就算不允许也是符合相关规定的，但为群众排忧解难是执法部门的工作之一，政策也是可以在合理范围内相对放宽的。”

我把“小溪巡街”抖音号仔细翻看了一遍，里面的内容很多，而且相对琐碎，不仅涉及城管队员巡查市容市貌的现场画面，还有处理市民投诉、整治城市乱象的实录：夏天，瓜农在路边摆摊儿影响交通，“小溪巡街”帮瓜农就近找个市场摊位，尽快把瓜卖了；秋天，他们手把手教市民如何挑到好的冬储菜，顺便帮菜农通过抖音吆喝一嗓子，成了行走的助农小分队；市民在网上吐槽共享单车某些点位还车不方便，他们协调企业及相关单位，解决市民反映的问题；哪条路上有坑，市民受伤了，“小溪巡街”协调各单位补坑，还要关心责任单位是否给予了赔偿……每一条都与百姓生活息息相关。“小溪巡街”用镜头拍下了青城大街小巷里的烟火日子和群众生活的喜怒哀乐，也拍下了呼和浩特城市管理者服务群众的用心和温度。执法者不再是冰冷的规则执行者，而是市民身边的“贴心人”，架起了一座管理者和老百姓沟通的连心桥。

2024年，“青城有礼·城市管理美青城”活动通过160余条短视频，实现总播放量超1000万次，点赞量超过10万，直播互动吸引近50万人次参与。

呼和浩特城管通过“线上受理—线下处置—回访反馈”闭环机制，累计处理市民诉求2983条，回复率近90%，将“执法即传播，服务即互动”的理念转化为可量化的治理效能。

呼和浩特推行“721工作法”，即70%服务、20%管理、10%执法，建立行政指导制度，要求执法者以劝导示范代替强制措施。

2024年，全市开放49处早夜市，设置21处临时瓜果售卖区，作出不予处罚决定案件57起，劝离流动摊贩3900次。这种“刚柔并济”的治理方式，让城市管理既有力度又有温度。

当城管工作从“街头执法”升级为“全民共治”，城市温度便在每一次微笑执法、贴心服务中悄然提升，同时也成就了“中国最具幸福感城市”的美誉。

“小网格”与“大民生”

城市治理的“最后一公里”在社区，这个承载着民生冷暖的微观单元，始终是检验治理智慧的试金石。

我国基层社会治理早在20世纪60年代便萌发了破题智慧。1963年，浙江诸暨枫桥镇首创了“发动和依靠群众，矛盾不上交”的治理范式，毛泽东同志亲笔批示“要各地仿效，经过试点，推广去做”，由此诞生了影响深远的“枫桥经验”。

这种将群众路线融入治理逻辑的创举，历经60余载时光淬炼，已升华为“党政动手，依靠群众，预防纠纷，化解矛盾，维护稳定，促进发展”的基层治理宝典。

站在新时代的历史坐标上，“枫桥经验”持续焕发时代生机。党的二十大报告将“基层治理现代化”纳入国家战略，习近平总书记强调“夯实社区基础”是城市治理现代化的根基。

呼和浩特将“枫桥经验”发展为更符合现代需求的“青城枫桥”基层治理模式。

玉泉区清泉街社区通过“一统两网三到位”基层治理模式打造民族团结示范样本。全市上下以新职业新群体为共建共治纽带，创建了“红蜂驿站”，以“小网格”托起“大民生”。

在这座城市，每个社区都是党建引领的坚强堡垒，每件小事都是共建共享的治理课题，每处创新都是人民至上的时代答卷。

夜幕下，呼和浩特城市大脑指挥中心巨大的电子屏幕上实时跳动着各网

格的动态数据。这里已接入全市109个部门、353个系统，涵盖经济、政务、生态等多个领域，形成“一屏统览”的治理中枢。

2024年深秋，新城区东风路街道的网格员在巡查时发现，东影北路的路面出现塌陷。他通过“青城网格通”手机软件迅速上报，不到24小时，市政部门便完成了修复。

依托基层社会治理信息系统，全市已归集人口、房屋、网格等数据超过1000万条，实现风险预警、资源调配的智能化。

这样的成果，源于自上而下的系统性改革。

过去很多年，呼和浩特市社区党群服务中心“牌子满墙”，一个社区中心最多的时候竟悬挂了十几块不同职能部门的标识牌。

这种现象折射出基层治理长期面临的“九龙治水”困境：组织、政法、民政等职能部门各自为战，导致社区（村）事务繁杂、台账报表堆积，形成“小马拉大车”的治理失衡现象。

2023年3月28日，呼和浩特市委召开基层治理大会，提出“1+N”改革框架：以党建引领为核心，整合职能部门力量下沉到网格，构建“市—旗县区—乡镇（街道）—村（社区）—网格—楼栋”六级联动体系。

随后出台的《关于全面提升首府城市基层治理能力和水平的实施意见》明确：街道职责事项从222项精简至101项，社区事务由140项减至58项，村级事务减少了12.5%。

修订《呼和浩特市街道办事处工作条例》，建立职责准入机制，严防“层层加码”。同步制定《优化社区布局方案》，通过新增、拆分、撤并、重组等方式全面优化社区布局，将356个社区调整为450个，以常住户1000~3000户为标准优化服务半径。

“这次修改切实减轻了社区的工作负担。”呼和浩特市委社会工作部一科科长庞风说。街道的职责事项指导清单由222项缩减到101项，行政执法权力事项由99项调整为56项。同时，建立了乡镇、街道职责事项准入机制，严防“任意甩锅”和“层层加码”问题的发生。

各村（社区）因地制宜地制定了“一村（社）一策”事项清单并对外公布，同时明确了网格员的工作职责，如基础信息采集、社情民意收集以及政策法规宣传等，通过手机软件“网格化+数字化”模式，上报城市管理、安全隐患等问题。

全市原有的6608个社区网格被重新划分为5880个，并全部成立了党支部或党小组。选派了45518名楼栋长（单元长），并同步建立“市—旗县区—乡镇（街道）—村（社区）—网格—楼栋”六级联动机制，推动党的组织体系全程嵌入基层治理。

网格的“瘦身”并非简单的数量减少，而是治理理念的升级。通过“多网融合”机制，政法、民政、应急等部门人员下沉到网格，形成“警格+网格”“城管+网格”等协同模式。

这样的举措有效解决了基层治理中存在的“悬浮”问题。

呼和浩特同时出台了《接诉即办工作条例》，全面优化了12345政务服务便民热线平台，畅通了群众反映诉求的渠道，实现了“一个号码对外、一个平台受理、一套队伍服务”的一站式全程服务，精准高效地解决群众的诉求。

通过“接诉即办”指挥调度系统与智慧城市指挥系统、综合治理信息系统互联互通，工作人员对一些社区事务实现了智能化分析并及时作出反应。赛罕区通过热力图分析快速响应停电投诉，3小时内恢复供电；新城区海东路街道通过社区“吹哨”，相关单位为老旧小区完成线路改造。回民区根据独居老人用电规律，定制个性化关怀方案……

党建引领的网格治理，如同城市的“毛细血管”，将治理触角延伸至每一个角落。通过“一网统览、六级联动”的智慧平台，构建出一幅党建引领、多元共治的基层治理图景。

遍布首府各处的红石榴驿站，是呼和浩特群众需求的前端哨点，依托“石榴籽”议事厅、小马扎议事厅、红色议事厅等，商议解决了群众的许多实际问题，成为社区治理的“根据地”。

呼和浩特共建有红石榴驿站459个，清泉社区的红石榴驿站就是其中的一个。

在呼和浩特市玉泉区繁华街巷深处，清泉街社区是一个独特的存在，也是全市基层单位学习的榜样。

这个拥有18个小区、48栋居民楼、2732户居民的大型社区，居住着汉族、蒙古族、回族、朝鲜族等11个民族的兄弟姐妹。在这里，75岁的社区党委书记武荷香是一个“灵魂”人物，她用46年的时间，编织出一张基层治理的“连心网”，让“枫桥经验”在新时代焕发出新的生机。

2024年冬至这一天，玉泉区清泉街社区热闹起来。

武荷香早早来到社区，带着年轻干部们开始准备包饺子的材料，和面的和面，拌馅儿的拌馅儿，一些上了年纪的老太太也陆陆续续过来，一起说说笑笑地包起饺子来。

每到传统节日，清泉街社区总会有满满的仪式感。有人说，武主任每天强调的就是传统不能丢，社区会组织应时的活动：春节要吃饺子、放鞭炮；元宵节要吃元宵、挂灯笼；端午节要包粽子、做香囊、插艾草……

“冬至也一样，把独居的年纪大的、不方便自己包饺子的居民叫过来，热热乎乎地吃顿饺子，不管天气多冷，心里都是暖的。”武荷香说，“大家也都习惯了，到节日跟前了，就有人张罗开了。”

这个传统，也是武荷香几十年社区工作的法宝。

这位被居民称为“小巷总理”的老书记，手机24小时开机，随时准备为居民排忧解难。她的办公桌上，堆满了各类民生台账：孤寡老人的药盒、困难家庭的低保申请、商铺的噪声投诉……每一项都记录着社区2732户居民的冷暖喜忧。

和武荷香在一起，你总能看到她身上干练、智慧和母性的光辉。她对谁都和风细雨地说话，慢条斯理地和你聊天。“居民的事就是我的事。”武荷香常把这句话挂在嘴边。

当我们看到墙上的标牌——“荷香唠嗑室”后，都会心地笑了。她见我们笑，说：“其实就是调解室，就是和居民们叨拉叨拉，把气捋顺了，工作就好做了。”

这很有东北味的“唠嗑”一词出现在武荷香所在社区的工作经验里，还是很接地气的。但是对于在青城土生土长、说着一口本地话的武荷香来说，“唠嗑”这个词总不如“叨拉”说起来顺口。

当然，工作室叫什么名字倒也无关紧要，关键是工作内容。武荷香几十年风风雨雨地在社区服务，调解工作如影随形，也至关重要。说实话，设不设立“荷香唠嗑室”只是形式，武荷香和居民们“叨拉”心事这件事从来没有停止过。“荷香唠嗑室”也没有固定场所，只要遇到需要帮助的居民，随时随地都可以开始“叨拉”，街巷转角、社区长廊、红石榴凉亭，都可以变成“移动唠嗑室”。也可以说，只要有武荷香在，哪个地方都能变成唠嗑室。在这里，居民有什么烦心事或碰到解决不了的问题，都可以和武荷香聊一聊。

邻里间有什么建议，就把好点子带到“好邻居议事厅”去讨论。板凳围成一圈，社区干部、党员代表、物业代表、居民志愿者齐聚一堂，暖“新”驿站建设、社区老年食堂选址开建等话题抛出来，大家的话匣子就打开了，你一言我一语地提出自己的看法和建议。

在清泉社区党群服务中心的显眼位置，悬挂着一块“说理堂”的牌匾。这是全国首家社区法务室的标志牌，也是武荷香创新基层治理的核心阵地之一。自2007年成立以来，这里累计化解矛盾纠纷3000余件，至今社区依然保持着“零上访”记录。武荷香指了一下办公桌上的“法律咨询”台签说：“我们请了几位律师轮流义务在社区服务，居民有什么法律问题随时可以来咨询。社区服务就是一项琐碎的工作，能做的事其实很多，慢慢来，只要是对居民、对社区有好处的，我们都会引进来。”

“以情动人、以理服人、以法育人”，这是武荷香总结的“枫桥经验+民族团结”工作法。在处理一起邻居间房屋漏水的纠纷时，她带着社区干部连续三天走访双方家庭，既讲法律条款，又叙民族情谊，最终促成双方共同出资维修。这种“四两拨千斤”的调解智慧，让这个社区成为多民族和谐共处的典范。

武荷香办公室的墙上，挂着一幅“社区大党委—网格党小组—楼栋党员中心户”的组织架构图。她创新建立的“小三级”党建体系，将28家驻区单位、120余名党员的力量拧成一股绳。在她的带动下，6支志愿者队伍应运而生：老年人组成的“五老工作团”义务巡逻，年轻人发起的“帮帮团”代缴水电费，残疾人组建的“自强队”参与社区美化……1200多名志愿者让社区治理从“独角戏”变成了“大合唱”。

武荷香在清泉街社区服务了大半辈子，从20世纪70年代末没有工资的居委会干部，到如今75岁了还坚守在这个岗位上。很多居民看着她成长，也有很多居民和她一起慢慢变老。尽管社区服务的范围扩大了，工作量增加了，但是，这里的大事小情已经成为她生活的一部分。她获得过“全国三八红旗手”“全国模范人民调解员”，提名“全国道德模范”等荣誉称号，5次受到国家领导人的接见。她所在的清泉街社区是内蒙古自治区唯一获得全国“枫桥经验先进集体”称号的社区，已经成为呼市400多个社区学习的典范。可她依然是那个和居民打成一片的社区书记，是那个谁都能和她说心里话、有啥困难都找她的知心老大姐。

“我的心态就是为社区服务，我最在意的是给居民做了点什么。”武荷香说，她的儿女觉得她年纪大了，怕她还那么投入地工作身体吃不消，想让她回家“歇歇心”。她觉得能干的时候就继续干，能做一点儿贡献就做一点儿贡献。她不能辜负党组织多年的信任和居民们的情分。

“我不图啥，很多荣誉我都得了，剩下的就是奉献呗。即使有一天我回家养老了，社区的事我还是能帮就帮。对我来说，这已经不是工作了，而是乐趣。”说完，她拿起手机，回复了几条信息，然后抱歉地说，“这会儿‘好邻居议事厅’要开一个会，有些事要和居民代表通个气，再商量商量解决办法。”

她礼貌地送我们出来，急匆匆地返回办公室，那脚步比年轻人还要利落、轻快。

一直在清泉街社区跟着武荷香体验生活的作家黑梅，讲起武荷香，全是感动:“人们常说，榜样的力量是无穷的，这回我真有体会了。自从跟着武大姐采访，我发现我自己都有了很多改变。”她说，武荷香就是一个不折不扣的好人，和她一比，自己的境界差了一大截。她平时有些懒散，自从到了清泉街后，她一天比一天来得早，一天比一天勤快。“武大姐70多岁了，每天早晨7点多就到了，有事时，中午也不回家，有时候晚上很晚才走。她是真的以社区为家。”

人都是有情绪的，一遇到点事儿，就难免急赤白脸，情绪不好。武荷香每天要处理很多棘手的事儿，有时候面对胡搅蛮缠的人，明显能看出来她有些生气，可是她表情严肃，语气却非常温和。“这就是修养。”黑梅说着，指了指办公室，只见一群“好邻居议事厅”的成员正七嘴八舌地讨论着什么，意见并不统一，一个高门大嗓的老汉正在言辞激烈地和旁边一个老太太争辩着。只听武荷香慢悠悠地说：“有话好好说，咱这不是商量嘛，谁声大谁有理了？”一句话，屋子里安静了，再说话，语气都平和了下来。黑梅笑着说：“厉害吧？别看老太太说话声不大，但是压茬。”“压茬”是东北话，这是一个老社区工作者几十年服务居民建立起来的威望。

在社区工作了46年，武荷香带出来不少年轻的社区工作者，他们已经进入其他社区或部门工作，这也为武荷香开展工作带来了很多便利，社区有事或者举办活动，总会有人或单位支持，用年轻社区干部的话说，“不为别的，就为老主任大半辈子不藏半点私心地为社区奉献的精神。”

在社区民族团结爱心超市，米面油、文具、日用品等物资琳琅满目。这些价值20多万元的物资，都是武荷香带领社区干部筹集来的。超市里的物资主要用于社区关爱贫困户。逢年过节，她会带上这些慰问品去看望贫困户。爱心超市还有一个重要的作用，就是社区居民做志愿服务可以攒积分，积分可以在爱心超市兑换物品。

“社区里不少事都离不开大家的帮忙，比如老年人需要送饮用水上楼，有人生病需要帮扶下楼、联系医院，雪天及时清扫路面……武大姐就动员社区志愿者帮忙，然后给志愿者奖励积分。”黑梅说。

“爱心超市里的东西多半都是生活用品，粮油价格高些，牙膏什么的也没几个钱……”我还没说完，黑梅打断道：“我觉得很多人不是因为能兑换什么才来社区帮忙的。大家就是愿意参与，享受那种你帮我、我帮你、苦乐与共的大家庭氛围。还有就是他们愿意帮武大姐做事，因为武大姐对他们非常关心，给他们的帮助更多、更暖心。”

武荷香的心里，有厚厚的一沓“民情日记”。辖区内2000多户居民，谁家有几口人、在哪儿工作、家里条件如何，武荷香都清清楚楚。“有困难找武书记，一定能处理得明明白白。”这是社区居民的共识。

用黑梅的话说，武荷香是想事极为周全、心地善良、仗义大气的人。她经常自掏腰包，接济生活有困难的居民。谁家有红白喜事，她知道了也一定会表示心意。她还资助了4名孤儿完成学业，为18位孤寡老人养老送终，这么多年累计捐款40多万元。

2005年，她首创“四点半工程”解决双职工家庭托管难题，几年不懈努力，通过居民用水二次加压解决了社区多年吃水难的问题，她还在社区探索“智慧社区”平台，实现诉求一键响应。她的所作所为，常常会让人忘记她的年龄，丝毫看不到古稀之年的痕迹。从她身上，你能感受到她始终紧跟社会前进的脚步，始终站在时代潮头。

如今，呼和浩特市459个“红石榴”驿站正以清泉街社区为样板，将“唠嗑室”“说理堂”的治理智慧推向全市。

46年的光阴，武荷香用真心凝聚民心，用创新破解难题，让清泉社区成为全国基层治理的“幸福样本”。

第九次全国职工队伍调查结果显示，目前全国职工总数约为4.02亿人，其中，快递员、外卖配送员等新就业形态劳动者达到8400万人，占职工总数的21%。

这8400多万的新业态群体，以灵活就业为主，线上“接单”、线下“派单”，不停地穿梭于城市的各个角落，服务着千家万户，他们的活动范围离不开社区。如何将他们汇聚起来，增强他们的归属感，共同为基层治理服务？

2021年，呼和浩特在全市推行“红蜂驿站”建设，为新就业形态群体打造一个温暖的港湾。

“红蜂驿站”里有桌椅、书刊、微波炉、烧水壶、充电器、雨具等多种便民服务设施，这种全方位、专业化、精细化、小巧化的服务，满足了快递员、外卖骑手、环卫工人等服务群体渴了能喝水、热了能乘凉、冷了能取暖、累了能休息、伤了能急救的需求。

这一年，呼和浩特招考的1000名社区工作者上岗，杨牵千成为俪城社区的一名社工。建设“红蜂驿站”，为外卖骑手、快递员、环卫工人提供服务，是她参与的第一项重要的社区工作。

俪城社区调动辖区的影院、养老中心、物业等资源，建起了“红蜂角”，对于那些整天奔波在街上的外卖骑手、快递员来说，这不仅意味着他们有了一个冬天可取暖、夏天可乘凉的去处，更重要的是，让他们感受到了家的温暖。

温树枫在青城做快递员已经有3个年头了，他一个人在异乡工作、生活，那种无所依靠的感觉让他好像一叶浮萍，心里总是不安稳。他每天拼命接单，拼命奔跑，不让自己闲着，只有这样，他才不会想太多，徒增烦恼。自打俪城社区建了“红蜂角”，等单的时候偶尔进去小坐一下，总能看到有同行在打水、吃饭，或者坐那儿发呆、刷手机。每次，他也总能看到社区工作人员的笑脸。

有一次，温树枫送餐出来，小区门上的角铁翘起来钩住了他的衣服，他取衣服的时候手不小心被划破了。他拿一张纸巾裹了一下，也没太在意，等他骑车时，手指钻心地疼起来，他一看，血已经把纸巾洇透了。他捂着手指进了“红蜂角”，想看看有没有创可贴。

一进门他就遇上了杨牵千的笑脸，看到他手上有血，杨牵千脸上的笑意马上变成了惊讶：“你的手怎么了？快给我看看！”

温树枫迟疑了一下，没等他开口问有没有创可贴，杨牵千已经拎出一个药箱。她拿出碘伏给他消毒，上了药，给他包扎好，叮嘱道：“这两天别沾水，应该很快就能好。”说完，杨牵千又去做别的事了。

温树枫看着包扎好的手，坐在那里发呆，心想，平时这种蹭破皮、摔一跤的情况常有，他都是随便糊弄一下，就算有个头疼脑热的，也没人关心。今天，他被杨牵千的举动暖到了。他心情格外好地接了一个单，乐颠颠地骑车走了。

不久，温树枫与顺丰合作，办了一个社区快递驿站，实现了从企业员工到创业经营者的身份转变。

合作模式变更后，快递公司停止为他缴纳社会保险费。温树枫心里疑惑，找到了杨牵千，向俪城社区寻求帮助。

杨牵千迅速协调了一位谙熟劳动法的律师，为温树枫提供咨询服务。

“根据《中华人民共和国劳动合同法》相关规定，你和快递公司已由劳动关系转变为平等民事合作关系。”律师说。见温树枫一脸不解，律师继续解释道：“也就是说，你的驿站经营者身份实质上已经具备个体工商户的法律主体资格，企业不再负有代缴社会保险费的责任，社会保险费需要由你个人缴纳。”

这一番话把温树枫的疑惑解开了，可是新的问题又出现了。“那我该怎么继续参保，从什么地方参保呢？”他急切地问。

杨牵千笑着说：“这个社区会帮你平稳过渡，你放心吧。”

很快，社区协同社保经办机构为他详细解读了灵活就业人员参保政策，手把手指导他办理了参保登记、缴费基数申报及线上缴费操作全流程，彻底解决了他的难题。这次经历让温树枫深刻地感受到社区治理的温度。

此时，社区正在商讨一件事：怎么把这个新业态群体组织起来，参与社会共建。

“这些人都是‘独行侠’，每天闷头跑单。该怎么组织呢？”杨牵千望着窗外热闹的街市，思考着。

俪城社区辖区内，一半是商圈，一半是居民区。在玉泉区石羊桥南路俪城商业综合体内，快递物流、外卖送餐等行业的新就业群体人数不少，他们需要社会的关注和关怀，同时也具有参与社会治理的巨大潜力。

“他们可是最熟悉这一片区的人了。如果能把他们发动起来，那等于把社区的工作延伸出无数条手臂。”同事的话让她兴奋起来。

大家七嘴八舌地讨论起来，最后决定在全市率先成立“红蜂团”骑行先锋志愿服务队。

说干就干！俪城社区工作人员马上开始了实地调查，协调各方资源，多次走访顺丰、京东、圆通、极兔等快递网点，邀请相关负责人一起座谈，了解从业人员工作、生活中的需求。

很快，区、街道、社区三级联动，分别与企业、站点、快递员签署合作协议，正式成立“红蜂团”骑行先锋志愿服务队，为第一批20名辖区快递员颁发了聘书。

社区整合辖区资源，有针对性地为服务队成员提供“红蜂餐厅”特惠用餐、优惠剪发、福利体检卡等服务，还增设了快递车停放区域，以积分兑换的方式，激励他们发挥移动“探头”作用，在日常送快递的过程中发现问题及时反馈，从而充实基层治理力量，有效提升社区治理能力和水平。

温树枫就是20名队员之一，他说：“对我们来说，这不过是顺手的事，我们也愿意做这样的志愿服务。一个是我们都希望生活环境越来越好，还有就是社区这么关心我们，我们能为社区做的，一定会尽心尽力去做。”

快递员被纳入组织后，公共设施哪里有破损，哪里有小广告，甚至出入口乱停车、环境卫生等问题，他们都能很快地通过微信群反馈给社区。

2024年秋天，2名快递小哥在派送路上遇到一位焦急、无措、找不到家的老人。快递小哥把老人的照片发到了俪城社区的微信群里。社区工作人员马上开始查找、确认老人的信息，几经周折才查到老人住在城北。老人的子女来社区接老人回家时千恩万谢，2名快递小哥都被夸得不好意思了。

社区还特别通报了他们的事迹。他们说，没想到随手拍的一张照片发到社区群里，就收到了那么多好评，他们第一次感到参与社区治理特别有价值。

很多外卖骑手和快递员听说了这件事，都对社区共建有了更深的认识：“社区共建就是每一个人都来关心社区的事，大家齐心协力，就能办好很多事。”这件事后，他们对社区事务的参与度更高了。

“快递小哥融入社区的价值远远大于他做的事情，他做的是一件利他的事情，而不仅仅是反映问题本身。”杨牵千说，“对于新业态群体来说，这也是一个社会责任感的再教育过程，润物细无声。”

一年多的时间，越来越多的新业态群体加入社区共建，俪城社区“红蜂团”骑行先锋志愿服务队从原来的20名成员增加到91名。每个人都不只是一个“点”，只要进入社区，就会肩负起“流动网格员”“平安巡查员”“文明宣传员”等角色，形成由“点”到“面”的良性互动。

“谢谢你们给家里的老人送药！”

“快递员送货时经常帮忙发放政策宣传单，很贴心！”

在俪城社区“红蜂驿站”的留言板上，居民对“骑先锋”连连点赞。

快递小哥已经成为社区居民幸福生活的构建者，这种暖流一旦流动起来，能量之大难以想象。

俪城社区“红蜂驿站”内有一棵心愿树，外卖骑手、快递小哥可以把自己的心愿写在卡片上：

“夏天到了，想喝一碗绿豆汤消暑。”

“冬天到了，希望有地方充电。”

“寒冬腊月，要是有一口热乎乎的粥该多幸福。”

“要是能在等餐的时候看看书该多好。”

……

只要有小哥贴上许愿卡，社区就会组织辖区内的单位或个人进行心愿认领，合力完成快递小哥的“小心愿”。

最让杨牵千感慨的是，“红蜂团”运行了几个月的时间，很有成效，除了社区治理效率提升，更重要的是人的变化。

“2023年底，我们收到两份快递员的入党申请书。”杨牵千激动地说。

那是很冷的一天，已经当选为俪城社区党支部副书记的杨牵千刚忙完社区的工作，到“红蜂角”来看看这里的情况。温树枫走进来，和她攀谈起来。

平时和快递小哥们说说话的时候也有过，但是他们总是匆匆忙忙，节奏很快，除了嘘寒问暖，很少闲聊，有事也是直奔主题。

可是这一天，杨牵千感觉有点儿不同，温树枫对她说的话并没有明确的目标，她看出他一定有事。

“小温，你有事吧？有什么话你就直说吧。”

温树枫听杨牵千这么说，有点儿不好意思了，说：“杨书记，我想问问，”他抬头看了看“红蜂角”里正在等单的两三位同行，看他们没注意他，才鼓起勇气说，“咱们社区可以申请入党吗？党组织可以发展我们这些没有正式单位的人吗？”

杨牵千听了有点儿意外，不过更多的是惊喜，她马上说：“可以啊，无论谁积极要求进步，我们都是欢迎的。你有这样的想法，真是太好了！”

杨牵千高兴的语气引起了一旁等单人的注意，他们看向杨牵千和温树枫。

小李子问温树枫：“温哥，你要申请入党吗？”

“是……是啊。”温树枫答应着，赶紧拿起头盔走了。

小李子也追了出去。看着他俩一边走一边说着什么的背影，杨牵千想，温树枫会不会被同伴一问就打了退堂鼓呢？

这回她想错了。一周后，温树枫找到了她，郑重地递交了一份入党申请书。

“我之所以递交入党申请书，是因为受到了社区干部的影响。虽然我在上大学的时候也有这个愿望，但是没有现在强烈。”温树枫说，自从有了“红蜂角”，他就像有了家，在这里，他接触了很多社区干部，也深入了解了他们每天的工作状态。每天，他们都佩戴着党徽，工作时亮明身份，而且真真切切地把群众的事放在心上，尤其是对快递员更是关心，“红蜂角”里缺什么都会及时补上，考虑得非常周到。

“他们每个人都在努力为群众做事，做好事，不管事情多小、多么琐碎，都不厌其烦，直到处理好、解决好。社区干部不但给予我们温暖，还鼓励我们多为社会做贡献。不管哪个快递员做了一点小事，总会受到表扬，那感觉是不一样的，会有荣誉感、成就感。我希望能把社区干部当作榜样，也能为社会多做好事。我知道我离真正的共产党员还有很长的距离，但是我会努力的。”温树枫信心十足地说。

几天后，小李子的入党申请书也送到了杨牵千的案头。

这两份入党申请书像一道光，让杨牵千更加坚定地相信新职业群体参与社区治理的意义。

“后来，小李子离职回老家了，温树枫调到了其他区。我们社区及时把温树枫的入党申请书等相关材料转给快递公司党组织，希望企业能继续关注他们。”杨牵千说。

呼和浩特市1.15万名社区工作人员中，大学本科及以上学历的人占比为45.5%。社区工作者的工作能力和工作水平直接影响着社区治理质量和服务效能，而这些社区工作者又会深刻影响新业态的发展。正如杨牵千所言：“社工的专业素养影响着小哥的一言一行，而小哥的质朴反馈反过来会推动社区服务迭代升级。”

这是一种双向赋能的共创，“红蜂团”不仅重构了服务关系，更重塑了职业价值。社区工作者与新业态群体的频繁互动，将党性教育融入日常场景。

如今俪城社区作为新业态参与社区共建的试点社区，已经在全市范围内推广，快递小哥已经从“服务对象”转变为社区的“治理力量”。

城市窗口的表情包

政务窗口是城市基层治理中最鲜活的“表情包”。

2021年，在呼和浩特各级政务服务大厅中，出现了一个名为“办不成事”的窗口。

要想办事，谁会希望办不成？

但在现实生活中，总会由于种种原因，让很多事情陷入无头绪的状态，要办的事往往卡在一两个关键步骤上。

针对那些“办不成的事”，应该怎么办？

“办不成事”窗口出现了。

这个窗口的名字看上去有那么一点点“可爱”，可爱在一看就有点儿懵，想明白之后，心里还会有点儿小期待。

这个窗口的出现源于呼和浩特对民生痛点的精准把脉，其目的在于解决老百姓无处咨询、无处提建议、无处投诉、无处反映的问题。

过去，群众办事因材料不全、流程不清或部门间推诿，陷入“反复跑、多头找”的困境。呼和浩特以刀刃向内的勇气，将“办不成事”窗口作为破题之举：无论线上申请被驳回，还是线下办事遇梗阻，群众均可在此反映问题，工作人员需做到“一次性告知”，确保每个诉求都有回应，每处堵点都能疏通，对“办不成的事”一帮到底。

换句话说，“办不成事”窗口，实际上是一种“能办成事”的承诺。有了这样的承诺，件件有人管，事事有回音，老百姓哪里还有办不成的事情？

初春的呼和浩特寒风凛冽，政务服务大厅24小时自助服务区却暖意融融。

刚刚丢失了身份证的刘春生一大早跑到政务服务大厅，他来办理居民身份证丢失补领业务。设备出具受理单后，他拿着受理单在旁边的邮政窗口办理免费邮寄。制证完成后会第一时间寄到他预留的地址。完成整个业务办理过程，他仅用了5分钟。

刚走进大厅准备开发票的郭小娟有点儿焦躁，她正张望着找对应的窗口。有工作人员马上过来询问，指导她如何操作，对于不清晰的步骤，工作人员给了她有效的建议，帮助她顺利地开具了电子发票。她长舒了一口气，说："原来这么简单、便捷，我以为得排半天队呢。下次我自己就可以操作了。"工作人员还帮她在手机上下载了电子税务局软件，又把操作流程发给了她，告诉她以后如果只是开个人发票，手机上操作就行，不需要再往这里跑了。

这样的场景每天都在呼和浩特政务大厅出现。这也是呼和浩特构建"15分钟政务服务圈"的缩影——通过将税务、医保、社保等37项高频服务整合至24小时自助终端，实现身份证补办、公积金查询等业务"不打烊"办理。

对于老百姓来说，到相关部门办事最理想的状态就是方便、快捷。

呼和浩特以"一件事一次办"改革为核心，将户政、出入境、交管等140项高频业务纳入"一窗通办"，全市范围内已设立56个一窗通办派出所，这些窗口涵盖了身份证、居住证、户籍业务以及车驾管业务等多项服务，打破了原有的业务隔阂，简化了办事流程，材料、环节、跑动次数平均缩减了57%。

2023年，呼和浩特市政府与工商银行、农业银行、建设银行、中国银行4家国有银行签署政银合作协议。

"政银合作"综合了社会保险、医疗卫生、养老服务、户籍管理、公积金等多领域群众经常办理的政务服务事项，通过开发集成式自助终端向银行网点、社区（村）延伸的方式，实现政务服务"就近办、家门口办"。

从银行网点布放自助终端入手，逐步向乡镇、街道、社区（村）延伸，按照规划目标，5年内实现全市1315个社区（村）和257个银行网点全覆盖。

如果还是觉得不够方便，还有帮办、代办业务。

从2023年开始，呼和浩特统一61个事项标准，打造"呼宜办·帮办代办"品牌。通过呼宜办小程序，实现掌上"约、问、查、评"功能，覆盖了全市88个乡镇（街道）便民服务中心、1331个村（社区）便民服务站，3840

名帮办代办人员为群众提供众多贴心的上门帮办代办服务。

2024年，内蒙古自治区推出13个“高效办成一件事”重点事项清单，围绕个人生命周期中出生、上学、就业、住房等关键节点以及企业生命周期中开办、生产经营、变更注销等重要阶段，将涉及多部门的“单项事”整合并联，合理调整前后顺序，明确办理事项、办理条件、办理时限等要素，提供套餐式服务。

对于企业也是如此。

“以前开办一个企业，光是办手续就让人跑断腿。现在不仅材料减少了一大半，而且证照两三天就能拿到。”刚刚成立了一家电子商务公司的陈先生说。

“一枚印章管审批”，呼和浩特市本级企业开办时限压缩至0.5个工作日，企业投标实现全程电子化，社会投资全流程审批时间压缩至60个工作日，政府投资房屋建设项目全流程审批时间压缩至68个工作日。

在敕勒川乳业开发区、和林格尔新区、经济技术开发区等9个园区均设立了办事大厅、工作站、助企服务办公室等政务服务场所，通过“签订授权协议向园区赋权”“帮办代办服务”“组建专班上门服务”等方式，将政务服务向园区延伸。

2023年底，呼和浩特启动政务服务“进商圈”活动，围绕企业、群众日常办理的高频事项，采取现场办理、帮办代办、上门送证等方式，将工作窗口前移，变坐等群众来办理为上门主动服务，实现了便民利企“零距离”。

对“朋友圈”城市也推出“便民包”，与包头联手推出“呼包通办专区”，实现了“同城化无差别”受理、同标准办理。搭建呼包鄂乌政务服务一网通办平台，打破时间和地域限制，还开设了京津冀呼跨区域通办窗口。这些服务有效解决了企业和群众异地办事“多地跑”“折返跑”等堵点、痛点问题。

如今，呼和浩特全市158项政务服务事项实现“跨省通办”，102项实现“全区通办”，561项实现呼包鄂乌“四城通办”，347项实现“同城通办”。

“没想到只用了10分钟就办理完了，不用我往返呼包两地，真是太方便了！”在呼和浩特市行政审批和政务服务局全区通办综合受理窗口前，刚刚办理完异地公积金提取业务的王蕾这样说。

呼和浩特以数字化改革为牵引，将政务服务从“可办能办”推向“易办好办”。不仅是服务流程的迭代升级，更是城市治理理念的深刻嬗变，每个微笑、每件办结的事项，都在践行“民有所呼，我有所应”。

政务服务大厅是窗口，12345政务服务便民热线是窗口，招商引资工作也是窗口。

2023年，商务部主办的第二十三届中国国际投资贸易洽谈会上，呼和浩特市被授予“中国投资热点城市”称号。

呼和浩特招商引资注重“招大引强”，这一年，呼和浩特全市共引进亿元以上项目400个，完成固定资产投资500亿元，推动“六大产业集群”上下游延链、补链、强链的关键项目和首府特色产业关联的重大项目落地，招商引资成效显著，获得2023年自治区招商引资综合考核和营商环境评估第二名的好成绩。

2023年，新引进亿元以上项目430个，协议投资额8546亿元，已开工项目资金到位率46.6%，完成固定资产投资650亿元，其中，区外到位资金561亿元，比上年增长34%。

呼和浩特不仅在“招”上下功夫，还在“留”上用心用情，相继出台了《呼和浩特市重点项目“极简审批”若干措施》等优化营商环境领域的制度文件150余项，提出33条以容缺受理、网上审批、承诺制办理为主的审批措施。

“春江水暖鸭先知”，哪个地方投资贸易更便利、行政效率更高效、政府服务更优质、市场环境更公平、法治体系更健全、综合成本更低、获得感和归属感更强，人才就往哪儿走、资金就往哪儿流、项目就在哪儿建，哪个地方的市场主体就更有活力、更有内生发展动力。

“我们的工作相当于栽树苗。”呼和浩特市投资促进局副局长吴菲菲说，要让树苗长成大树，必须优化全市营商环境，根据企业需要定制化地提供服务，所有的服务都要精准对接企业需求。

2023年，江西赣锋锂电落户呼和浩特。呼市投促局重大项目科科长云伟全程跟踪服务，为了引进赣锋锂电，10个月的时间，他往返江西新余五六次，为企业讲解呼和浩特投资优势。

“对于企业来讲，任何一种政策优惠都比不上健全的产业链重要。”云伟说，蒙能的总部在呼和浩特，储能需求巨大，在签约前，呼和浩特市领导带队去蒙能公司谈订单，为企业解决了产业链补链的问题，这才使得赣锋锂电有了投资兴趣。

签约后，投促局也丝毫没有松懈，为了确保赣锋锂电顺利投产，在对企业的巡查工作中，只要企业遇到问题，投促局都会及时提供解决方案。2024年底，赣锋锂电已建成一条PACK生产线并投产。

实际上，在引进每个企业之前，各个部门都会做大量的前期工作。比如，了解企业能否补全呼和浩特现有产业链，城市资源禀赋能否为企业带来更大的市场，政府能提供哪些优惠政策等。

作为国家能源战略城市，呼和浩特通过招商补链，已形成“锂电池正极、负极、隔膜—电芯—锂电池—新型储能电站”的储能产业链条，集聚了赣锋锂业、中电储能、圣钒科技、中锂新材等10家行业领军企业。

呼和浩特在招商模式上不断创新。2023年，依靠大型招商座谈会，统筹各盟、市参与，组织各旗县区与当地企业项目签约，当年签约120多个项目，落地率达70%。2024年，招商工作转变为以产业为导向的小分队专题式招商，精准度进一步提高。

坐落在和林格尔县的呼和浩特宏福现代农业产业园就是在京津冀招商洽谈会上签约的项目。

在落地之前，宏福集团已在内蒙古其他地区投资建设现代农业产业园。之所以选择呼和浩特，是因为内蒙古的土壤和气候适合农业发展，且呼和浩特是距离北京最近的首府城市，在物流和交通上具备将产品销往京津冀地区的优势。更重要的是，呼和浩特宏福现代农业产业园项目周边产业配套完善。

宏福现代农业产业园在落地后的建设过程中，遇到了资金紧张的问题，产业园的负责人很是头疼。呼和浩特市投促局积极牵头协调金融部门，通过与多家银行沟通协调，最终获得兴业银行内蒙古分行的授信批复。

北京宏福集团董事局主席黄福水对呼和浩特的资源、区位优势以及营商环境很认可，公开表示："呼和浩特作为内蒙古自治区的政治、经济中心，地理位置优越、能源丰富。我们能感受到优惠的政府政策和良好的营商环境。"

2023年，全球光伏巨头阿特斯落地呼和浩特，看重的是内蒙古丰富的太阳能资源，而地方政府的诚意、诚信、专业、高效，也是强有力的助力。

阿特斯集团副总裁及董事长特别助理杜光林对呼和浩特的营商环境给予了高度评价。项目签约过程中，经济技术开发区在加快审批流程、筹措资金以及推动工程建设等多个关键环节上，都发挥了至关重要的作用，加快了项目建设进度。

好的营商环境，让落地企业安心，企业也愿意进一步投资。

2023年，双杰电气集团投资100亿元，在呼和浩特经济技术开发区建设新能源高端装备研发制造基地，当年项目从开工到主体工程全部完工，用时仅95天，用服务效能诠释了项目建设的"呼和浩特加速度"。2024年，双杰电气在原有基础上拓宽合作领域，与华为大数据中心开展合作。

呼和浩特水、电、煤、气及土地等资源丰富，风能、太阳能资源丰富，这也是呼和浩特招商引资的能源优势。

在第四届《环球时报》城市招商引资推介大会上，呼和浩特获评“2024年十大最具投资价值城市”。

如今，呼和浩特以产业链招商和绿电招商为手段，聚焦强链、延链、补链，不断扩大合作共赢“朋友圈”，成为众多企业眼中的投资热土，这也是对这座城市营商环境和治理能力的高度褒奖。

青城
蝶变

第五章

青城的民生底色

扫码解锁

有人说，评判一个国家的文明程度，就去看一看它的厕所。

对于一座城市来说，公厕也可以反映出其治理智慧。

呼和浩特的青城驿站重新定义了公厕，也给很多外地人留下了深刻的印象。

光听“青城驿站”这个名字就知道，这里的公共厕所已经超出其本身的定位。

这场始于2017年的公厕变革，从767座旱厕起步。呼和浩特累计新建、改造公厕超过3000座，其中青城驿站累计建成超过2000座。不仅有如厕功能，有的还配备了母婴室、第三卫生间等20余项便民设施，并创新引入超市、茶吧、读书角等商业业态，实现“如厕+休憩+消费”的复合价值。

环卫工人休息点覆盖率高，95.7%的市民满意度印证了“小空间承载大民生”的治理巧思。

在公园里，青城驿站与休闲设施互补。佳地苗圃公园驿站提供书屋、茶吧与自动售卖机，落雁公园驿站结合健身步道与公交信息屏，将如厕需求转化为休憩消费场景，使公园成为集运动、社交、便民于一体的复合空间。

古人云："民惟邦本，本固邦宁。"说的就是民生和百姓对一个国家的重要性。对于一座城市来说，做好民生工作，就是暖民心。

这座将公厕变成"城市会客厅"的草原都市，用细节诠释着"民惟邦本"的温度，让每一处看似不起眼的片隅之地成为穿越城市的风景。

或许，这就是呼和浩特这座城市的特别之处——将"小"事情做出"大"文章。

盛开的千园之城

在古代，公园专指官家的园子，美景只属于皇权、贵族以及他们的"朋友圈"。

作为人与自然互动的文化空间，面向大众的公园的诞生，其实不过是100多年前的事。

在寸土寸金的现代都市里，从某种意义上说，公园的诞生是社会公共意识觉醒的产物。

人类历史上第一个真正意义上的公园来自西方。

19世纪，西方工业革命推动城市飞速发展，英国伯肯海德地区因自然环境优美吸引了大量利物浦人口迁入，建筑激增导致自然环境受损、城市拥堵等问题日益突出。19世纪40年代，英国兴起城市公园运动，伯肯海德利用其土地优势建起了世界上第一个城市公共园林——伯肯海德公园。

那一年是1844年。随后，一场改善城市环境和提升公民道德的运动开始了，全球各个国家的城市公园开始兴起。

但是，纵观世界城市人居发展史，从伦敦的海德公园，到纽约曼哈顿的中央公园，再到东京的新宿御苑，公园在很大程度上决定了一座城市住宅的居住价值。

我们把焦点拉回到中国。100多年前，作为文明的象征，第一次从西方舶来的公园是“万牲园”，也就是如今的北京动物园，其建筑风格洋溢着浓郁的异域风情，是晚清时期中国人领略西方文明的窗口。

受此影响，民国时期，很多清朝的皇家园林被改造成公园，社稷坛、先农坛、天坛、太庙、地坛、北海、颐和园都开始向公众敞开大门。

直到中华人民共和国成立，才真正成为“人民的公园”。

这几十年里，城市公园的发展变迁，反映了城市绿化景观、市民休闲、体育健身和城市生态空间品质的历史巨变。

呼和浩特有很多名片，其中之一是“国家生态园林城市”。

获得这张名片可没那么容易，在诸多评价指标中，有一项要求人均公园绿地面积不低于12平方米，而呼和浩特的数据是17.26平方米，位居全国省会城市前列。

要知道，从城市土地面积来看，呼和浩特并不是一座大城市，而从人口密度来看，却不算小城市。

我们再换一组数据来解读一下。

截至2024年年中，呼和浩特市域范围内已建成各类公园1009个，其中，10公顷以上的大型公园有113个，1公顷以上、10公顷以下的社区公园、游园有212个，还有684个口袋公园。

按照住房和城乡建设部发布的《国家园林城市评选标准》，公园服务半径覆盖率是指面积在5000平方米以上的公园绿地，按照500米的服务半径计算覆盖居住用地的百分比。

呼和浩特全市公园服务半径覆盖率达86.1%，这意味着大部分市民都能在500米范围内找到公园，享受到公园带来的休闲便利和生态福利。

这些数字可以窥见青城老百姓的幸福指数，也足以印证呼和浩特的另一张名片——“中国十大幸福城市”的货真价实。

《国际环境健康研究杂志》上的一项研究表明，游客在参观公园后，幸福感和生活满意度得分都有显著提高。只需要在花园或公园等环境中停留约20分钟，生活满意度就会提升约64%。从事了近30年研究工作的北京大学公共卫生学院教授邓芙蓉十分认可国际上的“公园20分钟效应”。

然而，建设一座幸福之城，非一日之功。

呼和浩特经历了数十年的“猛长期”，但也带来了不少“成长的烦恼”，城市更新和社会治理面临许多挑战。

从最初的寥寥几座公园到如今遍布城乡的“千园之城”，呼和浩特可谓经历了一场绿色革命。从深层内涵来说，这是一座城市文化内涵和精神气质的表达，记录着城市核心价值的更迭。

在老呼市人的记忆里，最熟悉的公园是青城公园和满都海公园。

二三十年前，每逢过节、会友，去青城公园绝对是首选。进公园需要买门票，儿童节当天，孩子能被家长带着去趟青城公园就是最幸福的事了。

青城公园始建于1931年，满都海公园于1980年对外开放。在相当长的一段时间里，这两个公园满足了老呼市人的休闲需求。

在公园仍是稀缺的时期，这座城市的管理者为了更好地提升市民的游园体验，在园区景观效果上下足了功夫，每年引进新植物品种，重新规划设计园路，在园路两侧种植绿篱……

每一次变化，都或多或少地带给老百姓不同的体验和新鲜感。

在华侨新村帮女儿看孩子的刘丽芬是最早一批青城公园合唱队的组织者。那时候，公园刚刚开始免费开放，她每天早晨要去青城公园锻炼一个小时，然后再去上班。退休后，青城公园更成了她的“根据地”，每天都要在公园玩到晚上10点才回家。

3年前女儿给她生了一个外孙，她欢喜的同时一想到要去女儿家长住，心里就充满了惆怅，不能再享受每天在公园里闲逛的时光了，心里别扭了很长时间。女儿看出妈妈的不习惯，说："北面不远处不是有一个成吉思汗公园吗？你每天早晨可以去那里溜达溜达。"

"就那个垃圾场？我才不去呢。"

"人家早就改造成大公园了，而且很有特色。"

她心想，垃圾场上建起来的公园，还能有特色到哪里去？

一天，她抱着孩子在小区里晒太阳，被一个热心的东北大姐拉着一起去成吉思汗公园"遛娃"。她本不想去，可又有点儿好奇女儿说的"特色"，便搭伙一起去了。

"我一到那里就知道是自己狭隘了，我心里只有青城公园、满都海公园的记忆，也没想过要了解后来建的公园。"刘丽芬说。

成吉思汗公园建成前确实是一片由采砂深坑形成的生活垃圾集中填埋区，常年污水横流、臭气熏天、蚊蝇肆虐。没想到，2008年，在那样一个地方建起了一个大公园，下沉式广场、峡谷、涵洞、瀑布等多处景观非常有特色，水体面积达3万平方米，绿地率高达76%，高峰期每天有上万人来这里观光。2016年，成吉思汗公园被住建部授予"中国人居环境范例奖"。

2008年，呼和浩特启动国家园林城市创建工作，公园建设进入加速期。这一年，建成区绿地面积只有5650公顷。

创建"国家园林城市"并不容易，呼和浩特的客观现实是冬季漫长寒冷，春季干旱多风，夏季温热短促、降水集中，雨热同季；年蒸发量是降水量的4.7倍，年均无霜期169天，最大冻土深度143厘米；植被覆盖率低，沙尘暴频发且持续时间较长。

但是，呼和浩特用了8年的时间实现了这一目标。

2016年底，呼和浩特建成区绿地面积达到9179.46公顷，绿地率达35.3%，绿化覆盖率达38.3%，凭借这样傲人的成绩，呼和浩特获得了“国家园林城市”称号。

2024年，呼和浩特再向前一步，建成区绿化覆盖面积达到11865.37公顷，建成区绿地面积11089.13公顷，绿地率达40.91%，绿化覆盖率达43.77%。全市公园绿地面积达4233.14公顷，人均公园绿地面积达17.26平方米，建成区绿地率、绿化覆盖率和人均公园绿地面积“三绿”指标均达到国家生态园林城市标准。

如今，成吉思汗公园成了刘丽芬新的“根据地”，她每天带着孩子来这里溜达，也逐渐和公园里锻炼的人熟络起来。她说：“这些年在城市面貌上，市里没少下功夫。我每次坐公交车从自己家到女儿家，一路都在欣赏街景，那是真的景，尤其是春暖花开的季节，青城就是一座大花园。”

呼和浩特的公园从“一枝独秀”到“遍地开花”，从量变到质变，从单一到多样，一个个公园见证了首府的变迁与发展。

公园从来不只是一个物理空间，正是因为有许许多多身在其中的人，它才显得生机勃勃。

在《啼笑因缘》这部民国情爱浮世绘中，张恨水以公园为场景，为三段迥异情缘勾勒出跨越阶层的情感博弈：与天桥鼓书艺人的初遇，被他安放在先农坛，更显民间俚曲最本真的京华风情；与卖艺侠女幽会时，充满市井生活气息的什刹海更契合江湖儿女的快意恩仇；至于那位金枝玉叶的千金小姐，恰似北海太液池畔权力与风月夹缝里开出的玫瑰。

可见，公园向来是个有故事的地方。

只是，呼和浩特关于公园的故事，更关乎民意。

如果说2014年以前的10年，呼和浩特是绿地建设的高速发展期，那么

2014年以后，呼和浩特农业空间、生态空间、城镇空间三种类型空间，以及分别对应的永久基本农田保护红线、生态保护红线、城镇开发边界三条控制线划定后，进入了空间优化阶段。

“公园建设也是这样。2014年以后，我们开始优化公园空间。”呼和浩特市园林建设服务中心规划设计科科长巴特尔说，有一组数据可以反映呼和浩特2004年到2014年的10年间公共绿地建设速度。

2003年，呼和浩特只有3个公园，人均公园绿地面积为4.5平方米。到2014年底，呼和浩特建成各类公园24个，人均公园绿地面积为15.58平方米。

10年时间翻了接近4倍，但人均公园绿地面积在老城和新城之间却差异明显。在这样的差异下，呼和浩特进入公园绿地纠偏期。

“新城和旧城公园的发展不均衡，相对而言东重西轻。”巴特尔进一步解释。近20年来，位于西面的回民区和玉泉区这样的老城区布局并未有太大的扩展。20世纪七八十年代建设格局基本固定了下来，医院、学校等公建处于近饱和状态，公园和绿地相对较少，旧城区缺少20公顷以上的公园。

显然，对于旧城区而言，新建公园的土地不足，只能在更新改造时利用腾退或边角土地来优化公园布局和建设。

过去的十几年，呼和浩特主要通过建设大中型公园来满足群众亲近自然的需要，但受到居住地与大中型公园之间距离的影响，这类公园并不能满足所有群众就近游憩的需求。

西方国家城市化进程较早，老城区如何提升绿化空间已经有了成熟的经验。

20世纪中期，城市化与大规模的建筑扩张使绿地空间不断被挤压。美国景观设计师罗伯特·泽恩提出了“口袋公园”的概念，通过见缝插针的方式满足人们对公共活动空间的需求。

1967年，美国纽约53号大街占地仅有390平方米的佩雷公园正式开园，标志着口袋公园的诞生，弥补了高密度城区中碎片化城市用地的不足。

2021年开始，呼和浩特市转变思路，将“口袋公园”这个外来物做了转化，在旧城区微更新中，边角地、零碎地、闲置地，都转化为普惠性的民生福祉。

这一年，呼和浩特市全面启动“一见青芯”口袋公园建设行动，“核心是获取和利用好城市资源。”巴特尔说。

在回民区工农兵路住了20多年的刘清河见证了家门口口袋公园的建设过程：先清理垃圾，后运新土，再平整地面，最后栽树、种花，布置园艺小品……口袋公园一点点建起来了。

“要知道，在这之前，小区围墙外的这块空地杂草丛生、垃圾满地，是居民避之不及的脏乱差地带。”刘清河说，“那样的生活环境，我们每天进进出出看在眼里，都会影响心情。”

如今，刘清河家门口的环境大变样，推窗见绿，出门见园。每天晚饭后，左邻右舍都出来到口袋公园走走，聊聊天，锻炼锻炼身体。大家把这里当成了天然的“会客厅”，心情特别好。“之前不知道有多少回动了搬家的念头，现在我可不想搬了。一下楼就是公园，老邻居又这么合拍，生活也非常方便，就这么住着挺好。”刘清河说。

位于赛罕区敕勒川大街与丝绸之路大道交会处东南角的雅趣园，由丝绸之路大道周边建设项目腾退用地与道路绿化边角地整合而成，配备了彩色漫步道，栽植了花卉草坪，设有活动广场等健身区域，为晨练、遛弯的居民提供了相应的场地与设施。每天这里的人都不少，练歌的、跳广场舞的，还有遛娃的，一派和谐欢乐的景象。

“口袋公园虽小，但花的心思一点儿都不少，可以说是花小钱办大事。”巴特尔介绍说，“它的优势是距离居民区和学校比较近，居民散步方便，接送孩子的家长、老人等待期间可以在公园里小憩。”

每个口袋公园在建设之初就融入了“适儿化”“适老化”和无障碍建设理念，公园的出入口几乎没有台阶，方便儿童、老人及残障人士进出，塑胶广场柔软舒适，老人和小孩都不怕摔倒。

呼和浩特在口袋公园建设中，注意节约投入成本：利用园林废弃物改造坐凳、铺装等设施，降低设施投入成本；对城区树木密集区域进行梳理移植，用于口袋公园基础绿化，降低树木投入成本；通过自有花圃、苗圃进行花卉和绿植培育，降低地被植物的投入成本。“买一盆秋海棠得七八块钱，园林建设中心自己培育的话，只需要两三块钱。”巴特尔说。

这样的口袋公园，到2024年年中，呼和浩特已建成684个，大小从400平方米到1万平方米不等，主要建在小区、学校等居民聚居区周围，充分利用废弃地、边角地、腾退地，通过营建疏林草地和点缀组团花境的方式建设提升，形成了15分钟便民生活圈，让居民享受触手可及的幸福。

呼和浩特市的口袋公园分三级建设，精品打造类约占30%，属于新建亮点工程；改造提升类约占30%，以提升品质、完善功能、丰富景观为主；普惠共享类约占40%，主要为提高口袋公园的普及率，为后期的提升工作打好基础。

无论是哪一个类别的建设，几乎都是“见缝插绿”或“拆违还绿”，把城市“边角料”变成“上好料”，这简直是在城市里“绣花”。

巴特尔把这个过程称为“更好地获取和利用城市资源”。

获取城市资源，是为了温暖民众的心，呼和浩特口袋公园建设的每一个出发点都符合这一初衷。

呼和浩特自2022年6月入选国家海绵城市建设示范城市以来，将海绵城市理念纳入口袋公园建设中，综合采取“渗、滞、蓄、净、用、排”等措施，实现区域雨水的消纳和蓄滞。

和景花园就是丝绸之路大道上的一个口袋公园，前些年旁边的小区遇到雨天就积水，园林部门在规划建设中因地制宜，充分发挥绿地等地形地貌对园区及周边降雨的积存作用，采取微地形绿地缓坡、雨水花园、下凹式绿地、旱溪人工湿地、海绵型道路广场等措施，增强了公园绿地系统的城市海绵功能，消纳了园区及外围的雨水，并将收集的雨水用于两处雨水花园营造赏景意境。

如今，呼和浩特具有海绵城市特征的城市生态公园星罗棋布，口袋公园、节水型绿地随处可见。

无论是大公园，还是家门口的口袋公园，都是点状分布在城市的各个角落，将这些公园串联起来，才更显这项“绣花”功夫的实力。

2020年，呼和浩特开始谋划生态绿道建设，按照“依山而行、傍水而憩、穿林而游、踏草而嬉”的设计理念，以滨水型、公园型、郊野型、山地型、社区型、草原型绿道分类，搭建生态廊架，构筑生态廊道，盘活城市绿地整体经脉。

绿道能串联起各类郊野公园、森林公园、湿地公园、绿地林地、林荫片区等绿色空间以及历史景点、传统村落、特色街区等人文节点，促进各生态系统间的物质交流，平衡全域生态结构，全面提升城乡生态环境。

绿道建成并逐步与骨干绿道连成网、连成片。“绿道两侧有防护绿带，沿路还有服务设施，如青城驿站、导览设施、照明、指示标牌、坐凳、垃圾桶等，可以满足骑行者沿路的各种需求。”巴特尔说。

在建设绿道的过程中，建设者们也花了很多心思。绿道全部采用透水路面，使用生态环保材料，不仅使市民骑车、慢跑的体验好，还延长了道路的使用年限，同时促进了水循环和水资源再利用，是海绵城市的重要组成部分。

到“十四五”末，呼和浩特将建成大青山前坡浅山型绿道、大黑河郊野型绿道、小黑河滨水型绿道、道路环线绿道以及服务百姓的社区型和公园型绿道，总长度将达到1000公里，恰到好处地将各类公园串联起来，更好地利用公共绿地资源。

口袋公园+美丽花境+城市绿道……一边均衡布局核心区、建成区、老旧城区绿地，一边在“巴掌大”的地方干出“天大”的事儿。

正是这些出门即见绿、转角遇美景的“小”变化，成就了老百姓的“大”幸福。

老旧小区向新而生

几十年的城镇化发展进程，已经把呼和浩特这座塞外城市塞得满满当当。当城市不能再大拆大建时，我们不禁要问，能否通过更加精细的方式，让城市功能更加完善、面貌更加和谐、居民体验感更好？

事实上，在进入深度城镇化的今天，人们已逐步意识到“城镇化”水平的提升不仅仅是造楼修路，更需要关注“人的城镇化”发展。“增量”时代结束，“存量”时代开启，是时候让“高龄”小区脱下旧衣，获得新生了。

呼和浩特的城镇建设思路正在发生深刻转变，已逐渐跳出单纯追求居民有房可住的基本生存需求，转向从人的视角出发，致力于创造更加美好的生活环境。

正因为如此，很多在十几年前离开呼和浩特的人再回来，往往会被这座城市的新面貌所震惊，而其中老旧小区的变化，更是颠覆了他们对呼和浩特的很多记忆。

在城市的快速发展中，老旧小区作为历史的见证者，承载着几代人的记忆与情感。

2011年，呼和浩特启动全市老旧小区综合改造工程，很多“高龄”小区被列入“整容计划”。

一头牵着民生福祉，一头连着城市形象。呼和浩特在老旧小区改造中，也同样有着自己的探索，这不仅仅是一场城市面貌的革新，更是一次居民幸福指数提升的深刻变革。

赛罕区富兴社区和兴园小区变样了。

作为国家完整居住社区建设试点示范项目观摩点，2024年下半年，这里迎来一批又一批的参观者。

和兴园建于2000年，当年交付时，作为花园小区被抢购一空。20多年过去了，楼体老化，停车难，文化设施与活动场地少，路面破损，市政设施老化严重，供热二次管网腐蚀，社区配套差……

曾经，居民们对居住环境的反映很多。

“小区设施老旧，管理也跟不上，不放心自己家的孩子在小区里玩耍，害怕发生危险，日常生活太受影响了。我们想搬家了。”

“停车太难了，大家为了抢个停车位，搞得邻里关系很紧张。”

“一下雨，小区就积水，老人出不了门。”

“以前花园里的花被居民拔了，弄成了自家的菜园子，真是越破旧就越没人好好维护呀。”

这样的声音，都是实实在在的生活感受之痛。

然而，如今的和兴园不同了，2024年3月全面启动改造工程，整个小区焕然一新。

如今，居民们仍免不了议论，不过话风完全变了。

“改造后的小区宽敞了，环境也更漂亮了，孩子每天都下楼和小朋友玩耍，我们也不需要搬家了。”

“小区焕然一新，换了路灯，增加了全新的健身设施、长椅和凉亭，方便我们老年人坐下聊天、下棋。”

“这次老旧小区改造真的很不错，就像搬进了新小区。”

“小区路好走了，每个单元门口都重新安装了门禁系统，粉刷了楼道，重新做了防水，小区里还新建了充电桩，变化太大了。”

……

一说起和兴园改造后的面貌，居民们争先恐后地表达自己的看法。

“人们心情好了，邻里关系也没那么紧张了。从前因为在小区里跳广场舞扰民，邻里闹翻脸的情况时常有，如今，推开小区西门就能步入街心公园，小区里安静了，投诉没有了。”赛罕区人民路街道富兴社区党委书记王一旨说，“搁过去，各种投诉紧着处理都处理不完。”

“和兴园是3月15日进场施工的，在这之前，我们做了大量的调查，收回问卷2000多份。”王一旨全程参与了小区改造工作，她对和兴园的情况了如指掌，“和兴园共有38栋楼，1142户，2786人，60岁以上人口占比达到42%，接近一半。”

这样的年龄结构使得小区的适老化改造成为重点。

“结合居民现状，我们把‘为老为小’服务列为重点。”王一旨说，将废弃车棚拆除并改建为老年棋牌室和室内活动室。冬天天气较冷，老人们可以在室内下棋、喝茶、聊天。小区内新建了一个党群服务中心，也是为了方便老年人就近办理各类手续。

和兴园作为完整社区试点，相应地建了托育中心、老年人健康课堂，并把停车位从原来的200个增加到860个。小区旁边还有居家社区养老服务中心，配备了“为老餐厅”，非常方便。改造之前，小区里有200多套空置的房子，现在搬走的居民有很多又搬回来了。

和兴园的“变身”只是呼和浩特众多老旧小区改造的一个缩影。

老旧小区改造是一个系统工程，涉及楼道安全、水电、燃气、通信、消防、空间结构、公共空间、服务管理机制等多个方面，涉及多个部门，没那么容易。

呼和浩特直面小区“老龄化”问题，把青年向往、老人安康作为目标，通过老旧小区改造工程和“微自治”模式，向规划布局发力，向提升类改造发力，向民主共建发力，将“改房子”升级为“改生活”。

说到“改生活”，家住光华街外运宿舍六号楼的杰夫体会很深。

外运宿舍六号楼、七号楼是20世纪80年代初期建造的五层楼房，用杰夫的话说，在光华街一带都是小平房、内蒙古艺术学院后面还是土路土房的时候，这两栋楼房真是“鹤立鸡群”，谁要来他家串门，他会说“光华街那一片仅有的两栋楼房，特别好找”。

20世纪90年代中后期，附近纷纷建起了新楼房，这两栋旧楼也渐渐破败下去。管道老旧，下水道经常堵塞，一楼住户苦不堪言。没有燃气，家家都靠煤气罐做饭，对于住在高层的人家来说，换煤气罐也是相当困难的体力活。杰夫说，有十来年的时间，因为冬天没有暖气等各种问题，很多人家搬走了，走不了的住户非常无奈地生起了煤炉，往楼上倒腾煤的滋味很多人家都尝过。

呼和浩特第一批老旧小区改造扫尾的时候，这两栋楼被划进了改造名单：破旧的凉房被拆掉后规划了停车位；木质的窗户都换成了钢窗；楼体外墙加装了保温层，还粉刷成了橘黄色；通了天然气，更换了下水管道……小区的面貌焕然一新。

“改造完之后，我回去简直都不敢认了。”杰夫说，房子不供暖的那几年，他实在熬不住了，贷款在别处买了房子，现在孩子该上学了，他又重新装修了这个房子，回到光华街生活。“这个只有两栋楼的小区特别好住，停车方便，购物方便，出行方便，附近还有不错的中小学校，我现在都不愿意去后来买的房子那边住了。有一阵子吵吵要安装外挂电梯，我是特别支持的，要是有电梯，以后我就在这里养老了，我看跟前还有‘为老餐厅’，关键这边去哪儿都方便。”

2011年，呼和浩特启动老旧小区改造项目以来，超过3000个小区受益。

呼和浩特市住房和城乡建设局物业中心主任云梅说：“呼和浩特老旧小区改造标准分三类：基础类改造、完善类改造、提升类改造。每个小区都有自己的实际情况，我们会结合实际和居民意愿决定改造方向。”

具体来说，基础类改造就是给小区改造水电路气暖、通信，生活垃圾分类等基础设施；完善类改造要让房子住起来更舒服，加装电梯、适老设施、无障碍设施、停车场、安防监控、消防设施、智能信报箱等配套设施，以及文化休闲、体育健身场所等配套设施；提升类改造要新建或改造小区及周边的卫生服务站以及养老、托幼、助餐、家政保洁、便民市场、便利店、智能服务等设施。

从2011年开始，有些小区已经进行了两轮改造。

团结小区是呼和浩特较早的居民小区之一，建于1984年。2013年对地下管网等基础设施进行了更新改造。2021年，在原有改造的基础上，再次纳入升级计划，涉及团结小区内17个片区，建筑面积27万余平方米，惠及居民1万余人。

来到团结小区老住户郭秀琴家那天，她家刚刚结束家庭聚会。“我在这里住了快40年了，咱们有多少年没在家里请客了？”郭秀琴看着老伴，心里盘算着，“咋也有20年了。”

“为什么呢？”我不明白她为什么强调没在家里请过客。

“因为房子破旧，小区环境也不好，不好意思让亲戚们来。”郭秀琴说，“当年刚住进来的时候，特别高兴，那个时候呼市可没几栋楼房，团结小区是高档小区的代名词。谁也熬不过时间不是？房子会老，管道也会老，就像人一样，都会老。”

作为呼和浩特早期建设的大型居民区之一，老呼市人都知道，前些年团结小区“脏乱差”是各大媒体的聚焦的民生热点，小区曾备受关注。

郭秀琴几次动了搬走的念头，可是，她和老伴都失业在家，靠打零工挣生活费，手头的一点存款后来也都给儿女结婚用了。她说：“我们点儿特别正，就在儿女动念头想让我们搬走的时候，小区开始改造了。都改这么好了，还走啥呀。人老了恋老窝，我们就在这儿养老呀。”

团结小区经历了两次改造工程，可以说是脱胎换骨，实现了从“痛点”到“亮点”的华丽转身，不仅颜值飙升，更形成了“完整社区”的规模：新建了康养中心、多功能活动室、智慧医疗等设施，周边的学校、市场、卫生服务站等构成了便捷的“15分钟生活圈”。

配套设施的全面升级，让昔日的老旧小区焕发出新的生机，居民们的居住体验感和幸福感显著提升，常住率也随之增长了20%。

“十四五”期间，呼和浩特列入改造计划的城镇老旧小区有1419个，涉及改造的居民23.9万户。对于这23.9万户居民来说，改造带来的变化不仅是物理空间的更新，更是生活方式的重构。

老旧小区改造的“最后一公里”，往往取决于物业管理水平。但是，老旧小区的共性恰恰是物业管理不完善，甚至长期处于无物业管理的状态。

云梅介绍，结合老旧小区改造，住建部门提出三种物业管理模式供业主自行选择：业主自行管理、引进专业物业管理以及社区兜底管理。

“我们会征求小区业主意见，根据业主的意愿来定向解决。客观来说，改造完成之后，小区想要可持续地保持良好状态，需要由专业的物业公司管理。”云梅说。

为了让老旧小区也能享受到专业的物业管理，呼和浩特想了很多办法。

通过政府采购的方式建立老旧小区物业管理补贴机制，由市、区两级财政设立专项资金，对引入的物业服务企业进行补贴，引导老旧小区物业管理逐步实现市场化。对于无法通过政府采购方式引入物业公司的老旧小区，由街道办事处牵头征求业主意见，通过社区代管、单位自管、居民自治管理等方式实现托底保障。

赛罕区乌兰察布东街街道办事处辖区有53个无物业管理的小区，这些小区因建成年代久远，面临规划设计过时、设施缺失、管理混乱等问题，7000余户居民的日常生活受到影响，居住环境亟须改善。

街道办事处引入了具有丰富管理经验的物业公司，初期以免费试运营的方式，为小区居民提供必要的物业服务，并根据居民反馈灵活调整服务内容。物业公司的去留由居民满意度决定，确保服务真正契合居民需求。

把党建引领应用于物业管理中，呼和浩特也摸索出一套自己的办法。

1992年建起来的飞鹰齿轮厂小区，是个地地道道的老旧小区，不过现在可不一样了，靠“红色物业”这一举措，把小区管理得井井有条。

2022年，飞鹰齿轮厂小区经过一系列的改造，整个小区焕发出新的生机。为了解决小区物业管理的老大难问题，回民区金海路社区给小区找了个“新管家”，构建了“社区党委+小区党支部+网格党小组+小区物管会+物业公司”的工作机制。也就是社区党委、小区党支部、网格党小组、小区物管会和物业公司，大家一起参与，形成一个工作网络。需要帮忙的时候，就“吹哨”叫上包联单位、驻区社会组织和党员群众志愿者。还建立了“双向进入、交叉任职”的管理模式，让党组织融入物业管理中，这样物业的服务更规范了。

社区每个人都有分工，社区党支部书记兼任总网格长，社区党员干部兼任物管会主任。这样一来，大家齐心协力，社区治理、物业服务还有物管会监督的工作成效都提升了一大截。

“征程亭”“邻聚力”居民议事厅是飞鹰齿轮厂小区特别打造的“红色

物业”共建自治平台，居民们在此商讨小区治理良策。在党员的带动下，居民的诸多诉求不断从一场场恳谈会、一条条红色网格服务热线中得以收集，也在党支部的引领下，商量出最佳解决办法。小区院内车辆乱停、下水道堵塞、消防通道不畅等问题都得到了解决。

呼和浩特市《住宅小区物业管理条例》出台后，推进“红色物业”数质同抓、无物业小区清零“三项行动”和“红色业委会”扩面提质工作。到2024年，全市实施运营管理的574家物业企业实现党的组织和党的工作全覆盖，3655个住宅小区实现物业管理全覆盖。

更深远的影响是它激活了社区共同体意识：物业投诉率持续下降，物业费收缴率明显提升；通过“吹哨报到”联席会议制度，形成了“小事不出物业，大事不出社区，共同服务群众”的和谐局面。

老旧小区改造只是呼和浩特城市更新中的一个方面。

改革开放以来，我国经历了世界历史上规模最大、速度最快的城镇化进程，城镇化率达到65.22%，有9.2亿人生活在城镇，城市建成区面积为6.3万平方公里。

城市高质量发展的动能逐渐转向存量空间的挖潜。2021年，我国首次将“城市更新”上升到国家战略高度，并推出21座试点城市，呼和浩特就是其中之一。

2024年4月，财政部、住建部联合发布《关于开展城市更新示范工作的通知》，提出“支持部分城市开展城市更新示范工作”的要求，助推城市高质量发展。

从“试点”到“示范”，城市更新正从经验摸索走向可复制的推广模式。

呼和浩特作为第一批城市更新试点及城市体检样本城市之一，建成区面积272平方公里，要提升的地方很多，如何有针对性地找出“城市病”和城市短板，开出处方，制定方案？

“无体检，不更新”的基本原则，成就了呼和浩特城市更新与民生改善的同步推进。

呼和浩特实施了多维度城市体检协同模式，即从市级层面进行一次体检，四区同步开展区级体检，设置逐级传导的体检指标，涵盖生态宜居、健康舒适、安全韧性、交通便捷、风貌特色、整洁有序、多元包容、创新活力等8个方面的50个指标，并从生态、民生、创新3个角度增加了6个特色指标，形成“50+6”体检指标体系，在3个街区、20个社区开展深化城市体检制度机制试点，实现了试点社区的全覆盖。

所有指标均以5年发展趋势作为评判基础，再横向对比样本城市和同类型城市数据，纵向对比呼和浩特历史数据，并参考国家和发达地区的标准规范，开展多维度分析评价。

这不仅是一次对呼和浩特城市健康状况的全面检查，更是一次对未来发展方向的深刻思考。

针对体检反映出的城市建设管理的“病灶”，比如，城市发展不均衡、城市交通系统性不足、公共服务设施级配不够合理、城市地下空间关注不足以及城市产业活力亟须提升等问题，市级住房城乡建设部门组织专家对指标分析结果进行“会诊”，将体检成果融入城市更新规划编制、城建计划制定等工作中，得出治理“城市病”的对策。

“北修复、东修补、南优化、西改造”的空间发展战略正是通过评估得出的。

从解决群众急难愁盼的民生项目，到改善城市面貌的示范项目，再到深谋远虑的基础设施项目，呼和浩特在积极探索可持续发展的模式。到2024年，呼和浩特已经完成了3年的城市体检工作。

看得出来，呼和浩特城市建设者不仅关注城市更新中硬件设施的升级，更注重提升城市的美学附加值。

比如，通过修整完善城市碎片空间，开发和提升群众家门口的公园游园、城市绿道和节点绿化。在小草公园的建设中，从海绵绿地营建、生态环境构建等角度出发，打造了“城区最大的功能性疏林草地”。

这样一场从“城市修补”到“有机更新”的跨越，也是从“面子更新”到“里子升级”的城市风貌变革，呼和浩特在留住城市记忆的同时，也按下了增进民生福祉的快进键。

路网“加速度”

夜幕下的呼和浩特，璀璨的灯火沿着242公里“一横、两纵、四环、三枢纽”的立体路网流淌，仿佛大地的动脉血管将1.7万平方公里土地的脉搏与心脏紧密连接。

这座上榜2023年“中国最具幸福感城市”的省会城市，用路网编织出超越地理局限的时空经纬。高架快速路网如巨龙盘踞，南北通行时间大幅压缩。S43机场高速正以时速120公里贯通，让新机场与主城区形成30分钟通勤圈。

道路，堪称城市的“生命线”，而快速路更是城市的“大动脉”。

呼和浩特正围绕“五宜城市”的建设目标，加速推进市政道路工程建设，构建城市立体交通布局。

一条条道路宛如大地的血脉，激活了这座城市的每一个角落。

一座城市，路网通达会创造奇迹。

过去，呼和浩特的道路状况曾让市民颇为困扰，频繁地修路成为大家时常吐槽的话题。然而，如今的呼和浩特，市民们谈论最多的，是那修缮一新的道路以及在道路建设中彰显出的首府“加速度”。

呼和浩特修路展现出的惊人效率，早在10年前就已得到印证。2015年，全长65.31公里的二环路改造成环形快速路网工程，堪称城市道路建设的经典之作。原本计划3年完成的工程，凭借高效的施工组织和科学的管理，仅用1年半便顺利完成。这条快速路东与机场高速连接，东南与呼朔高速相连，西南与呼准高速相通，北与京藏高速交会，形成了一张四通八达的路网，为城市的交通顺畅奠定了坚实基础。

时间来到2023年，呼和浩特的道路建设继续加速。

这一年，腾飞路上跨南二环工程、万通路下穿南二环工程相继建成通车，分别仅用115天和163天，成功打通了腾飞路南北向的断头路，让城市的交通脉络更加通畅。

而这仅仅是2023年呼和浩特道路建设成果的一部分。这一年，还有两项重点民生项目同样值得一提。

2023年4月，G5901高速公路伊利现代智慧健康谷收费站顺利完工，较批复的工期缩短了近6个月。这一项目的完成，实现了伊利现代智慧健康谷工业区与高速公路的快速衔接，优化了路网转换功能。从此，从伊利现代智慧健康谷驶入绕城高速变得轻而易举，无须绕行金山收费站或昭君收费站，极大地提升了该区域基础设施的互联互通水平。

2023年6月，G6东二环快速路互通工程提前1年完成建设任务。实现了科尔沁快速路、G110国道与G6京藏高速之间的快速交通转换，有效缓解了呼和浩特东收费站和机场快速路的交通压力，高速公路网与城市快速路、高架路网“无缝衔接”。

呼和浩特道路建设的超速度，目标只有一个——让老百姓出行更方便。

陈师傅在呼和浩特跑了20年车，从出租车司机到企业老板的司机，再到政府机关车队的一员，他对呼和浩特道路的变化深有感触。那日，他带着我们从如意到金川采访，边走边聊着呼和浩特的路网建设。疾驰在金海高架桥上，他说起走这条路的畅快，用了一个特别不搭界的词——“丝滑”。“以前，从如意到金川，没有一个多小时根本走不过去。现在，也就20多分钟。你看，车少、路宽，开起来可爽了。”陈师傅毫不掩饰地夸着。如今，他差不多忘了自己来自锡林浩特，更愿意把自己当成呼市本地人，其中一个重要原因，便是道路网络带给他的畅快感和幸福感。

频繁往来于呼和浩特与银川之间的刘明，对互通工程的通车体会尤为深刻：“自通车以来，众多物流车辆可以迅速驶入高速公路，装卸货物的效率明显提高了，非常便利。”

伊利现代智慧健康谷周边的村民们则对通车后给乡村发展带来的助力满怀期待：“通车不仅促进了周边村庄的繁荣，也让农民们种植的瓜果蔬菜能够第一时间运往全国各地，确保了食材的新鲜，村民们的收入也会越来越高。”

回首过去几十年，呼和浩特的交通设施变化可谓翻天覆地。

从出入呼和浩特只能走国道，到如今有若干条高速公路穿城而过；从只有一个呼和浩特火车站到新建了呼和浩特东站；从城区的平面交通到昭乌达路—哲里木路、金海快速路等立体交通；从呼和浩特白塔国际机场到即将投入使用的呼和浩特盛乐国际机场；从老旧公交车到现在有空调的清洁能源公交车；从一横一纵的简单路网发展到纵横交错、八车道并行的发达路网；从“绕来绕去”的拥堵出行到如今的四通八达，这些变化，老百姓有说不完的故事。

城市在不断发展，城区面积在不断扩大，新的“断头路”也随之产生。呼和浩特坚持按照“区域大联通、局部微循环、疏通拥堵点”的原则，大力推动市政道路建设，铁腕打通“断头路”。呼和浩特城区现有的106条“断头路”，将在“十四五”期间全部消除。

以包头大街断头路为例，这一问题持续了10年之久，一旦发生拥堵，时间少则1小时，多则数小时。在市委、市政府的强力推动下，2022年7月完成了征拆工作，并在不到5天的时间内实现了道路贯通。打通后的包头大街道路等级为规划城市主干路，全长550.979米，规划红线宽度60米，车道规模为双向8车道，设计速度为60公里每小时，极大地改善了周边居民的出行条件。

到2024年年中，呼和浩特城市道路总长度为1387.39公里，比2020年增加了200多公里，快速路增加了4条，主干路增加了4条，次干路增加了15条，支路更是增加了51条。

不仅市内道路建设成果显著，市外路段的“断头路”打通也展现出惊人的速度。

S29呼和浩特至凉城高速公路（呼和浩特段）提前1年完成“十四五”建设任务。呼和浩特至乌兰察布市凉城县的开车时长将由原本的90分钟缩短至50分钟，乌兰察布市与呼和浩特市被真正纳入“1小时城市圈”，极大地提高了两地间的交通便利程度，方便居民出行和货物运输。

S311武川至杨树坝段公路呼和浩特段主体工程完工，提前1年完成“十四五”建设任务，使呼和浩特市武川县至包头市固阳县的车程由原来的1.5小时缩短至1小时左右，进一步拉近了呼和浩特市与包头市的距离。

国道512线与G59呼北高速公路和林东出口至国道209线连接工程如期完成，加强了呼和浩特主城区与和林格尔县、清水河县之间的交通联系。

交通出行的便利，不仅是一座城市文明程度的重要标志，更是城市幸福指数的生动体现。在陆续开通的一条条道路背后，是交通蓬勃发展的“民生温度”，更是呼和浩特坚持把实事办到群众心坎上的决心与担当。

2024年，当呼和浩特盛乐国际机场还在建设中时，承担客运任务的S43机场高速已经提前具备通车条件，这是首府通往新机场的唯一高速公路通道，车程在30分钟以内。

“S43机场高速设计领先，在国内尚属首例，计划在盛乐国际机场运营前2个月试行通车。”呼和浩特市交通运输局建设管理科副科长白杰介绍道，S43机场高速项目路线全长29.43公里，起点位于呼和浩特湿地公园西路与乌海大街交会处，与在建的云中路新机场连接线高架桥相接，途经在建的三环快速路、大黑河、绕城高速、南双树村、什拉乌素河、沙尔沁工业园区，终点在新机场互通南侧，接规划建设的S27呼鄂高速公路和呼清高速公路。

S43线采用双向八车道高速公路标准，设计速度120公里每小时，路基宽43米，全线设三环路、什不更、沙尔沁、新机场4处互通立交。

作为内蒙古交通集团推动智慧公路建设先行先试的样板工程，S43高速公路项目全线高架桥路段，项目上跨唐包铁路部分由互通区东西两侧分设4座匝道桥，中部贯穿1座主线桥组成，形成了“一核两翼”5座“T”形钢构桥转体布局，转体桥总重量达6.8万吨。公路上跨唐包铁路转体桥建成后一次性完成88度“华丽转身”，是自治区首例群桥转体项目，设计标准及建设规模创自治区之最。

“相当于建立了一个大体系，施工时不影响既有线路的运营，转体完成后形成一条路。”白杰介绍，全程高架的设计有效避免了对沿线土地和道路的影响，使和林格尔新区的土地利用没有被过度分割，底部道路可以通行，这样对土地的分割和影响较小，实现了土地资源的集约利用。

白杰对S43机场高速科技应用最为自豪。他说，新机场高速充分应用BIM（建筑信息模型）和VR（虚拟现实）等前沿科技，打造“BIM+VR”施工生态系统，建立“1+N”信息化建管平台，实现了建设管理业务线上办理和关键信息数据可视化展示。

科技的应用，也让S43高速荣获多项荣誉：中国建筑业协会第八届建筑业企业信息化建设三类成果奖，取得了15项国家级实用新型专利，4项内蒙古自治区级工法，3项省部级微创新，并获2022年度内蒙古自治区绿色施工工程奖。

值得一提的是，S43机场高速在如此复杂的建设情况下，创下了建设进度最快的纪录，起点至三环段较计划工期提前一年半完工交付，全线较计划工期提前了8个月完工交付。

作为首府通往新机场的唯一高速公路通道，市民从市区可通过城市快速路网进入S43机场高速公路。无疑，S43线进一步推动了区域经济的高速发展。

《2024年度中国主要城市道路网密度与运行状态监测报告》显示，从高密度城市和年度增长率平均值的提升情况来看，呼和浩特这两项的增长中名列前茅。

“大交通”是呼和浩特的路网建设理念。

呼和浩特市交通运输局规划科科长高远形象地比喻道：“如果说‘十二五’呼市交通路况是在搭骨架，那么进入‘十三五’‘十四五’，更多的是在完善内循环，疏通毛细血管。”

高远提到的“骨架”指的是呼和浩特的高速公路，“毛细血管”则是指农村公路、国省干线和乡镇道路。

呼和浩特已经实现了城区东西快速通行，西部城区南北快速通行，二环、三环、金盛路快速连通，二环内面积扩大到127平方公里。而呼和浩特盛乐国际机场、呼和浩特东站、呼和浩特站3个交通枢纽，更是可圈可点。

最近几年，呼和浩特对三大交通枢纽优化下了很大工夫。2022年，呼和浩特站与地铁2号线实现“双铁”接驳，在地铁站内搭乘自动扶梯可直达呼和浩特火车站，开启了无须出站的换乘方式。2023年，呼和浩特东站北广场及站前高架等配套设施建成投用，标志着东站南北方向全面连通，双向进站，实现国铁、地铁、客运、城市公交等交通方式的“无缝衔接、立体转换”。呼和浩特市盛乐国际机场综合交通枢纽集航空、铁路、公路、长途客运、城市轨道等交通方式于一体，建成后可以更高效地满足旅客抵离接驳的出行需求。

“十四五”期间，呼和浩特进出城节点改造有很大的投入。

“呼市人都知道，几年前，每逢节假日出行高峰期，堵车非常严重，现在呼市拥有14个出城口，内外畅通，环绕呼市，四通八达，进出城非常方便。”高远向我介绍这些时，带着自豪感。

高速环线与城市道路连接的进出城口布局平均间距约7公里，呼和浩特互通、呼和浩特西互通、金山互通、伊利健康谷互通、白庙子互通、什不更互通、昭君互通、金河互通、呼和浩特南互通、永济互通、白塔互通、郭家营互通、呼和浩特东互通、G6东二环互通，14个进出城口犹如闸门，随时吞吐，有效提升城市内外交通转换效率。

无论进城还是出城，呼市人不再吃“卡脖子”的苦了，而出了城区，路网依然四通八达。

呼和浩特将很多投入用在了路网建设上，路网的密度与规模均实现了显著提升。

从数据看更为直观：2024年，呼和浩特总公路里程是8900公里，公路路网密度达51.7%。而10年前，2014年呼和浩特总里程为7100公里，路网密度为41.25%。这10年中，路网密度提高了10.45%。

再将时间追溯到2009年，呼和浩特整体里程数值为6277公里，路网密度约为36%。也就是说，与15年前相比，路网里程增加了将近2500公里，整体路网密度提高了近15%。

十几年的数据变化，可以看到呼和浩特路网建设速度的飞跃，通乡、通镇、通村，整体的通达能力越来越强。

更值得一提的是，呼和浩特市区与所有下辖旗县均以一级以上公路相连通，所有乡镇通沥青或水泥路，行政村全部通硬化路，呼和浩特已经形成了“东西畅达、南北贯通、区域联通、安全便捷”的干线公路路网体系和“外通内联、通村畅乡、客车到村、安全便捷”的农村交通网络，基本形成“一环五纵五横七放射”的公路网主骨架。

如果说修路是为了出行方便，那么呼和浩特的路网建设已经超越了道路本身。

呼和浩特逐步完善的公路网，充分融合地方文化和特色旅游元素，公路已不仅是连接地域、便捷物流的通道，也成为串起美景、文化与体验的金色纽带。

“公路网络已初步成形，未来公路建设在里程和等级上的增速会适度放缓，重点将转变为提升公路的整体服务质量。”呼和浩特市交通运输局公路科科长谭广华说。

这意味着，呼和浩特将更加注重公路如何更好地服务民众出行、促进经济发展，以及支持旅游业发展。

“可以说，养护已经不单单针对路面，而是扩展到周边环境，确保路容路貌良好，同时还需要配合景区的建设，在色彩方面与景区整体风格保持一致。”谭广华说。

2023年，呼和浩特总投资2900万元改建圣水梁生态旅游公路，该项目路线全长18.7公里，创新使用了旅游公路“红黄蓝”彩色标线，推进了“交通+旅游”融合发展。

2024年，呼和浩特交通运输局对省道104线呼和浩特段公路展开养护，针对大青山景区沿线路面部分路段因强降雨影响出现的局部沉陷、裂缝以及减速安全设施缺失情况进行养护。项目自南向北穿过大青山国家级自然保护区，途经太伟滑雪场、水磨村、大青山登山步道、红石崖及黄花窝铺等多个旅游景点，地势起伏大，通行车辆多，且对环境保护有很高的要求。

谭广华介绍："我们制定了整体方案，投资了近3200万元，整体完成了"公路+景区"的融合养护，包括路侧硬化以及沿线服务驿站的建设，两侧硬化完成后，整体铺设彩色沥青和彩色陶瓷颗粒。"

2024年10月底，省道104线呼和浩特段公路养护工程28.9公里实现全线贯通，从新城区到武川县哈乐镇，将优美的景色串联起来，每隔5公里或10公里就有一个景区，沿线路段焕然一新。

这些工作看上去是修修补补的善后工作，但是对于呼市市民来说，他们走的每一段路都会成为一道风景。

"银发族"的幸福

老年人的幸福程度，在某种程度上能够成为衡量一座城市温度的标尺。

截至2023年底，呼和浩特60岁及以上的老年人达到75.16万人，占全市总人口的20.85%。每一位老人背后都关联着几个家庭，这意味着，75.16万老年人的生活状况，与呼和浩特市360万居民的幸福息息相关。

呼和浩特着眼于"老有所养""老有所乐""老有所为"，逐步构建起了全域、全龄、全链的大养老格局，"一刻钟"养老服务圈已基本形成，智慧养老平台"宜养青城"借助数字化手段，编织起了一张无形的保障网，使老年人的日间照料、基本医疗、精神慰藉等需求得以满足。

呼和浩特的"为老"服务充满温度与态度，越来越多的家庭安享晚年的梦想正逐步成为现实。这种依靠全社会构建起的代际"反哺"模式，恰恰是"银发族"参与社会生活的新体现——他们不再仅仅是被服务的对象，更是主动创造幸福的主体。

当夕阳的余晖洒落在城市的高楼大厦上，在老百姓平凡的日常生活中，蕴藏着属于这座城市“银发族”的幸福。

呼和浩特的秋天，凉爽宜人。

赛罕区寿康康养公寓门球场上，88岁的尹青龙正在练习击球进门。老人有些耳背，我与他交流时需要提高嗓门，但并不影响他一边跟我说话一边击球。

2024年8月，他所在的养老公寓门球队参加了自治区门球协会举办的老年人门球大赛，养老公寓为了表彰老人们的拼搏精神，专门设宴表彰。尹青龙喜欢提起这次表彰宴，因为他是为数不多的受表彰者，作为嘉奖，他还得到了一套球服。

“这支门球队的平均年龄为85岁，队长兼教练官布扎布是一位94岁的长者。”养老公寓院长杨旺自豪地说。

步入“夕阳”的老人，最怕的是自己没有价值，被社会孤立。在这个年龄能享有如此丰富的文化生活，不得不说，他们是幸福的。

在赛罕区寿康康养公寓的老年大学里，乌拉特前旗人民医院退休的张桂书正在模仿电视里播放的视频学跳舞。看见我们走过来，她开心地迎上来。院长杨旺急忙走过去握住了老人的手。

78岁的张桂书说自己曾经是一名护士长，孩子们都很优秀，退休前工作认真……她说得很兴奋，但是说的都是很久以前的往事，而且一些记忆明显有些混乱。

杨旺压低声音对我说：“老人有阿尔茨海默症，每次见到人总会说起这些，越是最近的事越是记不清。老年人退休后，内心落差很大。养老生活中需要尽量弥补老人内心的缺失。”

这家养老公寓在呼和浩特算得上是高端养老机构，除了对老年人生活的照料，更多地从精神层面满足老年人的需求，院里配备了观影室、KTV、音乐室、书画室、手工区，甚至还设了产业课，将老人们的手工作品通过直播平台销售，当然这样做的目的并不是销售获利，更多的是给老年人营造一种融入社会的感觉。

在养老公寓的展示区，陈列了很多奖状、奖杯、书画作品等，都是老人们退休前的荣誉和爱好，最大限度地满足老人的认同感。

“老年大学就是营造社交场景，解决老年人与外界隔绝的问题，他们只要有事干，失落感就会少很多。”杨旺说。老年公寓的餐厅专门设置了集中用餐区，行动能力强、有社交需求的老人会穿过公寓的空中廊道，约几个老朋友一起到餐厅吃饭，以营造一种社交氛围。

除了高端养老公寓，老年大学也成为老年人重构社会关系的载体。

2024年，呼和浩特市老年大学秋季学期刚刚开始，门口已聚集了数十位等待入校的老年人。72岁的李桂兰裹着绛紫色的围巾，手里紧攥着写有“声乐初级班”的课程表，这是她第三年报名同一个班级。“在这里不仅能学唱歌，还能见到老姐妹们，就像上班一样有规律。”2024年秋季学期，学校扩容至83个教学班，仍然火爆到选课“秒光”。

这种求学热情背后，是老年人对社交的强烈渴望。

在呼和浩特，“银发族”的社交需求正通过多层次的活动，让陌生老年人建立稳定的社交纽带。每年10月，全市启动“养老服务消费促进月”活动，老年书画展、健康义诊、防骗宣传、金婚银婚纪念等20余场活动满足老年人的社交需求。赛罕区的“夕阳红”志愿服务队通过“唠家常”了解邻里的“急难愁盼”事，同时担当社区治理的“智囊团”。

无论是养老公寓的门球活动，还是老年大学传出的悠扬琴声，抑或是志愿服务队的活动，带给老年人最大的满足都是社交的乐趣。

国家卫健委发布的数据显示，我国养老呈“9073”格局，即90%左右的老年人居家养老，7%左右的老年人依托社区支持养老，3%左右的老年人入住机构养老。

根据呼和浩特市民政局的数据，截至2024年，呼和浩特公办和民办各类养老服务机构共计33家。像内蒙古自治区养老公寓这样的养老模式，在呼和浩特75.16万老年人口中，只占很小的一部分，大部分老人通过社区和居家的形式度过老年生活。

起床怕跌、走路怕摔、洗浴怕滑，是许多老年人居家养老的烦恼。这也意味着，只有系统地解决了居家养老的问题，才算解决了大部分人的养老问题。

2020年，我国第一次提出“适老化改造”。民政部、国家发展改革委等9部门联合印发《关于加快实施老年人居家适老化改造工程的指导意见》。同年12月，工业和信息化部印发《互联网应用适老化及无障碍改造专项行动方案》，适老化由实向虚，从看得见、摸得着的实体空间扩展到看不见、摸不着的虚拟空间。

适老化改造是局部的“微建设”，但对整个社会而言，这是一项系统性工程，涉及老年人日常起居、交通出行、养老照护、旅游休闲、读书看报、体育健身等常用生活场景。

据业内推算，仅仅是居家环境适老化改造，全国市场规模就能达到3万亿元。

2022年，呼和浩特出台《呼和浩特市老年人家庭适老化改造实施办法》，通过实施适老化改造，改善老年人的居住条件，降低老年人在家发生意外的风险，满足老年人多元化、多层次的养老服务需求，提升老年人的生活品质。

实施办法主要针对呼和浩特市户籍中，年满60周岁及以上且纳入分散供养特困人员范围的高龄、失能、残疾老年人家庭；城乡低保对象中的高龄、失能、留守、空巢、残疾老年人家庭和计划生育特殊家庭，提供包括淋浴椅、适老椅、拐杖、扶手、闪光振动门铃、助听器、护理床等适老辅具，帮助老年人实现室内行走便利、如厕洗澡安全、厨房操作方便、居家环境改善、智能安全监护、辅助器具适配，缓解老年人因生理机能变化导致的生活不适。

“满足家庭适老化改造条件的人群，每户一次性建设补贴2500元，2022年完成了1500户，2023年完成了4126户，2024年截至10月已经完成了1000户，‘十四五’期间的任务已经提前完成了。”呼和浩特民政局养老服务科副科长李重阳说。

呼和浩特市玉泉区送变电小区89岁的吕先生和老伴，2023年被列入民政部门家庭适老化改造计划，添置了适老椅、换鞋凳、智能手环，卫生间增加了沐浴椅、马桶“U”形扶手、防滑垫等设施。

吕先生说，以前坐在沙发上不好起身，适老椅不仅坐着舒适，更符合老年人的身体需求，而且起身也方便多了。智能手环能测量血压、心率、血氧，还能设置亲情号码、一键呼叫，外出佩戴时具有定位功能，让人非常安心。

单单是适老化改造这一项工程，就大大提升了居家养老的安全性和幸福指数。

老龄化对城市来说，既是挑战，也是机遇。老年人对服务的全方位需求构成“银发市场”的最大支撑。

我国2012年修订的《老年人权益保障法》提出：“老年人养老以居家为基础。”“希望在熟悉的环境中养老”成为选择居家养老的主要理由。

实际上，居家养老离不开社区。

目前，国际社会对“社区养老”已经达成共识，打造养老社区已成为趋势。

我国各大城市近些年也在探索居家社区养老模式。呼和浩特已经有了比较成熟的探索。

这几年，作为全国第四批居家和社区养老服务改革试点城市和第二批居家和社区基本养老服务提升行动项目试点城市，呼和浩特累计投入2亿多元，建成340个居家和社区养老服务中心、站点，实现了街道级养老服务中心全覆盖，社区级养老服务站及日间照料中心覆盖率达90%以上。

呼和浩特居家社区养老服务中心、站点属于公建民营，即政府将建成的居家和社区养老服务设施改造后，免费提供给第三方运营，同时水、电、暖、气按居民生活类价格执行。北京积善之家、南京悦心、德国蕾娜范、广州华邦美好家园等知名养老企业陆续落户。本土养老企业寿康、社康等也已实现连锁运营。

“智慧化、信息化的助力非常重要，这也是打造全域、全龄、全链养老服务的重要一环。”呼和浩特市民政局局长张国富在接受媒体采访时表示，为了统筹340个居家和社区养老服务中心，通过“一级部署、多级使用”的全市智慧养老服务信息平台，形成了市、县（区、旗）、街道（乡镇）和社区（村）四级养老服务综合信息网络，“96111”为老服务热线和微信公众平台将接到的诉求就近派单到340个居家和社区养老服务中心。

全市智慧养老服务信息平台录入常住老年人口数据库，截至2024年底，已录入信息58.55万条，按照“一人一案”“一户一档”原则建立台账，为老年人定制个性化服务方案。

“您好，这里是96111，呼和浩特市智慧养老信息平台，请问有什么可以帮您？”

“你好，我下午想去医院检查身体，腿脚不利索，楼里没有电梯，能否带我去医院？”家住青城公园附近的李兰清焦急地求助。

呼和浩特智慧养老信息平台话务人员立即联系最近的居家养老机构雷娜范服务中心的工作人员。

雷娜范社区养老服务中心立即派出车辆，很快，爬楼机就将李兰清从三楼带到了一楼，如履平地。福祉车后备厢门随即打开，从车里缓缓伸出升降轨道，工作人员把爬楼机推上轨道固定好，老人被稳稳地运送至车内。整个过程，老人不需要离开座位。

居家社区养老中心已经成为呼和浩特养老的主要模式，可以为有自理能力、半自理能力和完全失能的人群提供不同的服务，无论哪一类，都能为老年人提供照护以外的社交活动。

张燕于2020年10月进入雷娜范居家社区养老服务中心工作，从参与运营第一个站点发展到开了4家连锁机构，作为该服务中心的主任，她对老年人居家社区养老这个产业很乐观。

张燕带着我一边参观，一边介绍。她说，对于有自理能力的老年人来说，在社区养老机构选择日间照护服务，可以满足其社交需求，机构经常举办打扑克、打麻将，以及游戏、画画等活动。

“对于有认知障碍的老人，在社区养老机构病情发展会缓慢一些，同样是因为有社交活动，需要进行思考，再加上各种游戏，如拍皮球、画画，都是对大脑的锻炼。”张燕说。

呼和浩特智慧养老信息平台涵盖老年人生活需求的方方面面，整合全市包括养老机构、居家社区养老服务中心（站）、服务企业在内的各级各类养老服务资源，提供上门助餐、助浴、助洁、助医、助行、康复护理、文化娱乐、心理慰藉、健康指导等全托或半托式养老服务，基本覆盖了老年人的主要需求，为老年人安度晚年，为老人的家人安心工作，提供了帮助。

“点菜式”一刻钟养老服务圈已经成为呼和浩特养老服务的常态。

清晨7点，呼和浩特团结小区的为老餐厅已飘出油润的菜香。66岁的张秀兰推着坐在轮椅上的老伴儿，熟门熟路地走向靠窗的座位。

这里是张秀兰和老伴吃一日三餐的地方，有时候天气不好或者身体不舒服不想下楼，打个电话，餐厅会把饭菜给他们送到楼上。张秀兰说，3年前老伴因病卧床，可没少让她为难，孩子不是在外地工作生活，就是忙得顾不上他们老两口，给他们雇的保姆也不称心。去年，老伴康复训练后，能拄拐或者借助助行器下楼了，这可把张秀兰高兴坏了。每天早上，她都会带老伴下来吃早餐，然后晒晒太阳。

不锈钢餐盘里，过油肉裹着酱香，蚝油杏鲍菇泛着琥珀色的光泽，这是老两口雷打不动的早餐搭配。当服务员用保温箱送来特制的无糖豆浆时，张秀兰的笑容里盛着满足："现在吃饭比年轻人点外卖还方便，3块钱管饱，8块钱就能吃上回锅肉配米饭。"

这样的场景，每天都在127家社区为老餐厅里上演。看着宽敞干净的餐厅里，聊着天、吃着可口餐食的老人们，我的心里涌动着温暖。时光在他们的身上留下了痕迹，但安适的晚年生活也让他们流露出惬意和沉静。

呼和浩特从2023年起推行的"388长者套餐"，让65岁以上老年人以普惠价格享受三餐供应。

简单的一餐饭，重新定义了老年人的生活方式。

根据第七次全国人口普查数据，60岁及以上人口中，拥有高中及以上文化程度的人口比重为13.9%，比10年前提高了4.98个百分点。老年人对互联网的接受程度大幅提升。

新一代老年人普遍身体健康，活力不减，距离需要被照料的养老阶段还早，他们的认知能力、购买力、生活方式和消费习惯正在迅速变化，具有更高质量的休闲需求，期望老年生活有更丰富的娱乐活动、更亲密的邻里关系、更便捷智能的生活体验、更自由的养老选择。

中国人的平均寿命已经达到78岁，对于大多数老年人来说，每增长一岁，他们的生活自理能力就会衰退一大步，一日三餐是解决养老问题的最基本需求。

“为老餐厅”可以说是呼和浩特市政府对“新一代老年人”的一种“迎合”。

到2024年，呼和浩特已经建成并运营了127家为老餐厅，助餐点295个，不仅提供营养均衡、口味适宜的饭菜，而且成为老年人交流情感、享受生活的温馨场所。

让老年人从“吃上饭”到“吃好饭”并不是一件容易的事。

对于失智失能、行动不便的老年人，呼和浩特居家社区养老服务示范中心开启了送餐上门服务，2公里内免费配送，2公里外只需要加收配送费2元，打通了居家养老的“最后一米”。

2024年，呼和浩特市政府联合市财政局、市住建局等12个部门发布《呼和浩特市积极发展老年人助餐服务行动方案》，创新性地建立了个人、企业、政府、集体、社会多元筹资机制，通过多渠道筹集资金，采取在养老服务设施中嵌入式建设为老餐厅、改扩建闲置房屋、回购回租、签约加盟合作等多种建设模式，增加助餐点，推动为老餐厅的持续发展。

老年助餐服务还纳入了呼和浩特市基本养老服务清单，特困人员、低保对象以及经济困难的失能老年人等群体也能享受到助餐、送餐服务。在农村地区，鼓励和引导公益慈善组织、爱心企业和人士参与，让农村老年人也能享受到便捷、贴心的餐饮服务。

这几年，呼和浩特先后制定出台了《呼和浩特市人民政府关于加快发展养老服务业的实施意见》等27个规范性政策文件，从土地、税费、政府购买居家养老服务、长期护理保险等方面给予了政策支持。所有政策的指向只有一个，那就是让老年人留在“舒适圈”。

从居家餐桌的烟火气到智慧养老的科技感，从适老化改造的细节关怀到政策体系的全面覆盖，呼和浩特编织着银发一族触手可及的幸福，让75万名“银发族”在“一刻钟养老服务圈”里安享晚年。

青城
蝶变

第六章

青城生态致敬青春

扫码解锁

2024年春天，敕勒川大地刚刚萌发绿意，一首欢快、生机勃勃的原创歌曲——《青春日记》在万众期待中正式上线。

万水千山寻觅心中最美的你
一路攀登让青春绽放在这片土地
观旭日东升，赏花红柳绿
大青山的豪迈，畅享着青春无怨无悔

青山绿水你在我心中是最美
美丽青城孕育着四季的勃勃生机
望山谷巍峨，俯瞰连绵天地
敕勒川的辽阔，留下了新时代的印记
……

这首由呼和浩特市文学艺术界联合会策划、知名导演逯全中作词、著名作曲家乌力格尔谱曲的歌，一经推出便广为传唱。

这首歌不仅是大青山的风吟草动，更是对“青城何以青春”的叩问。

呼和浩特对生态的坚守，是一场跨越时空的生命对话——老一辈治沙人佝偻的背影与青年志愿者挺拔的身姿重叠，野生动物的足迹与孩童追逐的笑声交织，昔日荒地上萌发着智慧农业的新芽。

说起这首歌的创作，乌力格尔说，这首歌让他重新认识了这座城市。最初看到这首歌词，他心里已经有了涌动的旋律，但是总觉得缺少了点什么。

然而，他参加的一次登山观日出的活动，让他有了新的灵感。

站在大青山顶，曦光渐渐驱散暗夜，夏风清爽地掠过脸颊，乌力格尔在年轻人的欢呼声中迎接初升的太阳。那一束光，太阳的光，打在人们的脸上，也照进人们的心里。

“非常震撼，不仅仅因为太阳从山间升起那一刻的壮观，还因为那些结伴登山的年轻人的青春活力，更因为大青山郁郁苍苍的雄阔。”乌力格尔说，“美妙，美好，美丽……我把所有的好词都想了一遍，也无法形容那一刻的心情。后来，所有的感受都变成了音符，就有了《青春日记》。”

登大青山而望远，心胸开阔；观日出而豪迈，激情四射。

《青春日记》就这样为年轻人所爱，也成为这座城市的“青春”见证。

“为什么说你重新认识了这座城市？”我心里还在为他说的“重新认识”不解。

“惯常的生活，很容易让人熟视无睹。就拿大青山来说，在我的印象中，它植被很少，而这只是它的一个面。一个事物肯定不止一个面。”乌力格尔说，“当你登上山顶，当你走进大青山的深处，当你沿着大青山一路游览，你会发现，那些茂密的树林、肆意生长的草和野花，还有在山里栖息的野马、麋鹿、狍子……原来这座城市所依靠的大青山是那么美，那么有生态活力。”

生态活力，说来它的含义已经远超一棵树、一片林或一个公园。它意味着树木、花草、鱼虫、飞鸟、走兽与人类共生共融，各自独立生存，却又能和谐共处，互不侵犯，这是生命体之间彼此助力、相互成就。

那么，青城的生态活力又是怎么来的呢？记得我离开呼和浩特，去外面打拼的时候，这座城市给我的印象始终是灰蒙蒙的，看不到几棵树，无论是绿化建设、生态环境，还是空气质量，都差强人意。

然而，党的十八大以来，呼和浩特各族干部群众守望相助，感恩奋进，坚定不移走生态优先、绿色发展的高质量发展新路子，加快建设“两个屏障”“两个基地”“一个桥头堡”，在打造祖国北疆亮丽风景线的伟大实践中迈出了坚实步伐。

今日的呼和浩特，“三北”防护林的绿浪向黄河“几字弯”奔涌，白二爷沙坝的苗圃为千里之外的生态工程输送希望，蒙草生态公司的团队用现代技术构建草原植物基因图谱……

在呼和浩特的中山路上，有一块巨幅广告牌，上面是留给市民的一道俏皮的填空题：“你要写呼和浩特，不能只写呼和浩特，要写＿＿＿＿＿。”

有网友填空：“要写碧绿的青山在蔚蓝的天边巍峨矗立。”

由此可见，呼和浩特的生态环境之美已经深入人心。而这座城市也正在用实践证明：青春与生态的共振，能让荒漠绽放花朵，也能让工业文明与自然共存。

揽山入城赴约青山

2023年7月，正值大学毕业季。

刚刚结束内蒙古师范大学本科生活的曹彦煜，悠然地斜倚在宿舍的床上翻看手机。同寝室正在收拾返乡行囊的同学见状，纳闷地问：“马上就到离校的日子了，你不收拾东西吗？”

曹彦煜举着手机说：“我还需要完成一个心愿。你们看，这是我做的攻略，我离开之前要登一次大青山。”

“不是吧？大青山有什么好登的？”

“在呼和浩特过了4年大学生活，你都没好好看看每天抬头向北就可见的大青山，不遗憾吗？”曹彦煜说，“离开呼和浩特之前，我要完成这个心愿，好好和这座城市告别，致敬最美好的大学生活。”

“我们可不想去，要准备的东西可多呢。”同学说。

曹彦煜有些失落，转念一想，不管别人去不去，她是一定要去的。

此前，青城兴起一股登山热潮，很多大学生选择夜间骑行约30公里前往大青山看日出，一时“夜登大青山观日出”成为年轻人的时尚“打卡”活动。后来，很多市民纷纷效仿，从市区骑行或驾车数十公里，沿着大青山国家登山步道上标注着“青山、青城、青春”的路牌，一步步向山顶迈进，只为迎接那破晓时分的第一缕阳光。

7月，呼和浩特以宜人的气候成为避暑胜地，吸引了络绎不绝的游客。不少前来避暑的游客也被这股观日出的热潮所吸引，纷纷加入其中。

呼和浩特本地的网友热心地分享了他们登山观日出的经历。

> 建议凌晨三点启程，三点四十五分开始登山，途中可尽情欣赏大青山的夜景。
>
> 大约四点二十五分时，便能抵达山顶。这个时间点恰到好处，既能捕捉到日出前的蓝调美景，又不会错过日出的壮丽瞬间。

在年轻人看来，夜登大青山观日出不仅是对自然美景的追寻，更是“以实际行动向祖国的壮丽山河和他们的炽热青春致以最崇高的敬意”。

曹彦煜看了很多“夜登大青山”的相关推文，心动了。

她突然想到了很多爱好诗歌的各大学文学社的同学。“对，联系一下他们，组个登山队，去大青山看日出。”她马上拿起手机，在文学社微信群里邀约登山伙伴。

很快，几个同学就在微信群里一起商量夜登大青山需要准备的物品，曹彦煜把大致的攻略发到群里：

先骑行到大青山红色文化公园，然后徒步5公里到达大青山国家登山健身步道。凌晨爬山，找寻一个最佳的位置等日出。

“这是一种疯狂又别具一格的告别。”曹彦煜兴奋地说。

“告别也要有一种不一样的仪式感，难道不是我们所追求的吗？就像写诗，谁想重复别人还是重复自己呢？”

“哈哈，的确很疯狂，也很浪漫。”

“大家回来都要写点儿诗文哈，咱们文学社的报纸刊发一期专刊怎么样？”

曹彦煜最后召集了6个小伙伴，她说，果然还是同好在一起比较合拍，无论是面对苍茫山峦时的激动，还是日出时分的尖叫，就好像事先排练好的一样，那么默契。回来之后大家也写了诗文，不过都是热情冷却后写的作品，她看了感到有些失望。

登临。群山无音
永远把对号
刻在我的眼眸，托起日出
为呼和浩特的天空

天空和你都是蓝色的

太阳也是，包括群鸟，

凌晨带着困意的风

安静的，是山，不是我

收拾行李的时候，她看到了归来后写在稿纸上的片段，轻轻地夹在了一本书里。她想，那一刻的思绪要好好收藏，留在心底的美好，等着时间慢慢发酵，终有一天，她会为大青山写出最深情的诗文。

这时，“叮”的一声，手机弹出一条推文：“‘丁香扎根·大学生留呼’专项行动暨金秋大型招聘会将于8月举办。”

她心里一动。她想，所有的分离都暗藏着相逢的可能。现在，她为了父母的心愿返回乌兰察布老家教书，也许哪一天，她还会回来，与这座城市相逢，甚至相守。

和曹彦煜同一天登山看日出的陈伟，是来自陕西的硕士研究生。在日出的一刻，曹彦煜和同学们想合个影，找他帮忙拍照时认识了他。

年轻人之间的熟悉完全不需要繁文缛节，他很快就融入了他们之中。说起这次来呼和浩特旅游，最难忘也是最有意义的，恰恰是不在之前攻略中的那次登大青山看日出。

陈伟喜欢登山，经常和同好去登山，有时候还去登野山。他说，大青山国家登山步道是花了大心思的，用心地兼顾了各类人群的需求。他很内行地和曹彦煜他们讲起了登山的门道：“我专门研究了，大青山登山步道的平均坡度被精心控制在15度左右。这个坡度是为了顾及各年龄段登山者的良好体验。”

他的话像一根指挥棒，让大家都看向了登山的台阶。

“你们再看，沿途设置了休息站、观景点、露营区，以及指示标识、太阳能救援定位灯杆等设施，既实用又环保。”

大家又用目光搜寻着沿途的设计点。

他说的这些，大家上来的时候隐约看到了，但是并没有在意。然而，设计建造者的用心，总是会被有心人看到。

很多时候，设计建造者的心思并不是着意为大众所知，而是要让人们在使用的过程中体验到舒适度、氛围感和愉悦感。

这些专业的说法，我有点儿不好消化，便开始查相关资料，才对大青山国家登山健身步道有了一个大致的了解。大青山国家登山健身步道是内蒙古体育局的全民健身项目，由呼和浩特市新城区政府按照《国家登山健身步道建设标准》的要求承建，经国家体育总局登山运动管理中心最终认证为国家登山健身步道，是华北地区“国家登山健身步道”的示范工程。

大青山步道紧密结合大青山的自然资源及文化特点，融户外运动、历史教育、休闲度假、城乡统建、乡村旅游等元素于一体。步道还巧妙融合了全民健身与生态保育的理念，步道穿越的区域，森林覆盖率高达41.65%，植被覆盖率更是达到了80%，广袤的白桦林、杜松林、油松林与灌木丛、高山草甸交织共生，而山谷、峭壁、瀑布等自然景观错落有致，加之点缀其间的大窑文化遗址、红色革命遗迹等人文景观，让登山体验精彩纷呈。一经开放，这里便成了呼市人的健身打卡地，外地游客也络绎不绝。

大青山步道这样的巧思，也带动了呼和浩特的旅游业发展，“体育+旅游”的融合模式，正逐步转化为呼和浩特经济增长的新引擎，为城市带来蓬勃的“流量”与“增量”。

备受关注的“体育+旅游”活动，还有第四届呼和浩特马拉松比赛。

2024年9月22日上午8时，第四届“呼马”赛事正式鸣枪开跑。来自7个国家和地区的2.5万名跑者涌入大青山脚下的敕勒川草原。

漫天的草野与天边的大青山相接，大大小小的蒙古包点缀其间，湛蓝清澈的湖水随风泛起涟漪，岸边的苇丛摇曳间漏下细碎的阳光，洒在湖面上，洒在草尖上……大自然的调色板似乎在此打翻，秋日的敕勒川宛如一幅绚丽多彩的画卷，每一段跑道都呈现出全新的景致。

最近几年，似乎全世界都进入了马拉松经济热潮，尤其是2013年后，国务院印发了《关于加快发展体育产业促进体育消费的若干意见》，把全民健身上升为国家战略，把马拉松赛事的审批权下放给地方，各地马拉松赛事井喷式发展。

呼和浩特大青山的生态恰好契合了这一经济周期。

根据尼尔森体育2020年发布的《中国马拉松人群与消费洞察报告》，中国路跑爱好者年平均花费为11418元，主要花在跑步装备和赛事开销上。其实，除了赛事本身的经济效益，马拉松还能产生溢出效应，拉动旅游业发展。

马拉松赛事在呼和浩特已经举办了四届，此外，还有大青山超级越野赛、全国登山步道赛、万人登山活动、自行车骑游、户外帐篷露营节和风筝邀请赛等户外活动和赛事。呼和浩特依托大青山，大力发展“体育+项目”，吸引了全国各地的体育运动爱好者前来，带动了本土体育旅游消费。国足训练基地、少数民族体育运动中心等大型项目，更是实现了体育与生态的双赢。按照北京希埃希建筑设计院的设计理念，这里将成为带动全市乃至全自治区体育运动发展的核心动力区。

如果你是第一次进入壮美的大青山腹地，会难以想象这融合自然之美与人文之韵的景观，是呼和浩特林草工作者与建设者们历经一次大规模修复后的结晶。

大青山在阴山山脉中段，位于呼和浩特城北。距今约7000万年前，地球的巨大内力作用使得阴山山前形成了东西走向的断裂带，大青山南坡拔地而起，以1000余米的落差直降到河套平原，形成了一道天然山脊地貌，呈现出层峦叠嶂、陡峭如壁的气势。

唐代诗人王昌龄远游塞外时写下了《出塞》：

秦时明月汉时关，
万里长征人未还。
但使龙城飞将在，
不教胡马度阴山。

这首诗见证了阴山山脉在军事上的重要地位。时至今日，阴山不仅是土默川平原的关键水源地和生态涵养区，更扮演着阻挡风沙向东南侵袭华北平原及京津要地的重要角色，是维护区域生态平衡的天然屏障。

地处北方游牧民族和中原农业文明的交界地带，呼和浩特自古北倚雄伟的大青山，南临浩荡的黄河，怀抱肥沃的土默川平原，这里的百姓对大自然怀有深厚的情感。

历史总会曲折反复，曾经的大青山也有一段无声的悲歌。

20世纪中叶，大青山沿线地区遭受无序、无规划及掠夺性的矿产开采与过度放牧，导致岩石裸露，土地荒漠化严重，尘土飞扬，水土流失问题日益严峻。

大青山南坡甚至成为寸草不生的荒岭，从东至西纵横三大沟系、9条沟壑，采砂形成31处砂坑，土地破坏面积累计达154.72公顷，近3万亩天然草原生态系统持续退化，植被覆盖率锐减至不足10%。当时的大青山抵御自然灾害的能力极低，往昔“天苍苍，野茫茫”的壮丽景色不复存在。

周边村民的日子也不好过，村里基础设施简陋，垃圾随意堆放，污水未经处理直接排放，加上村民无序自建，加剧了大青山南坡环境的恶化，也为水源地的保护增添了重重困难。

野马图村的居民刘金表每次接受媒体采访时都会提起这段回忆：“每年春天一刮大风就扬起沙尘，天连地，地连天，啥也看不见。”

风沙不仅威胁着村民的健康，也严重影响了农作物的收成。

不仅野马图村如此，大青山南麓的乌素图召、赵长城、观音庙、永安寺、老爷庙、古戏台、古树群、乾通寺、摩崖石刻、李占窑长城遗址、大窑文化遗址等自然与人文景观，也面临毁损灭失的危险。

转机始于2012年，呼和浩特市委、市政府推进了一系列将生态建设与现代农业、旅游观光、新农村建设、基础设施改造相结合的精品工程。统筹生态绿化、旅游观光、休闲农业和旧村改造，秉持适度开发的原则，对大青山南坡实施保护性综合治理。

如何将千疮百孔的大青山前坡改造成林草茂盛、郁郁葱葱的景象？

很多参与这一项目的建设者都记得当时普遍的疑虑：无论是从地质情况、环境状况，还是从生态破坏的严重程度来看，很多人都认为，恢复大青山的生态环境几乎是一项不可能完成的任务。

事不避难者进，呼和浩特举全市之力而为之。

据《内蒙古日报》报道，当时呼和浩特市委展现出了“不让黄沙越过阴山”的坚定决心。2012年2月11日，市委召开常委会议，集中研究并部署了大青山生态治理的规划与建设工作。随后，以新城区和回民区为主要阵地，领导身先士卒，千名干部深入基层，大量资金被专项调配，科学规划与论证工作有条不紊地展开，正式揭开了大青山前坡生态治理的序幕。

到了2017年，这一目标进一步升级。

大青山前坡生态建设工程被纳入呼和浩特市委、市政府的年度重点建设项目，市委、市政府大胆地提出了“揽山入城”的战略构想。

简单来说，就是要实现城市绿地水系与大青山前坡的互联互通，将生态保护、旅游发展与经济建设紧密结合。

试想，如果大青山能被纳入城市的怀抱，呼和浩特市区这2054平方公里的土地将发生怎样的变化？

实际上，“揽山入城”这一概念的提出，极大地扩展了大青山的治理边界，从以往的150平方公里跃升至400平方公里，促使大青山与呼和浩特市区无缝对接，成就了一幅山水和谐、城林交织的动人画面。

在推进治理的过程中，共计关闭并清除了大青山前坡区域内292家严重污染企业，拆除了近60万平方米的违章建筑物。与此同时，针对大青山前坡的空闲地带及道路两旁，实施了广泛的土地绿化与造林工程。通过巧妙利用废弃建筑遗址和采砂遗留的沙坑，结合自然地形特征进行综合整治，成功打造出了生机勃勃、绿意满满的吉沙公园。

此外，还新建了哈拉沁生态公园、敕勒川国家草原自然公园、蒙草草博园等多个大型生态绿化项目。与此同时，千亩葡萄园、千亩经济林等项目并行推进，还对沿线村庄进行了全面整治与提升，有力地支持了美丽乡村建设。

经过十几年的持续修复，大青山的面貌发生了天翻地覆的变化。截至2024年底，大青山区域林地面积已达142.2万亩，草地面积达到171.45万亩，大青山前坡80%的土地实现了生态绿化。那些低质低效林的旧伤疤，成为会呼吸的生态屏障。

如今，这道绿色屏障不仅守护着300多万市民的呼吸安全，更维系着整个敕勒川平原的生态平衡。2025年4月，那场席卷北方地区的十级狂风呼啸而至时，呼和浩特市民推开窗户的刹那，收获了意想不到的惊喜——疾风掠过城郭，却未携带沙尘。绵延23.5公里的林带如钢铁长城般横亘城北，将肆虐的北风切割成温柔的气流。据气象部门统计，每年大青山都能拦截数万吨沙尘，显著降低呼市城区的沙尘浓度，这座被大青山环抱的城市，正安然享受着大自然馈赠的生态福利。

深秋，晨曦微亮，大青山在天色的映衬下，被勾勒出一轮金边。

大青山腹地，清晨的风已经带着寒意。大青山白石沟段护林员马海波身穿棉服，走在巡山路上。他仔细记录并整理每一次的监测数据，一旦发现新的植物种类或野生动物，会立即上报。

作为一名护林员，马海波的脚步遍及管辖区域内的每一道沟壑、每一座山峰，累计行程超过8万公里。在车辆无法抵达的偏远地带，马海波需要徒步探索。管护区内近30条沟系、超过1000种植物以及1800多种昆虫及其他动物的分布状况，他了如指掌，被大家称为白石头沟管理站的“活地图”。

马海波已经守护大青山17年了，对山中野生动物的生活习性了然于胸：狍子偏爱在林间小溪边活动；金雕常在峭壁间翱翔；至于林间，则多是山雀灵活穿梭的身影；麋鹿则更倾向于在山间自然形成的小池塘中嬉戏……

说起麋鹿，马海波也是大青山40多头麋鹿的观察员，大家叫他“麋鹿爸爸”。

2021年，共有27只麋鹿从北京麋鹿生态实验中心及江苏大丰麋鹿国家级自然保护区迁居至大青山。此前一年多的时间里，马海波前往北京麋鹿苑和江苏大丰麋鹿国家级自然保护区进行实地考察学习，他购置书籍、收集资料，像一个第一次迎接新生儿的父亲，生怕怠慢或不够称职。

到2024年4月，这里的麋鹿已连续3年繁衍后代，数量达到44只，形成了一个多代同群的麋鹿大家庭。

与麋鹿同期被放归大青山的，还有来自新疆野马繁殖研究中心的12匹普氏野马。这些小马驹也顺利通过了繁殖关，在这里安家落户了。普氏野马作为世界上唯一存活的野生马种，全球数量仅2000多匹，比大熊猫还稀有。

选择麋鹿和普氏野马在内蒙古大青山国家级自然保护区野放，一方面根据这两种野生动物的历史分布，可以恢复其种群；另一方面也足以说明大青山腹地的森林草原生态系统已经能够满足它们的生存需求。

普氏野马与麋鹿等国家一级保护动物的回归与数量增长，是大青山生态恢复的有力佐证。

2024年8月5日，内蒙古、云南两地作家走进大青山，这是内蒙古文学杂志社《草原》文学月刊第七期的自然写作营活动。20余位作家、诗人循着野马的踪迹而来。

“看，野马群！”内蒙古公安文联副秘书长乌日娜的一句话，把所有人的目光引向不远处的山坡上，一群野马正在奔跑，随着距离的拉近，它们矫健的身姿越来越清晰。直到跑到山脚附近，大概是发现了我们一行人，头马掉转方向，开始跑向山坡，很快隐入山林中。这一短暂的相逢，让作家和诗人特别激动。

云南作家田冯太说：“云南也有丰富多样的生态系统，来到内蒙古，我们看到了不一样的北方大地的独特景观，知道了什么是辽阔，还见到了野马群、野狍子。野马跑起来马鬃飞扬，自由不羁，太帅了。就是遗憾没有遇到特别想见的麋鹿，不过，也留下了一种美好的念想。以后我还会来，为麋鹿，为这座大青山。”

在野马图起伏的山峦怀抱中，作家、诗人诵读了书写自然的诗歌，与山间清风对话，与有声的寂静共鸣，聆听自然与心灵碰撞的回响。

在大青山腹地，很多露营地是市民休闲和游客向往的旅游地，这里丰茂的水草吸引了众多野生动物栖息繁衍，人与动物间的和谐互动多了起来。据呼和浩特有关部门监测数据，大青山前坡生活着40多种国家二级保护动物和20多种国家一级保护动物。游客们常能在村口的露营地目睹山里的野狍子悠然觅食的情景。

近两年，像《草原》自然写作营这样的户外文化活动日益增多。人们在享受自然美景的同时，也通过不同形式的活动进行文化交流，有的学校、机构还会组织户外研学，“赵老师小分队”就是其中特别活跃的一支。

“赵老师小分队”是我起的名字，因为它的独特性和不确定性——队伍人员不确定，没有固定的组织形式，更没有这样那样的口号，“小分队”就是内蒙古博物院社教部副研究馆员赵学东随机组织的研学活动的名称。

在赵学东家五六平方米的阳台上，摆放着各种讲解道具，从石头到传统的农耕器具，有的是他收集回来的，有的是他自己动手制作的。这就是很多人都知道的“阳台博物馆”。在内蒙古博物院工作时，他为了把内蒙古自治区的草原文化、历史以及古生物知识宣传出去，经常抽空领着孩子们去大青山里“寻宝”，人文的、历史的内容，他边走边给一同进山的家长和孩子们讲。

“你的讲解有感染力，更有亲和力，这是专门练出来的吗？”我好奇地问他。

“你见过公园里争先恐后为你唱一段的老戏迷吗？我就属于那一种，迫不及待地想把自己看见的美和知道的奥秘告诉每一个人。”赵学东自嘲道。

热爱是最大的动力。正是源于内心的热爱，又特别渴望把所知所思分享给更多的人，赵学东才会不时组织“小分队”进山。

他在朋友圈里发“进山”通知，总有很多家长和孩子报名。他先在展厅里讲，然后带小考古队员们到田间地头、考古工地讲，一边讲一边让他们体验生活。

第35中学的张子贤就是赵学东的小粉丝，他跟着赵学东几次进大青山，他说：“如果不是后来因中考学习紧张中断了，我说不定会成为小小的考古专家呢。”

“大青山，从来不只是一座山，它的深处是神秘的，会有很多历史文化的发现。尤其是现在，大青山的生态环境恢复得这么好，进一次山，在山野间领略山川风貌，探寻历史踪迹，这种体验比背多少书都来得更鲜活、更具体，也更深刻。”赵学东说。他现在退休了，他的工作变成了“爱好”，心劲儿更足了。“内蒙古大地天宽地阔，越来越好的生态环境也特别养人，我会经常带着孩子们走进大青山，走进呼和浩特的文化古迹，乃至参与到内蒙古的历史文化研学中去。”

正如赵学东所说，呼和浩特的生态环境修复已经取得了有目共睹的成果。如今的大青山腹地，野马群悠闲地吃草，狍子在林间蹦蹦跳跳地玩耍。山林间的溪水旁，麋鹿妈妈正带着小鹿在水边欢快地嬉戏，小鹿们发出呦呦的鸣叫声。晴空万里，雄鹰展翅高飞，翱翔于天际。绿意盎然的景致沿着山峦蜿蜒而上，直至山巅与天际相接……吸引着很多热爱大自然、享受绿水青山带来的诗情画意的人，共同去见证、享受恢宏而和谐的北疆生态新画卷。

生态修复是一项关乎生命共生共荣的综合性工程。

任何一个环节的缺失都会导致生物链的断裂。动物的回归依赖于植被的恢复，而植被恢复的复杂性与植物的多样性使其成为一项更为艰巨的任务。

作为本地创业板上市的生态治理企业，蒙草生态在成功中标大青山前坡治理项目后，充分利用其“特色种源体系+数字技术”的优势，对周边环境、土壤条件等进行了大量的前期调研与科学论证。首先通过收集土壤、气候等生态数据，为敕勒川草原进行全面的“生态体检”。基于这些“体检指标”，制定了一套“人工辅助下的天然草原模拟”近自然修复方案，营造三季有花、四季各有季相特色的自然景观效果。

这一过程并不简单。对于草原环境来说，需要优先培育能适应环境的先锋草种。

针对敕勒川草原荒石滩的极端干旱条件和仅有30多厘米厚的贫瘠土壤，

蒙草生态的科研人员精心挑选了具有抗旱、抗寒、抗盐碱特性的本土植物。同时，考虑到草原上牛羊的饲用需求，最终，蒙古冰草、羊草、披碱草、老芒麦等禾本科植物和草木犀、沙打旺、紫花苜蓿等豆科植物被作为先锋植物优先在敕勒川草原扎根。

蒙草生态结合草原的“体检”数据，通过精确控制温湿度和提供模拟自然光照，大大缩短了育种周期，再将选育好的草种撒入试验田，随后，又配合种植了百合、马莲、黄刺玫等16种花卉植物，形成了高低错落、多样性丰富的植物群落。

蒙草生态从千亩试验田开始，在几年时间内，成功修复了3万余亩敕勒川草原，其修复模式已成为国内大规模实现人工建植与草地改良相结合的草原生态修复模式的样板。

从最初的20多种乡土植物在敕勒川草原扎根，到如今植被茂密，草原恢复自我修复能力，生态系统进入良性循环，植物种类已增加到70多种。干草产量、固碳量和释氧量均比修复前提高了近12倍，这里已成为美丽青城的天然氧吧。

大青山的重生，是呼和浩特建设者将大青山的历史与现代融合，实现了草原风光与城市景观的无缝衔接。

“敕勒川，阴山下，天似穹庐，笼盖四野。天苍苍，野茫茫，风吹草低见牛羊。”这首脍炙人口的南北朝民歌《敕勒歌》，已经不足以形容如今阴山山脉大青山段的生态变化。

“国家森林城市”“中国优秀旅游城市”“国家生态文明建设示范市”以及“2023年中国最具幸福感城市”等称号纷至沓来。这些荣誉的起点，不过是一片林木的葱郁，经由一株小草的坚韧承载，最终体现在“绿水青山就是金山银山”的深刻理念之中。

“绿水青山就是金山银山”，呼和浩特也以生动的生态实践验证了这一科学论断。

山间村落已焕然一新，往昔那些以生产石灰、腻子粉为主，烟雾弥漫的日子已成历史，取而代之的是农家乐、庭院经济、林下经济，以及休闲观光等特色产业的蓬勃兴起。

大青山的生态风光是绝佳的，也助力呼和浩特文旅繁荣。

坐落于大青山脚下的几个村落，如今已摇身一变成为“网红打卡地”，村民们借此东风，纷纷端起了“旅游”新饭碗，世代务农的老乡们也有了体面而稳定的生计。

仅2023年，围绕大青山开展的生态旅游项目就成功吸引了超过860万人次的游客，创造了约4.51亿元的可观旅游收入。

大青山配套设施中最早惠及市民的，当属大青山国家登山健身步道。

这条总长100公里的大青山国家登山健身步道，配备了3个大型基地式营地和3个中转营地，还有水磨村、李占窑、野马图、圣水梁4个核心服务区，其最高点海拔可达1966米。与此同时，还建设了125公里的户外骑行路线、50公里的越野车体验路线、70公里的自驾车观光路线以及众多户外运动功能区和景区，它们交织成网，为游客提供了丰富多彩的户外体验。

步道设有8个出入口，分别位于大青山的小井沟、奎素沟和面铺窑沟。这3条沟域景观各异，且均以大青山国家登山健身步道的主要入口为核心，各自发展起了沟域体育主题产业，吸引了近20亿元的体育休闲项目投资，辐射效应显著。

显而易见，“揽山入城”的大青山治理战略大大推动了相关产业的发展。以大青山前坡的改造为契机，通过淘汰污染企业，换来了绿色GDP的增长，加速了旅游观光、生态农业、体育赛事、文化会展等新兴产业的发展，实现了从传统工业向现代服务业的华丽转身。

村民们依托修复后的草原生态资源，科学且大规模地发展设施农业，使采摘经济繁荣发展，并致力于打造独具特色的旅游品牌。截至2021年，敕勒川草原文化旅游景观带全年接待游客558万人次，旅游收入达到20.5亿元。村民们的收入稳步增长，成功转型，吃上了“旅游饭”。

讨思浩村的设施农业、水磨村的莜麦特色、古路板村的花海美景以及大窑村的芍药观赏等，共同催生了“百鲜草莓”“野马图葡萄”“兴盛园葡萄”“塔利蝴蝶兰”等一系列特色品牌，初步构建了“一村一品”的都市休闲观光农业新面貌。

位于大青山脚下的甲兰板村，曾经的荒地如今已蜕变为集露营、烧烤、文艺表演、露天电影等功能于一体的云端自由露营地，吸引了源源不断的游客前来体验。

大青山前坡“生态绿带”上的恼包村，独特的地域文化和秀美的田园风光，加上生态优势的赋能，堪称北方的“江南水乡”，成功吸引了近1600万游客前来休闲度假，一跃成为备受欢迎的网红村落。

放眼青城，全民共享美好的生态环境，人与自然和谐共生的画面令人动容。

亚洲清洁空气中心年度报告《大气中国2024》对全国168座重点城市的空气质量管理能力进行了综合评估，呼和浩特综合得分位列第一，PM2.5年均浓度已连续3年低于30 $\mu g/m^3$，3年滑动平均改善幅度达12%。

呼市人亲切地将当地的自然环境称为“青城蓝”——天空更加蔚蓝，空气更加清新，生活也变得更加美好。

大黑河华丽转身

人类文明起源于大江大河，人们依水而栖，逐水而居。

九曲黄河在内蒙古转了一个弯，黄河转弯处，就是青城。大黑河作为黄河的一级支流，让这座草原城市有了灵气。

当大青山披上绿装，城市土壤的保水能力提高了，为大黑河的水源涵养提供了保障，而建设者也将呼和浩特的生态治理重点聚焦于大黑河。

大黑河的故事，唠上三天三夜也唠不完：从古老的传说到现代的变迁，每一段历史都承载着无数人的记忆与情感，记录了沿岸村庄的兴衰更替，承载了人们内心的感慨与对美好生活的向往。

大黑河宛如一条巨龙，蜿蜒曲折地穿过赛罕区六犋牛村。

7月末，六犋牛村广场上人潮涌动，村民们喜气洋洋。坐在家门口撸着串，品尝着各地美食，畅饮着醇香美酒，感受着草原文化，欣赏着精彩纷呈的音乐节目……六犋牛村消夏美食啤酒节开幕了。

老闫年近六旬，在六犋牛村长大。他见证了大黑河从昔日的狂野不羁到如今的宁静祥和。站在人潮中，被喧闹的音乐和呐喊声裹挟着，老闫的眼中闪着光："大黑河能有今天的模样，真是我从前想都不敢想的奇迹。"

在他的记忆深处，六犋牛村曾是一个被大黑河分隔成两个世界的村庄。北岸是村落，南岸则是肥沃的耕地。然而，宽阔的河面成为村民们前往耕地的巨大障碍。那时，村民们为了耕作，不得不绕很远的路。

过去，大黑河既是六犋牛村的生命之源，也是村民们挥之不去的噩梦。汛期时，河水如一头狂暴的野兽，冲垮房屋，淹没农田，将良田变为荒滩。风起时，黄沙漫天，村民们饱受风沙之苦。日子不好过，一些村民索性破罐子破摔，在河道内无序采砂、倾倒垃圾，使得河道面目全非。老闫说，那时觉得日子真难熬，看不见亮光。大家都盼着什么时候能有人来管管这条河，也让咱们的日子变变样。

2017年，大黑河迎来了转机。

呼和浩特市委、市政府发布了《呼和浩特市全面推行河长制工作方案》，六犋牛村所在的赛罕区也跟着行动起来，制定了自己的方案，并且建立了区、乡镇（街道）、村3个级别的河长制度。

大黑河是赛罕区辖区内一条重要河流，因此成为重点整治对象。

河长制进一步升级为“河湖长+检察长”的合作方式，河长办公室和检察机关经常沟通协作，一起努力治理和保护河流。检察院和水务局的工作人员实地巡查，共同守护大黑河。

2018年年底，呼和浩特把保护河流和湖泊的责任细化到了每个村，建立了市、县、乡、村四级管理体系，还特意安排了巡河保洁员。

呼和浩特为6条市级河流、45条县级河流和165条乡镇级河流制定了“一河一策”，并正式印发实施。市级“六河一湖”也编制了相应的方案，明确了管护对策。

河道里的问题被及时发现、及时解决，既解决了老问题，又防止了新问题的出现，彻底打通了河道管理的“最后一公里”。

经过监管、宣传和清理，大黑河及其周围的环境得到了明显改善，以前那些乱搭乱建、乱挖乱采、乱倒垃圾、乱排污水的现象都得到了有效控制，大黑河也逐渐恢复了清澈和宁静。

据统计，仅2018年，全市四级河长就巡河1900多次。到了2019年，巡河次数达到3300多次。市、县两级河长们还召开了专题会议，专门研究、现场督办了一批水利部暗访发现的问题，推动了整改措施的落实。

现在，全市的河湖长制已经形成了“河长有行动，行动有成效”的良好局面。

呼和浩特市、旗县两级河长办公室也发挥了重要的组织协调和督办职能。他们不仅向同级河长提出了河湖管护的建议，还加大了对下一级河长的督导检查力度。2019年，市河长办组织了3次对旗县区的督导检查，并针对发现的问题，以“一县一单”的方式下发了整改通知。

为了加快推进河湖管护的基础工作，呼和浩特建立了河长制信息平台，启用了河湖管理信息系统和河长手机软件，方便各级河长巡河和群众举报。

针对河湖的治理方案一个接一个出台，市委、市政府以雷霆手段推进大黑河治理工作。

如今的大黑河，两岸风景如画，河堤上绿树成荫，花田、亲子乐园、广场等错落有致。就连村民的家门口也建起了军事主题公园。风沙得到了有效治理，出门便是公园美景。村民不再在河滩上放羊，而是在河岸上种树种草，享受着绿水青山带来的美好生活。

老闫感慨道："现在村里的人都在公园里打工或做买卖，我们真正实现了'靠水吃水'，让绿水青山变成了金山银山。"

不只是六犋牛村，大黑河沿线的帅家营村、沙梁村、八拜村、东乌素图村和下水磨村，都先后旧貌换新颜，它们的过去已经永远留在了呼和浩特的历史长河中。

如今的大黑河南岸，每到七八月份，成片的花海吸引着无数市民前来观赏。这片曾经饱受风沙之苦的土地，如今已成为市民们休闲度假的胜地。

八拜村，位于呼和浩特东南郊的大黑河南岸。

据说，八拜村的泉水喷涌如柱，水质甘甜清冽。村里还拥有一片占地超过300亩的八拜湖，湖面宛如一面巨大的明镜，平静无波，平均水深达3米，是各种鱼类的乐园，也是候鸟栖息的天堂。

夏季，湖面上芦苇摇曳，渔船点点，构成一幅动人的画卷。到了冬季，湖面结上一层厚厚的冰，展现出另一番迷人的景致。然而，自1996年起，周边河道过度采砂，导致湖水失去了补给源，生态环境遭到严重破坏，八拜湖也渐渐干涸。

2022年5月，八拜湖生态环境修复治理工程开始实施，涵盖了多个关键区域的改造与建设，包括西湖区与东湖区的水质净化与生态恢复、观景平台的扩建与美化等。木栈道的铺设提供了更加亲近自然的步行体验，还有环湖路的拓宽与景观升级、花境花海区域的精心设计与种植等。

如今的八拜湖湿地公园是大黑河郊野公园十六景中的一景，依托八拜湖的生态资源，越来越多的市民享受到良好生态环境带来的红利。

呼和浩特市生态环境局的数据显示，大黑河沿线建成了近4000公顷的生态景观带，全长14公里的城市绿道，将花境广场、亲子乐园、雨水花园等景观串联，打造成以水为线、生态景观完善的环城生态廊道，有效提升了沿岸的景观品质。

市民们无须远行，在家门口就能享受到“依碧海而憩、穿花海而行、踏青草而坐、闻花香而至”的诗意生活。

若仅将目光局限于大黑河沿岸景观带来的直观改变，无疑是对这项治理工程的极大低估。大黑河的治理，实则是一场“秀外慧中”的全面革新，它不仅美化了环境，更从根本上升级了水生态系统。

文明伴水而生，但也时常遭受水旱灾害的侵扰。

2012年7月，呼和浩特突降暴雨，市区内涝严重，大黑河洪峰流量达到820立方米每秒，导致玉泉区河堤溃决。与1929年的3660立方米每秒相比，虽相差甚远，却也凸显出大黑河现有防洪设施的不足，难以满足城市发展的迫切需求。

大黑河发源于乌兰察布市卓资县，流经呼和浩特市赛罕区陶卜齐村进入呼和浩特，自东北向西南穿越呼和浩特平原，最终在托克托县双河镇汇入黄河。在呼和浩特范围内，该河流的流域面积达9093平方公里，河段长度为149公里。它不仅是区域内的生态走廊，还肩负着防洪排涝的重任，同时也是生态栖息地和开放性质的景观空间，承载着多重职能。

《水道提纲》中记载，大黑河古称伊克图尔根河，因流域土壤黝黑而得名，它与大青山的其他沟谷共同塑造了呼和浩特平原，即古代诗人歌颂的敕勒川。

2016年，一场自上而下的治理行动拉开了序幕。

呼和浩特市委、市政府决定对大黑河城区段进行综合整治，成立了专项领导小组，动员27个部门及地方政府，携手7家监理和施工单位共同推进。“五河两库”治理工程被明确写入政府工作报告，并承诺为市民带来碧波荡漾的大黑河。

同年4月，包括大黑河和小黑河在内的“五河两库”综合整治工程全面启动。作为“城中河”，大黑河的治理既要确保实用性，防洪标准需达到百年一遇，又要兼顾美观，使其成为城市的新地标。河道工程、堤防工程和景观工程，每一项都坚持高标准、严要求。

河道工程致力于打造景观大水面，主要利用再生水，实现水资源的循环利用；堤防工程按照百年一遇的标准建设，确保安全稳固；景观工程则在沿河两岸进行园林绿化，为市民提供休闲娱乐的好去处。整个项目总投资高达40多亿元人民币，其中，直接用于河道治理的资金为11亿元，征地拆迁费用为30亿元，这充分体现了呼和浩特政府改善城市环境、提升居民生活质量的坚定决心。

但是，治理并非一蹴而就，大黑河水质出现恶化趋势，城区的5座污水处理厂溢流频繁，大黑河浑津桥断面、小黑河三分闸断面水质长期为劣五类，如何整治城区生活污水，彻底改变大黑河的面貌，成为摆在呼和浩特市委、市政府面前的一大难题。

小黑河作为黄河的二级支流，经由大黑河汇入黄河，全长40.7公里，流域面积936平方公里。它流经呼和浩特市新城区、赛罕区和玉泉区，承载了这3个区的生活污水。过去，由于污水处理能力不足，溢流的污水直接排入小黑河，致使其水质恶化。

在此背景下，班定营污水处理厂三期工程应运而生，这是城市黑臭水体示范城市建设污水处理提质增效的重要工程，也是呼和浩特“十四五”规划的重点项目。工程建成后，城区6座污水处理厂设计污水处理能力达到64万吨每日，出水水质优于国家城镇污水处理厂污染物排放标准一级A标准。这一工程的建成和投入运行，为呼市筑起了坚实的水生态安全屏障。

在减少外来污染源的同时，小黑河自身的修复功能也在逐步恢复。呼和浩特在此兴建了小黑河生态净化工程，通过生境改善、水生态修复、长效维护等工程措施，有效削减了小黑河污染物，显著改善了小黑河流域的水质及周边环境，逐步恢复了小黑河流域的生态系统调节功能，让小黑河由内而外焕发出“健康”的活力。

铁腕治污，铁面执法，为呼和浩特打造了一个宜学、宜养、宜游的坚实水环境安全屏障。高起点谋划，高站位推动，2022年，5个国控考核断面水质全部达到考核要求，呼和浩特首次实现了劣五类水体“清零”，地表水环境质量改善幅度在全国339个地级市中排名第二。

综合整治后的大黑河，不仅为呼和浩特筑起了一道坚实的城市防洪安全新防线，更成为生态和谐的典范。

水光潋滟中，红嘴鸥、绿头鸭、鸬鹚等候鸟和留鸟翩翩起舞，它们是最早感知到生态变化的一群“居民”。

据呼和浩特市生态环境局数据显示，大黑河呼和浩特段现有鱼类、鸟类、底栖动物130余种，植物300余种。春天来临之际，天鹅、赤麻鸭、鸬鹚等大量候鸟和留鸟在此栖息，这里已成为候鸟迁徙途中极为重要的“中转地”和“补给站”。人水和谐、鱼鸟和谐的大黑河，再现往日“清水绿岸、鱼翔浅底”的壮美景象。

2023年盛夏，大黑河畔的军事主题公园内，音乐节震撼上演，国内外知名艺人云集于此。

大黑河畔的公园像被施了魔法，变成了集吃喝玩乐、观景休闲于一体的多元文化空间，打破了音乐节“乐得疯狂，累得疯狂”的刻板印象，极大提升了观众参与活动的舒适感，满足了不同人群的需求。

一个多月的时间里，陆续举办了中蒙群星演唱会、鸡尾酒之夜、亲子露营游等系列活动，将呼和浩特的夏天推向高潮。

大黑河畔已连续举办两届Fest To Go音乐节及中蒙群星演唱会等盛大演艺活动，外加两届精彩的冰雪嘉年华，吸引了50万游客前来参与，创造了超过5000万元的旅游收入。

依托大黑河南北两岸得天独厚的自然生态资源，呼和浩特正在发展露营经济与民宿经济。沿线已涌现出“湖湾林舍”“云羡营地”“林下空间”“花海之约”等一系列网红露营地，而昭君路段的乡村民宿群也正在紧锣密鼓地建设中。

看得见的变化也带来了看得见的收益。2024年，大黑河郊野公园累计接待游客量突破80万人次，旅游收入更是惊人地突破了1亿元大关，为沿线村民带来了实实在在的增收致富机会。

大黑河的治理为呼和浩特带来的远不只是文旅的繁荣，更是一场生态与农业的华丽转型。

当昔日的污水被净化为清流，那些曾经的洼地也奇迹般地变成了肥沃的良田。

玉泉区充分利用大黑河整治的宝贵成果，积极推动大黑河北岸的高标准农田建设。创新性地实施了“三打破、五统一”的整治模式，彻底打破了单一品种的种植方式，促进了粮食集约化、规模化种植，提升了粮食生产能力。

2024年夏天，站在玉泉区姜家营村，可见4200亩粮食高产示范区已呈现出一派生机盎然的景象，玉米幼苗茁壮成长。

原有的田埂、沟渠被填平用于耕种，田间障碍物减少，增加了耕地面积。相较于过去农户分散、难以管理的田地，如今的农田建设实现了小田变大田，播种全程采用北斗导航系统进行精准定位。

智能化播种方式不仅提高了土地的利用率，而且确保了每块耕地都能得到精准管理。从播种开始，智能化和数字化的操作就贯穿始终。智能化系统还能监测土壤、环境、气候等条件，并能预警病虫害情况，实现了田地的精准管理。

传统的灌溉方式也被滴灌模式所取代，通过对滴灌水量和时间的精确控制，亩耗水量大幅降低，同时实现了精准灌溉和施肥，预计每亩农业用水节省约80立方米，粮食每亩增产约100千克。

一条条笔直的机耕道、一块块整齐的高产田，不仅改善了玉泉区的农业生产条件，提高了农民的收入水平，而且推动了农业科技的进步和农业产业结构的优化升级。

不仅如此，依托大黑河的自然资源，沿岸的村庄也迎来了新的发展机遇。农旅、文创、民宿……各种创新项目如火如荼地展开，后本滩村发展设施农业种植和共享菜园，大力发展观光旅游和农业产业。旅拍、住宿、农事体验等产业让农文旅融合发展成为可能。而在班定营村的千岛湖项目更是成为全市的网红打卡地，吸引了无数市民前来观光游玩。

中国式现代化是人与自然和谐共生的现代化。把好山好水好风光融入城市，让稻田、麦浪、青纱帐、湿地都成为城市美景。

呼和浩特的建设者巧手重塑大黑河两岸的自然风光，将生态环境保护与生态旅游发展融为一体，让生态的“高颜值”成功转化为经济的“高价值”。在这场绿色变革中，人民群众的获得感愈发丰盈，幸福感也愈发绵长。

人人都是“白二爷沙坝人”

2024年6月，大型现代晋剧《大漠春归》在内蒙古艺术剧院重装上演。

来源于真实的历史背景，这出戏将镜头对准了20世纪80年代内蒙古和林格尔县那片浩瀚沙海中最震撼人心的一角——白二爷沙坝。

“人迷眼，马失蹄，白天点灯不稀奇。”当年，这里一年四季风沙肆虐，面积达40万亩。时任和林格尔县县长的云福祥带领由120名青年组成的治沙队上坝，开启了一场艰苦卓绝、感天动地的“人沙大战”。

而今，白二爷沙坝已告别了昔日的漫天黄沙，到处郁郁葱葱，广袤的森林洋溢着勃勃生机。

曾经的治沙队长李俊观看《大漠春归》后，接受媒体采访时感慨万千：“这部戏高度还原了过去的治沙场景，我仿佛又回到了那个峥嵘岁月。我希望治沙经验能传递给下一代，让下一代人守护好我们的治沙成果。”

这种勇于面对困难、与风沙顽强抗争的精神犹如一粒生命力顽强的种子，落地生根，茁壮成长，激励并感召着无数青城人，在面对严酷自然环境的挑战时，坚持规划蓝图不动摇，持之以恒，共同筑起一道道坚不可摧的生态安全屏障。

从呼和浩特市区出发，向南行驶大约75公里，便会抵达昔日的风沙地——白二爷沙坝。如今，沿途驾车，已不见沙漠的影子，也感受不到风沙的侵扰，取而代之的是绵延不绝的防护林。

附近的居民告诉我们，这一带生态环境越来越好，以至于时常遭遇野猪等野生动物的“造访”，这让他们不禁回想起40年前的漫天风沙。

变化之大，令人感慨。

常言说“大河向东流”，浑河却与众不同，它从山西启程，一路向西，穿越黄土高原，最终在呼和浩特市和林格尔县与古力半几河交汇后才转而投入黄河的怀抱，浑河因此也被当地人称作“倒流河”。

浑河宽广而浅平，河水中夹带着大量泥沙，是典型的多沙山溪河流，导致河岸易受洪水侵蚀而频繁崩塌，河道也屡屡改道。

在浑河南岸，与古力半几河的交汇处，形成了一个庞大的泥沙沉积形成的丘陵三角洲地带，海拔高度1100～1400米，年降水量391.6毫米，蒸发量2340毫米。先天条件不足，加上开垦等人为因素，导致这一带常年风沙肆虐，植被覆盖率不足15%。

三角洲东西绵延13.5公里，南北横跨11公里，总面积接近12万亩。每年，这片三角洲向黄河注入约200万吨的黄沙，导致周边超过1万亩的农田遭受流沙侵袭，逐渐被掩埋。更为严重的是，流沙以每年3～5米的速度向两侧蔓延，迫使五六个村庄的居民不得不迁移，形成了“沙进人退”的恶性循环，这一地区被当地居民形象地称为“魔鬼大三角”。

“白天黄风大，黑夜大黄风。一年一场风，由春刮到冬。”白二爷沙坝一年四季风沙肆虐，给当地居民带来了无尽的困扰与挑战。

住在这里的人们按姓氏聚集，从而命名村庄，比如郑家三号、郭家二号、吕家三十八号等，至今，这里的村庄依然保留着这样的村名。

陪我们采访的和林格尔县作协主席王禹一路讲述着白二爷沙坝的“前世今生”。

“为什么叫白二爷沙坝？是因为这个地方有个叫白二爷的人吗？”这个名字怎么看也不像是地名，我不禁好奇地问。

“不是，这里有一个当地人口口相传的来历，我给你说说。”王禹说，早年，这片区域有过一个横行乡里的恶霸，可以说恶行昭彰，人们便以“白二爷”之名相称。这个地方风沙肆虐，在村民看来，与“白二爷”的恶劣行径一样令人厌弃，因此，这片风沙肆虐的丘陵地带便被形象地称为“白二爷沙坝”。这个说法已不可考，但名字却一代代留了下来，而且其中之意也完全被颠覆了。

走进白二爷沙坝治沙站，有一间展馆瞬间就把我们一行人拉回到40多年前，里面有一面墙的大屏，点开，是一个拍摄于多年前的纪录片，影像虽然已经不甚清晰，但是莽莽沙地，沙地上扛着工具顶风艰难行进的治沙队员，那些被狂风吹得东摇西摆的枝条，无不再现当年的情景。

走出展馆，是一条贴满照片的走廊，这些照片都是40多年前留下来的黑白照片。当年的治沙队员刘俊钱指着照片中的人说着他们的事迹，有刚出月子就回到沙地种树的，有一家老少一起参加治沙的，也有为了爱情双双留在治沙队的……看着那些年轻的面庞、那些泛黄的奖状、那些灿烂的笑脸，我心里的崇敬油然而生。

刘俊钱已经退休了，两个儿子都已成家，他的退休金不低，完全可以安享退休生活。但是他依然守护着这个治沙站和展馆。

“我是最早参与治沙的队员，四十多年都在白二爷沙坝，经历了初期治沙过程。我选择回来守着展览馆，就是想发挥一些余热，虽然我比不上专业讲解员，但是我能把当年的真实场景和我们的感受讲出来，毕竟都是我们一步一步走过的日子。”刘俊钱说。

展馆里，一本橘色胶皮封面的日记本静静地放在一个展柜里，翻开日记本，看到这样一页：

1984年5月27日

白二爷沙坝是库布其沙漠的延伸部分，也是和林县沙化面积最大、沙害最为严重的地方。

据传说，这个地方过去是一个城堡。根据现在出土的陶器、农具、古钱、箭头等可以证实。但是由于过去搞掠夺性的打草、放牧、开荒形成了严重的沙化，造成生态系统的恶性循环。

……

40年过去了，在和林格尔，唯一能见证当年恶劣环境的，只有这座展馆以及当年参与治沙的队员们的记忆。

治沙站的院子很大，很安静。侧面院落有一小片稀疏的树林和一大片栽种后任其自由生长的格桑花，树枝、花叶被风摇动着，发出簌簌的声响。

展馆周围，还原了40年前治沙时居住的宿舍、食堂，以及时任和林格尔县县长、全国劳模云福祥带头治沙时用过的办公室。办公桌旁边的云福祥雕像眼里布满血丝，一双手布满老茧，一顶粗布帽上落满沙砾……

刘俊钱说，1982年他高考落榜，作为家里几个兄弟中的老大，他必须要自谋生计，帮助父母撑起这个家。

这一年，51岁的云福祥出任和林格尔县县长，他想为和林格尔县干点实事，决定和白二爷沙坝的风沙展开一场决战，很快从各地招募了120名青年治沙队员，向黄沙宣战。刘俊钱就是第一批进入青年治沙队的。

当时治沙队里男女队员各占一半，为的就是让这些来自各地的年轻人能在白二爷沙坝扎下根来。

显然，这是一项长期而艰巨的工程。

当时和林格尔县的老百姓把这件事形象地比喻为“县太爷大战白二爷”。

治沙队进驻贫瘠且环境恶劣的白二爷沙坝，吃住都是问题。在刘俊钱的记忆里，“林场有间废弃的养猪房，拾掇好就成了宿舍，一个大通铺，几十个人挤着睡，夜里翻身都困难”。为了能睡个舒服觉，刘俊钱宁愿辛苦点儿上夜班，他早晨下班，别人正好上班。

夏天，黄沙绊腿，沙子滚烫。最难捱的，要数风沙的脾气。

“治沙队员没人敢一个人出门，很容易被黄沙卷出几公里去。”刘俊钱说，“大风天想要出门，需要几名队员结伴手拉手走，才能对抗风沙。”

“还真不能一个人出门呢。”

“遇到刮大风，有几次，几名队员夜里一起出门，都被卷到浑河对岸去了。”

“被卷走了该怎么办？”

“也没啥好办法，只能等天亮风停了，慢慢找回来。”

“你被卷走过吗？”

“卷走过。有一次，我被吹得站不住，只能跑。在风沙漫天的时候根本看不清方向，我赶紧找一个相对背风的沙窝蹲下来。等风停了，发现自己离治沙站好几公里远。”

“半夜三更的，不害怕吗？”

“怕是怕，因为有人被风吹走过，发现的时候人已经不在了。”刘俊钱说，“不过风一停，就想着趁没风赶紧回去赶工，就忘了之前的害怕了。”

挖坑、种树、冒雨点种柠条，乔木、灌木结合，前挡后围……那段激情澎湃的青春时光里，每个人都像有使不完的劲儿，人们相互激励，彼此鼓舞，形成了一股不可阻挡的力量。

那段激情燃烧的岁月，每个队员的心中都仿佛燃烧着一团熊熊的火焰，那是对改变现状、创造美好的坚定信念，这股信念敢教黄沙披绿，敢教天地换颜。

古希腊神话中，西西弗斯因得罪了诸神，被惩罚将巨石推到山顶。西西弗斯每一次用尽全身的力气，将巨石推近山顶时，巨石就会从他的手中滑落，滚到山底，西西弗斯只好走下去，重新将巨石推向山顶。如此循环往复，西西弗斯被永远困在了无休止的苦难之中，他的一生在徒劳的努力中消磨殆尽，未有所成。

法国思想家加缪在《西西弗神话》一书中，对西西弗斯推石上山赋予了新的意义。加缪认为，西西弗斯推石上山时是幸福的，他没有消极地等待，而是积极地进取，超越了自己的命运，他每一次推动石头都是对命运的抗争，付出的每一滴汗水都凝聚着信念的力量。

云福祥带领治沙队员治沙的十几年，被认为是“滚石上山”。言外之意，人们认为在沙漠里种树是近乎徒劳的。然而，白二爷沙坝的治沙队却用“滚石上山”般不退缩的精神，改变了“滚石上山”的命运。

古希腊神话故事中，西西弗斯是一个人的抗争，白二爷沙坝的治理是一群人的接力，是几代人的“久久为功”。

40年前，当全球范围内尚无现成的治沙模式和经验可供借鉴时，云福祥率领着120名满怀激情的青年，毅然踏上了探索治沙之路。他们坚信一个简单的道理：植树造林、种草固土是抵御风沙的关键。

治沙队伍在广袤的沙漠中播撒草籽，栽下幼小的树苗。然而，往往一整年的辛勤努力，在春天的一场风沙后便化为乌有，只能来年再次播种希望。在与风沙长期不懈的斗争中，他们逐渐摸索出了一系列创新的植树造林方法，如“乔木、灌木与草本植物综合种植”“前方阻挡、后方牵拉、四周合围”以及“深挖大穴、利用秸秆辅助造林”等，这些方法成为他们对抗沙漠的智慧结晶。

日复一日，年复一年，几代治沙人披星戴月，将昔日黄沙漫漫、寸草不生的沙地变成绿洲，在白二爷沙坝的土地上，黄沙中的绿色由“一点点”到“一丝丝”，再到“一片片”。

云福祥1997年退休，如果不是积劳成疾，或许他更愿意再多干几年。

云福祥离开后，新的治沙人接力种树。用当地人的话说，是“一届接着一届干，一届干给一届看”，每一棵苗木都浸满了治沙人的汗水。

1998年，和林格尔县被列为国家生态环境建设重点县，全县生态建设进入新阶段。

到2003年，白二爷沙坝10万亩生态示范区通过了自治区环保局专家组审查，成为呼和浩特第二个自治区级生态示范区。

如今，距离1982年治沙伊始，40多年过去了。

站在沙坝观景台上，满目翠绿尽收眼底。秋雨绵绵，滋润着葱郁的林木，一派生机盎然的景象，空气中弥漫着树木与青草的清新气息，令人仿佛置身于纯净的天然氧吧。

那些曾在沙海中挥汗如雨、植树治沙的青年，如今已步入知天命之年。他们昔日那种不畏艰险、忘我奋斗的精神，已经凝聚成一种力量——牢记使命、实干担当、科学求实、绿色筑梦、久久为功。

时至今日，当年许多因风沙而背井离乡的人纷纷回归故土，重拾种植与畜牧的生计，再也不用畏惧沙害的侵扰。

这里造林种草的成果斐然，保存面积达12万亩，其中包括4.3万亩乔木林、5.3万亩灌木丛以及2.3万亩人工草场和封育草场，汇集了超过100种植物。生态环境显著改善，野生动物数量明显增加，生物多样性逐年丰富，林草覆盖率高达85%，由此产生的生态效益无法估量。

植被进入自然恢复期后，总面积达12万亩的白二爷沙坝被正式划定为自然保护区，其中，6.69万亩被划定为国有林地，开启了生态保护工作的新篇章。

昔日的治沙勇士们的身份发生了转变，成为守护这片绿洲的护林员，他们依旧用脚步丈量每一寸土地，捍卫着这份来之不易的生态成果。对他们而言，护林护草就如同抚育自己亲手带大的孩子，充满了深情与责任。

他们的精神为北疆建设提供了强大的精神动力，不仅使白二爷沙坝12万亩沙漠成为绿洲，还使整个和林格尔县绿意盎然。在和林格尔人看来，守护好生态环境是他们与生俱来的使命，造林绿化的行动也根植于他们的心中。如今，全县造林绿化总面积达到220万亩，其中森林面积达180万亩，森林覆盖率达35%，野生动植物种群数量持续稳定增长。

以白二爷沙坝的治沙经验为蓝本，呼和浩特坚持增绿和治沙相结合，自然恢复和人工修复相结合，2016—2023年，呼和浩特共完成337.16万亩防沙治沙目标任务。

白二爷沙坝已经成为世界治沙史上的一个奇迹，曾获联合国“全球治沙500佳”提名，很多国际治沙专家纷纷为白二爷沙坝竖起大拇指。

在白二爷沙坝的山丘上，40年前治沙初期种下的柠条已经长到一人多高，进入了成熟期，在看不见的地下，它的主根深达2米，侧枝也可向旁伸展6米，退化的枝条会被自然淘汰，而鲜嫩饱满的枝条可以用作饲草。

白二爷沙坝从昔日的贫瘠之地，蜕变成了水草丰茂的沃土，它的面貌也随之焕然一新。

2024年，呼和浩特全力推进“三北”防护林六期工程，正式吹响了黄河“几字弯”区域生态建设攻坚战的新号角，目标是在2024—2026年这3年间，实现了“三北”防护林六期及黄河“几字弯”10年建设的宏伟蓝图。

在这场绿色变革中，白二爷沙坝华丽转身，肩负起了呼和浩特生态攻坚任务，建起了200亩的“三北”工程保障性苗圃，这个苗圃规划为播种、容器苗繁殖、移植、扦插培育4大区域，年育苗能力超过600万株，其中合格苗木产量达450万株，涵盖了杨树、油松、柠条、沙枣、沙棘、白榆、山杏7个树种，为生态修复提供了坚实的苗木支撑。

黄河“几字弯”，横跨山西、内蒙古、陕西、甘肃、宁夏五省区，曾是京津及东部地区沙尘暴的主要沙源地和通道。作为“三北”工程新时代的三大核心战役之一，黄河“几字弯”地区的治理显得尤为关键。内蒙古作为唯一全面参与这三大战役的省级行政区，种苗需求巨大，而白二爷沙坝林场保障性苗圃正是呼和浩特独一无二的宝贵资源。

生态的改善，如同一只无形的手，伸出全方位的效应触角，触及社会经济的每个角落。

白二爷沙坝保障性苗圃不仅为生态保护和水土保持贡献力量，还促进了周边地区“三北”六期工程的顺利实施，带动了运输、包装、绿化施工等相关产业的发展，提高了当地的就业率。

白二爷沙坝的治理仍在路上，带来的效益远不止于此。如果夏天去和林格尔县，导游推荐的一条精品路线就是前往白二爷沙坝生态旅游区，享受一次融合生态、康养与休闲的旅行体验。

白二爷沙坝也被赋予了新的角色定位，它正逐步被整合打造成为内蒙古自治区级森林公园。这样的升级将成为呼和浩特探索林下经济、森林康养、森林旅游的新路径。同时，利用现有教育基础，构建集旅游、养生、教育于一体的新型发展模式。

有了白二爷沙坝的生态样板，和林格尔县开始着力打造高质量的草种繁育基地。县林草局党委书记、局长陈璟介绍，继2023年巩固提升1290亩、新建260亩后，2024年继续扩大种植规模，申报获批巩固提升1550亩。项目有效破解了制约草种业发展的“卡脖子”问题，推动“育繁推一体化”新局面的形成。

和林格尔县这片518万亩的土地，见证了“三北”前四期工程、退耕还林还草、天然林保护、京津风沙源治理等一系列国家重点生态工程的显著成效，全县生态环境发生了翻天覆地的变化，已成为全国生态建设重点县。

生态环境改善后，和林格尔县吸引了蒙牛、蒙羊等300余家企业入驻，特别是生态产业如蒙草生态、和盛育林、宇航人等企业蓬勃发展，实现了生态效益与经济效益的双赢。

白二爷沙坝的绿色传奇，只是呼和浩特生态治理的一个缩影，但它为这座城市铺就了一抹鲜亮的绿色底色。

青城
蝶变 第七章

一座北方城市的留人密码

扫码解锁

清晨的呼和浩特，阳光穿透大召寺的琉璃瓦，在青石板路上投下斑驳的光影。丁香花在微风中摇曳，与街边摊位飘来的羊杂碎香气交织成独特的城市气息。

一群年轻的身影穿梭而过，他们或许刚走出小草公园的晨跑道，或是从金桥“双创”示范区赶来，抑或是刚刚结束在伊利现代智慧健康谷的实习。

青春洋溢的面孔总是充满朝气。如今的青城，也是青年之城，四面八方的青年不断涌向呼和浩特，为这座北方城市注入了勃勃生机。

2023年末，当全国超半数省份人口负增长时，呼和浩特常住人口增至360.41万，较上年增长5.3万人，增速为1.49%。这背后，是“十万大学生留呼工程”“丁香扎根计划”的留人诚意，是大学生返乡创业带来的勃勃生机，是乡村振兴推动下的人才回流。

城是人的聚合，青城之约是一场人才与城市的双向奔赴。

与新市民的双向奔赴

五月的呼和浩特，紫丁香与白丁香在街头巷尾竞相绽放，香气馥郁，沁人心脾。这座草原上的青城，既保留了游牧文明的豪迈，又在现代城市的转型中悄然蜕变。

“让年轻人像丁香花一样，在这里深深扎根、慢慢开花”，这是呼和浩特保障性租赁住房丁香公寓的宣传标语，温柔、和暖，像荒原里飘来的丁香花的芬芳，没遮没拦地闯进你的心里。

丁香成为呼和浩特的市花，说法不一。有人说是因为呼和浩特有足够老的丁香树，至今青枝不颓、花开不败。还有人说是丁香这种植物，在呼和浩特落地即生根，长势喜人，无论什么品种，都能开出漂亮的花来。我虽不知当初确立市花时的真实原因，但猜想一下，大抵离不开丁香品格和城市品格的契合：雅致、顽强、团结、进取。

因此，最近几年，呼和浩特在引进人才的时候，把人才比作耐寒、耐旱、适应性强的丁香——向下深深扎根，向上坚挺生长，再合适不过了。

当越来越多的年轻人选择留下，这是一座城市的魅力，也是一座城市的未来。

“我叫张博，是华中农业大学毕业的研究生，从武汉来呼和浩特工作，即将与金宇生物技术股份有限公司签约。呼和浩特的好环境、好产业、好政策吸引我落户青城、扎根青城。”

2023年夏天，在呼和浩特保障性租赁住房的交房仪式上，部分在呼和浩特创业、就业的大学生拿到了首批保障性租赁住房的钥匙，张博就是其中之一。

2024年深秋，在金宇集团见到张博时，她正在岗位上忙碌着。她年轻的脸上，学生气未褪，笑起来清新、明朗。

“很多大学生毕业后都南下求职，你却逆向而行，选择了呼和浩特，这是为什么呢？”我知道张博是吉林通化人，我向她提出了心中的疑问。

“呼和浩特近年来经济逆势增长，产业发展充满活力，呼和浩特作为全国农畜产品生产基地，相应的专业自然会有更多发展机会。”张博说，“我是在北方出生长大的，更适合在四季分明的北方城市生活，呼和浩特这座城市我非常喜欢。”

“工作一年了，你感觉怎么样？”

“感觉很不错。你看，我到现在仍然坚信来呼和浩特是正确的选择。”张博信心满满地说，“我来的时候，上午落地，下午就入住了人才公寓。金宇集团事先已经做了很多工作，让我比回家还安心。”张博说，呼和浩特保障性租赁住房丁香公寓内，一千多套统一的精装修公寓配备了冰箱、洗衣机、热水器、沙发、桌椅等设施，拎包即可入住。硕士研究生每月只需花费700元就可以住进50平方米的公寓，这对于一个初来乍到的年轻人，完全避免了在陌生城市到处找房子安顿自己的“兵荒马乱”。

居有佳舍，有回家的便捷和温度，呼和浩特找到了“留人”的密钥。

2022年，中宣部、中央网信办、中央文明办、国家发改委等17个部门联合印发《关于开展青年发展型城市建设试点的意见》，呼和浩特成为全国首批、内蒙古自治区唯一一个青年发展型城市建设试点。

青年发展型城市的构建，需要城市与年轻人的“双向奔赴”。

牛思佳是山西大同人，大学毕业后被呼和浩特人才新政吸引，决定留在这里。通过呼和浩特团市委举办的专场招聘会，她找到了一份满意的工作。如今，牛思佳和爱人不仅买了房、结了婚，还申请到了3万元的购房补贴。

作为新呼市人，她笑着说："我们有了自己的小家，也很喜欢这座美丽的草原都市。接下来，我们要更加努力，在这里扎下根来。"

自成为青年发展型城市建设试点以来，呼和浩特先后推行了"十万大学生留呼工程""千校万岗""丁香扎根计划"等专项行动，并配套制定了"人才新政10条"等举措。

2024年，"90后"创业者郝愿带着改良后的马头琴项目入驻呼和浩特金桥"双创"示范区的丁香扎根大学生创业就业示范基地。在呼和浩特读大学期间，郝愿带着对马头琴的新思考，从学校的创业孵化基地开启了创业大门。项目落地后，他的马头琴创业项目得到了人社部门的支持，申请到10万元的大学生创业贷款，缓解了创业初期资金不足的燃眉之急，许多想法得以落到实处。

从贷款申请到赛事路演，政策就像一盏明灯。2024年7月，郝愿的"马背神韵——跨民族·跨地域的马头琴艺术现代传播者"项目参加第六届"中国创翼"创业创新大赛内蒙古自治区选拔赛，斩获现代服务业赛道冠军并晋级国赛。

丁香扎根大学生创业就业示范基地是呼和浩特市重点打造的公共就业创业服务平台，通过"人才+项目"模式吸引青年人才扎根创业，仅2023年累计服务大学生超过3500人次，辅导10个创业项目成功落地。

2024年，呼和浩特市领导在"两会"上以城市之名真诚表态，要让来呼和浩特生活和工作的年轻人"来时一个包，安下一个家，共建一座城"。

这座草原都市正以"政策+产业+服务"三位一体的留人策略，让每个为梦想打拼的年轻人都能将梦想照进现实。

2022年到2024年，13.93万人选择留在呼市发展，融入建设首府的大军中。

在2024年苏州国际科创大会上，中国人力资源开发研究会与多家权威机构合作完成的《2024年中国人才友好型城市研究报告》显示，呼和浩特成功入选“2024年最佳人才发展生态城市50强”，位居第41位，是我国华北地区排名最高的省会城市。

人才不但要引得进，还得留得住，这就需要营造良好的人才发展环境。

2024年底，呼和浩特最新出台“人才强市25条”，这是呼和浩特人才引进的政策，聚焦“刚柔并济”引进人才，充分激发用人主体引才活力，加大对高层次人才、产业紧缺人才、青年人才等各类人才的支持力度，目标是用3年时间实现全市人才总量突破80万人。

与过去一系列人才政策不同的是，呼和浩特“人才强市25条”更加注重平台载体建设，服务于全市“六大产业集群”建设的需要，加大院士专家工作站、国家级创新平台、新型研发机构的支持力度，进一步发挥平台载体对人才、项目、技术的吸引和集聚作用，不断提高人才平台的投入产出效益，使首府成为各类创新主体和创新资源的汇聚之地。

这些人才政策彰显了真金白银的“留人诚意”，落户零门槛、档案托管免费、求职住宿免费，生活、租房、创业各方面根据不同学历给予补贴。截至2024年12月，全市累计为4561名高校毕业生发放了租房和购房补贴。

此外，还有产教融合的“定制化培养”计划，针对六大产业集群，政府与伊利、蒙牛等龙头企业共建“人才订单班”，学生入学即签约，企业承担部分学费并提供实习岗位。

对于难以全职引进的顶尖人才，呼和浩特推出“候鸟专家”计划：院士、“长江学者”等每年累计工作3个月，即可获得科研经费、工作室建设等支持。

呼和浩特拥有全国唯一的国家乳业技术创新中心，也是全球最大的乳业中试基地。目前，该中心已经集聚了10余名院士、100余名高级行业专家、20余名海外专家和1000余名核心科研人员。自2022年1月国家乳业技术创新中心成功获批以来，包括高产奶牛性控胚胎生产技术、新型营养调控技术、浓缩乳清蛋白制备技术等乳业发展“卡脖子”问题被一一攻克。

除获批国家乳业技术创新中心，自治区草业技术创新中心、自治区动物疫苗技术创新中心也先后获批。其中，动物疫苗技术创新中心与中科院陈润生院士联合建立了呼和浩特—北京MRNA动物疫苗联合实验室，开展MRNA疫苗研究，加强源头创新和关键技术攻关。

在全国城市创新能力百强榜中，呼和浩特排名第55位，创新指数居内蒙古首位。“真金白银”激励企业持续创新，营造良好的人才发展和创新创业氛围。2022年呼和浩特全社会研发投入达52.4亿元，增幅12%；投入强度（全口径）实现了六连增。

呼和浩特“人才强市25条”进一步明确，要促进校（院）、地、企融合发展，支持驻呼高校调整学科设置，支持校（院）、地联合共建产业发展平台，实施“揭榜挂帅”技术攻关，积极鼓励区内外高校院所联合呼和浩特的企业开展重大产业技术难题攻关，通过“揭榜攻关”给予单个项目最高1000万元科研经费支持，助力呼和浩特“科技突围”工程取得突破。

本土人才培育也将是呼和浩特未来着力的重点，“青城科创领军人才”“青城创梦”计划、“青城名医名师”工程、“青城名师”评选、“青城工匠”培树，每一项人才工程都将成为点亮这座城市的一盏明灯。

呼和浩特之所以能下“血本”留人，是因为实实在在尝到了“甜头”。伊利集团数字科技中心作为乳业数字化转型的核心部门，吸纳了大批具备跨学科背景的年轻技术人才。通过AI监测奶牛健康数据，大幅减少环境波动，智慧牧场单头牛年产奶量显著提升。2024年呼和浩特奶产量达到222万吨，连续4年保持增长。

一座城市对人才的态度，直接决定了这座城市产业升级的“创新引擎”。

站在国家战略发展的新起点上，城市从未像今天这样求贤若渴。

万亿GDP城市增速超全国经济增速，以深圳、杭州等城市为例，无一不是通过前瞻规划、优厚待遇及区域协同吸引人才，推动了经济腾飞。

呼和浩特也不例外。这几年，大学生留呼计划不仅带动了产业更新，也直接影响了城市消费结构的变迁，“Z世代”成为消费主力，推动餐饮、娱乐、文化等产业升级，剧本杀、密室逃脱等产业在政策的支持下快速发展。

在夜间经济领域，塞上老街区块通过融合古风体验与潮流活动形成独特吸引力：配套民族工艺品展示与音乐派对，流量不断；2024年呼和浩特跨年系列活动结合灯光秀与烟花秀，总客流量达299万人次，带动餐饮、零售消费激增。

新兴消费也有不俗的场景：超大零食店以一人高的乐事薯片、两斤重的果冻等视觉冲击性商品成为“网红打卡地”，开业即火爆；新华MALL通过聚集漫画手办、游戏徽章等“Z世代”消费品，吸引年轻客群；东护城河北街的酒吧咖啡厅群落通过“微醺社交”场景，成为年轻人夜间消费的新地标。

丰富的新模式、新业态成为年轻人喜欢呼和浩特的理由，这也是社会环境下的最浅显的“留人”逻辑。

2024年，呼和浩特社会消费品零售总额同比增长5.2%，其中，体育娱乐用品类、通信器材类等升级类消费分别增长80.3%、145.9%。这些都说明年轻人给社会带来了消费结构的变化。

人才公寓里，26岁的李小琳和男友正在筹划婚礼。这对年轻人在呼和浩特团委组织的青年联谊会上认识、相恋。

2025年，呼和浩特首个配售型保障性住房项目“青年社区”启动申购，李小琳和男友计划在这里购买婚房。

“这里还可以享受人才购房补贴，未来孩子上学也没有后顾之忧。”李小琳说。

“青年社区”一期配套了小学、幼儿园、商业街区、共享空间等设施，价格低、品质高、环境好、配套全。李小琳的兴奋点还在于，这里的房子在设计时特别邀请了大学生参与室内设计，打造属于年轻人自己的生活乐园。

“我都想好了，一旦定下新房，一定设计成那种清新、雅致、温馨的时尚风格，我现在脑子里已经在考虑房间里的装饰品了。”李小琳笑着说，能感觉到她心里充满了对未来幸福生活的憧憬。

最近几年，呼和浩特随着人才引进和人口规模的增长，不断改扩建中小学幼儿园，2024年新续建、改扩建中小学幼儿园55所，投用20所，新增学位2.4万个，打造“四个一”工程校66所，组建“名校+”教育集团87个，与中央民大、首师大、北大金秋、北师大附中、北京一零一中学等16所区外名校合作办学。

如此贴心、完备的教育配套，让李小琳和男友可以将根深深地扎进这片土地。

呼和浩特的人才故事，正如丁香花一样，耐得住北方的春寒，绽放出最浓郁的芬芳。

夜幕降临，街灯、霓虹灯次第亮起，遛弯儿的老人、拍照的情侣、讨论项目的创业者，在丁香的花香中交织成城市的剪影。

在新旧更替中，这座城市的目标只有一个：不仅要让丁香开遍青城，更要让每朵花都能找到属于自己的春天。

“窑洞创客”的时代回响

2025年春节前夕，呼和浩特奥际影城内，《野马部落》放映厅里座无虚席。这部由本土团队打造的影片，以返乡大学生巴根、陆小野等青年为主角，讲述他们带领黄河“几字弯”地区村民共同创业的故事。

影片中反复出现的窑洞、黄土高原与奔腾的黄河水，与首府地理坐标形成互文——呼和浩特恰位于黄河“几字弯”最大的回转处，而影片取景地老牛湾更以“太极湾”地貌成为北疆文化地标。

影片叙事暗合中国乡村百年变迁的深层脉络。20世纪，城乡二元结构与教育“离土化”浪潮下，无数青年背井离乡。而今，在乡村振兴战略的推动下，返乡创业的大学生正成为破解城乡割裂问题的生力军。正如影片中的角色从城市回归草原，现实中，内蒙古通过一系列人才政策吸引青年返乡。

当银幕上的创业青年带领村民致富时，现实中，从呼和浩特走出去的青年们已经转变了思路，将农产品融入一、二、三产业融合发展的创新模式，带领村民走上了致富的道路。

这种从“离土”到“向土”的文化自觉，正是新时代城乡融合发展的生动注脚——年轻人用创意重构乡土价值，而政策、资本与技术的下沉，正让“空心村”重焕生机。

位于黄河“几字弯”东北角的清水河县，地处内蒙古高原和黄土高原交界地带，属大陆性季风气候，这里土壤类型丰富，太阳辐射强烈，是杂粮种植的黄金产区，尤其适宜谷类作物生长。

独特的自然气候造就了清水河县品质出色的谷子，去壳后煮成的小米粥带有琥珀色光泽，米香浓郁。

每逢秋收时节，金黄的谷穗深深弯下腰来，宏河镇高茂泉村的村民们将成熟的谷子收割回来，用竹筢翻晒谷物，簌簌声中既有丰收的喜悦，也有对好日子的期待。

然而，这份天然馈赠也曾深陷困境：由于地处偏远、交通闭塞，优质小米仅限本地流通，售价低廉。村民们守着“黄金土地”却难以脱贫，直到20

世纪90年代，宏河镇高茂泉村迎来一位新的党支部书记刘三堂，才改写了清水河小米的命运。

在很多人的眼里，刘三堂是个“不安分”的人。所谓的不安分，就是不循规蹈矩地闷头过面朝黄土背朝天的日子。别人种地的时候，他一边种地一边琢磨学医；别人种地的时候，他一边种地一边琢磨着怎么种出好粮食；别人种地的时候，他一边种地一边摆摊推销他的小香米。

小香米就是刘三堂的“孩子”，无论是最初试种还是后来推销，再到创办公司，他都倾尽了心血。

说起小香米，就需要回溯到1996年，清水河县的领导到陕西米脂参观学习，带回来一把谷子种，交给了高茂泉村的能人刘三堂：“三堂，这是延安的小米，非常好吃，咋能改良改良咱这边的小米，你琢磨琢磨。”

刘三堂从小就是个爱琢磨事的人，他也早就琢磨着怎么开发一下清水河的小米，不但要增产，还要改善小米的口感。他依据清水河县的自然环境对谷子逐年进行改良。经过几番试种，3年后，在原产地米脂生育期120天左右的小米，种在清水河县后生育期变成了145天左右。米粒比普通小米小，煮后香味却更浓郁，刘三堂喜不自禁，给它起名为“小香米”。自此，在沟壑纵横的黄土高原上，清水河县的小香米诞生了。

1998年，高茂泉村开始家家种植小香米，每年丰收后，刘三堂都会背上一袋小香米走南闯北去推销，逢人就说小香米的好，小香米渐渐有了些名气。

有一年，县里组织政协委员出国考察，刘三堂也在考察团的名单上。

连县城都没走出去过几回，这回要出国了，刘三堂兴致勃勃。他收拾行装，衣服没带几件，却带了大半箱小包装的小香米。

亲友纳闷了：“难不成你到了国外还要卖小香米？”

“哪能呢？”刘三堂笑了，“这么好的米，咱送给外国人尝尝，指不定以后咱们的小香米还能出口呢。”

到了国外，不管到哪个地方，刘三堂都会送给新相识的外国友人一袋小香米，还热情地向他们介绍中国北方那个鲜为人知的小乡村。同行的人都说："刘书记，你可真行，带着小香米周游世界了。"

说起这段往事，刘三堂现在还是兴致勃勃，他说："我就是想让更多的人知道小香米，能吃到小香米。"很多人都没有想到，时隔30余年，小香米正像当年刘三堂预言的那样走出了小山村，不但被列为地理标志农产品，还成了乡亲们的致富米，并且凭借着独特而优秀的品质走向了更广阔的世界，成了清水河县的一张响当当的名片。

2005年，高茂泉村村民的腰包鼓了，但刘三堂紧皱的眉头并未展开。他在琢磨小香米的未来，深知传统农业的局限性，"小香米要走出大山，走向更远的地方，必须有人带它飞。"刘三堂把目光投向了他的大儿子刘俊辰。

刘俊辰从同济大学毕业后，进入上海一家外企工作，事业发展得很顺利。然而，2006年一次父子推心置腹的谈话，让刘俊辰的人生轨迹发生了180度的转折。

"杂粮是药食同源的，是我们的健康食物，是我们西北干旱地区保持水土的一种很好的农作物。"父亲的话一直回响在刘俊辰的耳畔。他想，每一个做杂粮的人都是有爱的，是对环境友好的，是为消费者保驾护航的。他要让父亲创立的"有爱的小香米"走得更远。

他毅然带着妻子和孩子返乡创业。

"我在乡村长大，不管我走多远，根还是在故乡这片土地上。要是能为这个地方做点事，我的这个选择就值得。"刘俊辰实实在在地说，"这么好的小香米，应该走得更远。何况，内蒙古还有很多优质的杂粮，在人们都注重吃得安全、吃得健康的时代，只要方法对，就应该能走得更远。"

刘俊辰的回归，开启了清水河小香米的品牌化之路。他注册了"蒙清农业”，将传统杂粮升级为高端礼品，创新了社区推广模式，构建了“育种—种植—加工—物流—旅游”全产业链。这条产业链不仅成为城乡融合的桥梁，还与上千个农户合作，推广小香米种植数万亩，建立了现代化加工链，拓展了连锁餐饮与农业旅游，形成“党支部+公司+合作社+农户”的共生模式。

如今，“蒙清”“吃粗来”等四大品牌年销售额均突破亿元，小香米从地方特产跃升为全国知名品牌。

当我们在2024年秋天走进高茂泉村时，刘三堂已经完全退出了蒙清公司的一切事务性工作。他每天很悠闲地读读医书，拾掇拾掇家里的菜园子，在儿子改造的阳光走廊上种满了红彤彤、紫艳艳的三角梅。没事的时候，他就在村子里转悠，和村民聊聊天，关心关心他们的收成。看着刘俊辰忙忙碌碌地来来去去，他的心踏实而平静。

刘俊辰则像上足了发条的钟表，不停地为企业的生存、发展而奔波。几年来，他比之前黑了不少，也瘦了许多。但是，他的精神始终是饱满的、昂扬的，尽管在创业的路上，他所遇到的困难多到难以招架。

“哪有不难的事？唯其艰难才美丽，我喜欢这种不断攻克难关、不断前行的感觉。”刘俊辰说，他爱上了长跑，从中获得了很多精神动力。随后，他又迷上了马拉松。

“跑马拉松和人生很像，路上很多人，你全力以赴，也超不过几个人，一旦松懈，哪怕几分钟，就会被很多人超过。所以，跑马拉松，大多数人不是为了第几名，而是为了战胜自己、改变自己、提升自己。”这是他在跑完2024年第10场马拉松后写下的话。

看刘俊辰的微信朋友圈，你会看到一个励志青年在不断地挑战自己，担任农推官，开直播，有声有色地做“赋能乡村俊辰哥”“农食创业讲故事的俊辰哥”视频号，搭建蒙清加盟网络，打造蒙清田园客厅，筹备第三届世界农业科技创新大会，在中农创学院学习，参与全国寻找百位赋能乡村人士公益活动……从这些内容中，足以想象他的生活节奏有多快。

客观来说，刘俊辰回乡创业这件事的意义，绝不仅仅是将清水河的小米和杂粮以各种形式卖出去这么简单。

从弱化城乡二元结构的角度，刘俊辰返乡的价值是让更多人看到了乡村带给年轻人更大、更广阔的天地。

时间回到2015年，刘俊辰干了一件意义非凡的大事，创立了创优乡村创客中心，也就是新农人孵化基地。

清水河的特色农副产品远近闻名，但是交通不便、信息不畅，阻碍着当地产业的发展。刘俊辰带着蒙清创客中心的“乡村实践课程包”，叩开了内蒙古大学、中国农业大学等10余所高校的大门，希望能赢得青年人的认可，吸引更多的有志青年返乡。

在这里，年轻人可以享受到从办公环境到资金的支持、从实践基地到市场开发的全链条服务。蒙清农业作为背后的支持力量，提供产业链资源，利用“一座农桥”平台举办创业沙龙、直播培训等活动，吸引数百名大学生返乡实践，其中十几人已经扎根农村。

这些年轻人不仅带来了创新的思维，而且解决了“种什么、怎么种、卖给谁”的难题，通过订单农业、土地流转、民宿租赁等方式帮助农民增收。

到2025年，创优乡村创客中心将成为西北地区唯一的国家级“星创天地”。

2025年中央一号文件提出的“农业新质生产力”，在清水河县得到生动诠释。创优乡村创客中心更像一粒可以燎原的火种，不少返乡创业的年轻人从这里起步，迈出了乡村振兴的第一步。

当更多青年循着刘俊辰的足迹归来，清水河畔的星火正在燎原。

许占祥就是刘俊辰培育的第一批“新农人”之一。

2016年盛夏，内蒙古师范大学学生许占祥随校企合作项目踏入高茂泉村。在蒙清农业为期30天的乡村社会实践中，这些沾满泥土的历练，让他触摸到农业产业链最真实的脉搏，也从此改写了这个“95后”青年的命运轨迹。

2018年，许占祥启动的“九更醋”项目在蒙清创优乡村创客中心成功孵化。尽管手握生物工程专业文凭，但传统工艺的复杂性远超教科书的范畴。他将实验室搬进了高茂泉村的土窑洞，12口醋缸昼夜吞吐着青春的热气。发酵关键期需每2个小时翻动一次醋醅，窑洞墙上的电子钟定格着这样的画面：凌晨3点，手机闹钟第6次响起，年轻人裹着军大衣在氤氲的醋香中记录酸碱值的变化。历时90天的“窑洞攻坚战”，终于酿出了首批五谷醋。

对于名称的由来，许占祥给出一个“手艺人”的解释：一更拌，二更看，三更盼，四更起床，五更拌，六更七更努力干，八更九更满身汗，故名“九更醋”。

2019年，许占祥开启了“人才反哺”计划，在他的影响下，越来越多的大学生在高茂泉村的田间课堂完成了蜕变，形成独特的“95后新农人矩阵”。

一个又一个优秀的农业创新项目就是从这群年轻人的奇思妙想中脱颖而出。

清水河县境内田野上随处可见的海红果，是国家地理标志产品，这种被称为“塞上海棠”的野生珍果，经年累月汲取着黄土高原与河套平原交会带的天地灵气，淬炼出风味极佳的黄金酸甜比。

然而原生林的家底却深陷“优质贱卖”的困局——作坊式加工让大多数鲜果以原料形式廉价外流。

转机就始于创客中心的实训。一次分享会上，刘俊辰痛惜海红果产业价值长期徘徊在产业链最低端。正在参与乡村实践的郝惠琴捕捉到了破局关键。这个就读于内蒙古师范大学生物技术专业的姑娘，开始探索海红果如何走出清水河——漫山遍野的海红果，深加工不是选择题，而是产区存续的必答题。

2017年3月，“遇见海棠”计划列入创客中心的重点项目，郝惠琴带领的这支由4名青年组成的“学科混编舰队”，依托蒙清农业的全产业链支持，通过一次又一次的风味测试，采用低温锁鲜工艺留存果酱中的活性物质，创新开发出适应多种新消费场景的产品线，“遇见海棠”成为清水河县首家取得生产许可证的果丹皮工厂。

“遇见海棠”首条生产线投产时，这场试验式的供给侧改革已显现立体成效：鲜果收购价同比提升，衍生出深加工品类果丹皮和海红片，带动农户实现“种植+加工”双收益。

更令人振奋的是，“遇见海棠”项目在全国“互联网+”创新创业大赛中荣获内蒙古自治区赛区金奖，标志着清水河海红果完成了从地标产品到科技产品的蜕变。

这些大学生的每一次尝试，都对农村有很大的带动作用。

在蒙清创优乡村创客中心的销售大厅内，包装上印有“有机认证”“地理标志产品”的小香米、藜麦、海棠果等当地特色农副产品琳琅满目。你看着这些陈列的产品，内心会对它们的开发者肃然起敬，这些惯熟的农产品被年轻的创业者插上了翅膀。

2020年，许占祥带领蒙清创客中心的团队成员，对清水河县3664户建档立卡贫困户进行精准筛选，最终与609户贫困户签订了订单农业协议。

蒙清农业旗下合利农牧业合作社通过引进物联网智慧农业设备、推广新型种植技术，并与农户签订保底收购订单，小香米谷子保护价达每斤3.6元，实现了“统一供种、统一管理、统一收购”的全链条服务。

这一模式不仅让村民“足不出村”获得稳定收入，还通过“公司+合作社+农户+创客中心”机制形成良性产业闭环，带动周边种植大户，每亩农作物增值300～500元，同时，蒙清农业与京东合作建立优质杂粮供应基地，推动小香米成为国家地理标志保护产品，带动全县农民收入显著提升。

2023年，许占祥以清水河县电商协会会长和县政协委员的身份，发起“云端突围”计划。他带领团队将传统农产品的包装升级为国潮设计，并上线“乐享清水河”县域数字平台，整合文旅、电商、农资服务，突破地域限制，拓展销售渠道。更重要的是，“生产—流通—消费”全链条数字化模式，让小香米升级为杂粮礼盒，也让清水河县离50亿元全产业链规模的“中国杂粮之都”更近了一步。

“新时代的乡村，既是承载乡愁的精神原乡，也是孕育无限可能的创业热土。”刘俊辰乐观地说，“创业永远在路上，用一句老话来说就是‘广阔天地大有可为’，创业也有无限可能。我们会稳稳地走好每一步。”

“窑洞创客”们用青春重新定义了“面朝黄土”，其经验将成为一套可复制的现代化治理模式。

高茂泉村变样了，迎来一批又一批的游客和参观学习者，他们的第一个目的地就是高茂泉乡土中心。

乡土中心的前身是村内的小学，停办后的16年间，校舍成了村民养殖牲畜的棚圈。直到2020年，蒙清农业将其翻新和改造后，这里成为高茂泉专家工作站、开放式团建乡村民宿、青少年儿童自然农耕研学互动中心以及大学生乡村社会实践实训基地。

2016年，创优乡村创客中心首期大学生学员踏入高茂泉村时，那座荒废的乡村小学还蜷缩在黄土坡上，谁也没想到，这座沉寂多年的建筑会在5年后成为内蒙古乡村振兴的“现象级”文化地标，也是高茂泉村的第一个文旅项目。

对此，刘俊辰颇有成就感，用他的话说，现在的乡土中心是2.0版。外观有窑洞的淳朴，内里有电暖气、音响、网络等便利的生活设施，非常宜居，也比较有文艺范儿。

进入乡土中心的小小院落，可见一个长条原木矮桌，后面是餐饮操作区。再向里走，有两条不同方向的廊道，放着很多用作装饰的农作物标本、器具、精巧的面塑作品，还有一幅幅清水河县的风光摄影。正午的阳光扑进落地窗，光影洒在小巧的茶桌上，再跳到一间间客房的外墙上。

望出去，还有一个不小的院子，规规矩矩地铺着石子小路，其他地方是肆意生长的花草。

毕业于内蒙古农业大学的郭瑞于2018年加入蒙清农业，参与了这座1900平方米空间改造的全过程，乡土中心所涵盖的内容也被他赋予了全新使命：东厢房被改造成窑洞民宿，保留着夯土墙的温度；西侧教室变为农耕文化体验馆，陈列着从村民家中征集来的上百件传统农具。最令人称道的是“时光农具体验课”，人们可以在石磨碾谷、木犁翻土的模拟实践中，触摸到二十四节气的脉搏。这些农具是郭瑞到处奔走收购回来的农耕文化密码，这种沉浸式体验使游客平均停留时间延长，带动周边农户增收。

乡土中心让高茂泉村构建起“农旅+”生态圈。浑河古道徒步线路串联起龙山时期石城遗址，窑洞民宿植入智慧管理系统，游客可预约非遗传承人指导剪纸、酿醋。这种“文化解码+科技赋能”的模式，盘活了高茂泉村村民的农闲时光，完成从“物理空间”到“精神场域”的跃迁。

这里同时也是蒙清乡村振兴专家工作站，汇聚了中国农科院、内蒙古大学等高等院校和科研机构的“智慧矩阵”，让高茂泉村的农业成为产学研深度融合的试验田。

“别小看这个地方，住过科研专家、著名作家、艺术家，还有很多参加农研活动的大学生、小学生，这里还举办过乡村音乐会、文学创作研讨会、丰收节收割比赛直播、书画雅集……每年春、夏、秋三季都会有几场特别热闹的活动。”郭瑞说。高茂泉村新的文化地标也在建设中，我们随他来到一处小二楼建筑，走进去是很宽敞的空间，虽然尚未完工，但是里面已经划分好了功能区。

我站在这个空间里，想象它建成后的样子：钢架结构的硬朗和灰黑色调的高级感，商务洽谈、会务服务的现代感，图书角、休闲吧、名优特产展示、研学交流场域……这样的时尚感与乡土蓬勃生命力的碰撞，民间智慧与温馨、高雅的文化氛围融合，根植于这片土地的朴素无华的粟米传奇，无疑将成为呼和浩特南端最耀眼，也最令人向往的存在。

乡村振兴不是一场孤军奋战的苦旅，而是政策、人才、技术、市场的交响乐。

2020年，高茂泉村被评为全国“一村一品”示范村镇。它的实践揭示了一个深层的乡村变革路径：当刘俊辰们用一粒小米叩开现代化的大门，当政府为创业者搭建好舞台，农业就会从平面种植转向立体价值开发，农民也会从生产者升级为产业链股东，农村就会从单一居住功能拓展为创新创业的生态圈，传统乡村的角色就会发生本质跃升。

有一个关于刘俊辰和父亲刘三堂盘腿坐在窑洞里谈心的短视频，刘俊辰把父亲当作人生导师，刘三堂则时时鞭策他把目光放远，为乡村振兴作出不懈的努力和无私的奉献。那个场景感动了我，同时也让我关注到刘俊辰的另一个持续了一年多的活动：寻找百位赋能乡村人士的公益活动。他既不做直播也不带货，而是从祖国的最北端一直走到最南端，走访了近百位赋能乡村人士，用短视频记录他们的奋斗故事。“我是带着学习的心去和他们相处，他们让我更有能量、更懂得感恩了。我被他们的创业故事感动着、激励着。”刘俊辰说，现在蒙清像父亲当年预言的那样走出国门，走上蒙古国、英国等国家人民的餐桌。“但是，我知道，前面的路还很长，唯有不断前行。”

乡村振兴的“三十一号模式”

9月底，呼和浩特最南端清水河县浑河滩上的格桑花开得依旧鲜亮，映衬在绿色丝绒毯般的草地上，明媚的阳光透过高大的树冠洒落下来，这样的图景更像春天里的一幅掠过寒冬铺展开来的画卷，沁人心脾。

清水河县位于黄河“几字弯”东北角，如同镶嵌在母亲河臂弯里的明珠，却曾为自然条件所困，深陷贫困泥潭。1986年和1994年两次被列为国家级贫困县，干涸的河道与斑驳的窑洞，见证着这里与贫困的漫长角力。

经过30余年的扶贫开发，2019年全县51个贫困村全部脱贫，2020年退出自治区级贫困县序列，如今正以“生态立县、文旅兴县”战略加速推进乡村振兴。

驱车从三十一号村一栋栋数智温室间穿过，新农村气息扑面而来，温棚墙面上的彩绘讲述着建设浑河滩的乡村振兴故事。

五十出头的村党支部书记付丽平，不知道多少次站在三十一号村的规划图前向来访者介绍村里的新风貌。每一次介绍，都仿佛强化了他对生他养他的这个小村子的记忆，也一次次让他为村庄这几年的改变而欣慰。

三十一号村，位于清水河县五良太乡西部，浑河东岸。

20世纪90年代，三十一号村由于土地贫瘠、产业匮乏，村民年人均收入不足3000元，许多人选择外出打工。

农闲时，留守在村里的人几乎都把时间消磨在了麻将桌上，赌博不仅掏空了村民的钱包，更撕裂了家庭关系。这个村子成了远近闻名的“赌博村”。

为了谋生，有几年付丽平也离开了三十一号村，进城揽活找出路，带着一家人过着背井离乡的漂泊生活。

2018年，三十一号村党支部重新选举村委干部，付丽平思虑再三回到了村庄。“我当时就是想试试，希望能带领村庄变个样。”付丽平说。他每次回来，看着村里人的精神那么空虚、颓废，心里很不是滋味。他想，现在国家对农村的政策这么好，很多人却把时间都耗在了歪门邪道上，这不应该是新农村的样子。不过，到底新时代的新农村应该是什么样，他心里也没底。但是，他愿意尝试着带着大家一起往前走。

“赌博是表象，根源在于贫困和精神空虚。”付丽平想，要想扭转这个村子的面貌，就得让人们有盼头、看到希望。付丽平上任后，正赶上呼和浩特贯彻党的十九大精神，轰轰烈烈地推进乡村振兴战略，他的第一把火便烧向了产业振兴。

浑河滩自古水草丰茂，三十一号村充分发挥自然条件和资源优势，建设了肉牛养殖场，通过“支部+合作社+养殖大户+散养农户”的产业化经营模式，发展肉牛养殖产业。

三十一号村的养殖场占地9.5亩，配套饲料干草棚1个、青贮窖2座、生活用房4间，促进村集体经济年收入增加约10万元。村里村民自种小香米、豇豆、绿豆、黍子等杂粮620亩，有了滴灌设施后，一亩地收入4000多元。

伊利旗下的优然牧场，是金典有机奶的奶源地，三十一号村为村民们提供了挤奶工、司机、清洁工、门卫等岗位，100余名员工大多数是村民，人人都有五险一金，“在去年养殖业不好的情况下，伊利优然牧场还不错，村民的收入没有受到影响。”付丽平说。

邬凤英家原来有30余亩地，一年辛辛苦苦地侍弄，收成好的时候，最多也就收入1万元左右。“日子你说能过不？也能过，但就是觉得过得没劲。”邬凤英说，播种的时候可上劲儿了，等到快收的时候，就盼着没有天灾，想多挣点那是没指望的。想法挺多，实现起来太难了。正当她一筹莫展，不知道该怎么改变生活状态的时候，村里有人找到她，问她愿不愿意去优然牧场做挤奶工。

“哎呀，我咋能不愿意呢？正愁找不到个营生，多挣两个钱也过过宽宽绰绰的好生活。”邬凤英收不住脸上的笑意。

“你现在能挣多少钱？”

“每个月工资4000多元，一年下来，比从前翻了5倍呢。”

“现在是按月领工资了，真不错。那一定挺累吧？这两份活呢，都得出力。”

“打小就干农活，力气咱有的是。累点儿，心里也是高兴的，起码心里踏实了，睡觉都特别香。”

可能就是因为有了精气神，邬凤英每天都是神采奕奕，脸色红润，说话底气十足，走起路来都带风。付丽平说：“你要是前些年看到她，肯定不敢相信她现在竟是这么开朗、这么利落的人。”他指了指不远处的人家，“不光是她，这个村里的人都可有精神头儿呢。你就看看那些院子就知道了，过日子人家的样子，整整齐齐、干干净净，都好像比着看谁过得更好似的。”

依托优然牧业万头奶牛牧场，三十一号村引入平发有机青贮种植养殖专业合作社流转土地，建立了“党支部+合作社+农户”的模式，引导村民扩大有机青贮玉米等优质饲草种植，带动周边土地实现集约化、规模化经营，土地流转费由过去的每年每亩100元提升到七八百元。

内蒙古中清公司投资1.9亿元在三十一号村建设浑河滩智能温室项目，该项目是内蒙古单体规模最大的智慧农业基地，这无疑又给三十一号村注入了活力。

浑河滩智能温室项目占地1071亩，分为东西两区，西区是蓝莓基地，东区则是“阳光玫瑰葡萄+羊肚菌”套种模式，一块地可以种出两种作物，有限的土地面积达到了最高利用率。村民也通过在温室大棚季节性务农人均增收1万元。

“温室项目解决了当地60岁以上的老人就业问题，70岁的老人在葡萄温室大棚里，一年最少挣2万元，甚至有老两口一年挣8万多元。”谈起村民的变化，付丽平总离不开村民的收入变化，靠土地流转和务工两项收入，2024年村民人均收入突破3万元。

“165栋智能温室的管理完全数智化，温度、湿度、通风等，工作人员在中控室一键操作就能完成管控。”对于一个从小在三十一号村长大的人来说，能见证农业有如此巨大的变化，桩桩件件都是值得他骄傲的事。

2025年大年初一这一天，晨曦微亮，村里的“上班族”已经走出家门，陆续到达各个工作岗位。

优然牧场的饲养员和挤奶工走进牧场，脱下过年的新衣服，换上工作服，戴上手套，嘴上还互相说着拜年的话，就已经在说说笑笑中开始了一天的工作。

“过年不休息吗？”我惊奇地问。

“过年不休息不新鲜哇！现在村民们根本就舍不得休息，温室里的葡萄熟了等着采摘，有些草跟着苗长起来了，等着除掉，活多着呢。”付丽平说，“这搁从前，牌桌酒桌都下不来，就好像酒桌牌桌有强力胶似的，粘住了。村里有点啥事，根本叫不来人。你看看现在，大家都有劲儿了，耽误一天那都是钱，谁舍得？”

这座曾因无序养殖而饱受环境困扰的村落，“微改造”实现“大改变”。村庄清除垃圾堆场，腾退70余亩养殖用地，将碎片化的土地整合为“微田园”。“庭院经济+林下经济”立体发展模式，将闲置地变为“增收源”。

三十一号村的庭院经济始于人居环境整治。2021年起，村党支部以“美丽庭院”创建为契机，引导村民腾退因养殖占用的土地，种植海红果、大接杏等经济林果，并在林下套种绿豆、黄豆、小杂粮等作物，形成“红（海红果）+黄（大接杏）+绿（蔬菜）”的立体生态模式，形成“红果悬枝、金穗垂腰、绿蔬铺地”的立体农业景观，土地综合利用率大幅提升。

沿着村子走，金秋时节，玛瑙般的海红果压弯了枝头。晨雾还未散尽，村民的房前屋后已是一派忙碌景象。62岁的张大娘蹲在自家庭院的海红果树下，熟练地采摘着熟透的果子：“以前房前屋后堆满了垃圾，现在种上果树和蔬菜，一年能多挣3000多元，成了能生钱的菜园子。”

三十一号村以“庭院经济+林下经济”的立体模式，通过空间重构，将废弃地变为聚宝盆。

这场变革让寸土生金，全村214户村民中已有156户加入庭院经济行列，户均利用庭院面积达115平方米，户均庭院收益3600元。

在庭院经济的基础上，2023年，村党支部联合农牧局改造455亩盐碱滩涂地，打造冷凉蔬菜基地；在1620亩林果基地推广“林药、林禽”模式，种植黄芪、板蓝根等中草药，开始探索传统林果产业的增效新途径。

新农村的“面子”焕然一新，离不开“里子”中乡风文明的浸润与滋养。

三十一号村通过“文化+治理”双轮驱动，实现了从“沉寂”到“活力”的蜕变。在村支书付丽平的治理理念中，妇女是激活乡村文明的关键力量，通过丰富妇女文化生活带动家庭整体精神面貌提升。家风建设注重代际传承，村党支部针对不积极的老人，通过鼓励返乡子女树立榜样，形成家庭成员“传帮带”的良性循环。

村内新时代文明实践站成为核心阵地，开展家风培育、助老服务，还创新推出“道德积分超市”。村民通过参与公益活动兑换生活用品，而赌博、酗酒等行为将被扣分，积分直接与年底分红挂钩。2023年，56户家庭因孝老爱亲、保持环境整洁登上“红榜”，印证了“软硬兼施”机制的实效。

文化振兴催生了乡村新气象。幸福互助院里，72岁的张大爷与老伙伴切磋棋艺；广场上，统一着装的舞蹈队员在欢快的音乐中翩翩起舞。

“这支舞蹈队虽比不得大城市的舞蹈队，但这是我们村的‘文化名片’，她们表演的好几个节目都登上了县里的大舞台。”付丽平说。这种转变，正是文化力量重塑乡村精神的生动写照。

三十一号村常住人口452人，2024年增加到493人，60岁以下的人口占一半。这一组数字足以说明，因为村庄变美、村民收入提高，日子越来越有奔头，外出打工的中青年陆续返乡了。

2024年9月，付丽平站在村口，被晒得黝黑的面庞泛着红光。说起脚下的这片土地，他仿佛有说不完的话、讲不完的故事。我注意到他在说起外出打工的日子时，有好几次都用了“背井离乡”这个词。

“你为什么会把走出村子去城市打工看作是背井离乡？不是也有很多人挣了钱吗？”

“那不就是背井离乡吗？外出打工挣了钱，在外面安家的毕竟是少数。大多数人还是打工，撇下孩子、老人，甚至妻子，一个人在外面漂泊，这个滋味不好受。”付丽平说，“没有人愿意背井离乡，只要家门口有工作机会，能生活得更好，谁不愿意回来呢？”他深知背井离乡的苦，所以理解村民们的渴盼。这也是他想方设法带着大家奔好日子的初衷。

2025年中央一号文件提出，要推进农产品加工业转型升级，打造特色农业产业集群，同时强调要完善联农带农机制，让农民更多地分享产业增值收益。而三十一号村走过的每一步都紧跟国家乡村振兴战略的步伐。这样的就业图景也正从三十一号村辐射至五良太乡，形成“产业聚人才、人才促振兴”的良性循环。

党的十九大提出乡村振兴战略以来，五良太乡坚持把产业发展和重点项目建设作为推动乡村振兴、农民致富增收的重要抓手，既做好特色产业“土特产”，又铺好项目引进“高速路”，不断拓展乡村产业发展的多元化途径。

2022年，呼和浩特投入清水河县各级财政衔接资金1.61亿元，加快发展杂粮、养殖、林果、旅游、光伏、风电、物流、园区“八大富民产业”，促进农业高质高效、乡村宜居宜业、农民富裕富足。

在浑河蜿蜒的臂弯里，内蒙古规模最大的扶贫林果示范基地在五良太乡铺展。

4.5万亩生态画卷中，17.5万株海红果与27.7万株大接杏、李子交织成“春赏花、秋收果”的产业景观带。这里每株果树都是精密的“生态计算机”，山杏林改造提升碳汇能力，黄刺玫固土护坡减少水土流失，13.4万株防风林筑起绿色长城。这套立体生态体系，让每户村民得到退耕补贴、鲜果收益以及劳务收入三重收益。

正在林间疏果的王玉珍家原来是出了名的贫困户，脱贫之后，又赶上了乡里发展产业的机遇，现在可是打了“翻身仗”。她向我们梳理了一下他们家的收入项目：退耕地每年有补贴，夫妻俩在基地季节性务工有收入，果树丰产后还有钱赚，日子越来越好了。

除了林地，五良太乡已陆续引进重大产业项目10余个，依托优然牧业奶山羊养殖基地、赛科星奶牛核心育种场、赛科星肉牛核心育种场、优然牧业三十一号奶牛养殖场、现代牛业、圣地牧业、同源牧业等农牧业企业，浑河滩智能温室、白旗窑、青豆沟阳光玫瑰葡萄种植基地等现代设施农牧业项目以及有机肥厂、甜玉米加工厂、蒙瑞丰合作社等，累计带动就业千余人。

青豆沟村智能温室的阳光玫瑰葡萄通过冷链运输，48小时直达北上广；中清有机肥厂将养殖废弃物转化为有机肥料，形成“种养循环”闭环；在甜玉米加工厂的生产线上，真空锁鲜技术让农产品成倍溢价。这些加工园区正改变着五良太乡的经济结构。

随着市场资本的引入，一座座厂房在五良太乡各村拔地而起，让农产品在每个环节都产生增值，也改变了原有的收入结构，越来越多的村民加入了

“忙时务农，闲时务工”的行列。

三十一号村的蜕变不是孤例，五良太乡的突围，也是内蒙古乡村振兴的生动缩影。

2022年，呼和浩特市集中力量创建了63个乡村振兴示范样板村，并成功申报了2个国家级示范乡（村）和12个自治区级示范乡（村）。

呼和浩特乡村振兴示范县、乡、村三年行动计划启动后，呼和浩特下达各旗县区（开发区）各级财政衔接资金和京蒙协作帮扶资金7.16亿元，60%的资金投入到区域特色产业发展，共实施产业项目141个，受益人口8万余人。

随着乡村振兴战略的持续推进，我相信，每个村庄都将找到自己的致富密码。

AI在线向导
走进大美青城
解码文化基因
焕新美好生活

青城蝶变 第八章

产业发展的“呼”式速度

扫码解锁

如何评价一座城市的经济实力？

有一个被广泛认同的标准：工业强才是真的强。

无须回避，由于资源禀赋和历史积淀，在内蒙古，呼和浩特的工业是短板，尤其是重工业。

首府的工业应该如何发展？这是长期以来呼和浩特努力破解的课题。

很多人对2021年“两会”政府工作报告中的那句话语记忆犹新：

“对于该解决的问题，就是‘头拱地’也要拿下来；对于该啃下的硬骨头，就是‘崩掉牙’也要啃下来。”

呼和浩特市第十三次党代会以来，市委主动扛起首府责任，在产业定位上，明确了培育“六大产业集群”的发展思路。

工业崛起的脉动，催生出城市跃升的蓬勃生机。2023年，呼和浩特工业投资占比提高10.9个百分点，88个重点工业项目投产，六大产业集群产值占规模以上工业总产值的89%，彻底改写了“二产不强”的历史。

2024年，“六大产业集群”再次交出好成绩：完成产值2280亿元，占全市工业经济比重90%以上，拉动规模以上工业增长7.5个百分点。实施重点项目416个，完成投资733.8亿元。

青城人就是以“头拱地、崩掉牙”的决心和姿态，成就了产业的立体化布局，六大产业集群如六脉神剑贯空，刺破传统产业桎梏，科技突围成为产业升级的标配，社会活力同步迸发，新机场即将通航，也将使青城与全国各地的距离缩短。

一座“云”城

当大数据成为地区发展的必答题，总有“课代表”给出高分答案。

时速350公里的高铁列车大大缩短了呼和浩特与北京、郑州等城市的通行时间，而比高铁速度更快的“信息高速路”，正在拉近呼和浩特与世界的距离。

和林格尔县，这个坐落在呼和浩特南部的宝藏地，与土默特左旗、托克托县、清水河县以及乌兰察布市凉城县、山西省右玉县接壤，地理位置独特。

和林格尔是蒙古语，意为二十间房子，因清初新设驿站有20户人家而得名。21世纪初，和林格尔县因为建立盛乐经济园区，成功引入蒙牛集团等龙头企业，从而带动了全县农业产业化、工业化和城镇化的快速发展，被人们称为“和林格尔现象”。如今，和林格尔县已成为呼和浩特的城市副中心。

这一次，又是和林格尔，新区成为“中国云谷”，大批头部企业蜂拥而至。

2024年9月的一天，在和林格尔新区招商局办公室见到局长郭菊颖，她的干练作风和亲和力给我们留下了非常好的第一印象。她侃侃而谈和林格尔新区的发展方向和招商情况，让人意想不到，她到任刚刚2个月，还是招商工作的“新兵”。

“数字经济给我们带来了很多机会。”谈起这2个月的感受，她谦虚地用了“新兵”和“很幸运”这2个词。她说没想到云谷的招商工作超预期得顺利。她到任后的第二天，就接待了抖音集团，不到2个月时间，抖音集团投资200亿元的大数据中心项目建设就启动了。

“以前对招商工作的刻板印象就是需要请客吃饭，还得喝酒，来之前我还为自己的小酒量担心呢。”她笑了，笑自己想多了。实际上根本不需要，很多大企业主动找上门来。当然，郭菊颖也很清醒地知道，“中国云谷”的招商工作之所以看上去比较容易，主要是因为站在了大数据的“风口”上。

“不是有一句很流行的话吗，‘你若盛开，蝴蝶自来’。和林格尔新区可以说用7年的时间，为‘中国云谷’的起飞做好了准备。”郭菊颖自豪地展开和林格尔新区布局图介绍道，云谷片区以云谷大道为界，分成南北两块，云谷大道以北是产业配套，包括住宅、医疗和教育。相应的运营商数据中心、银行机构的总部级数据中心、头部企业数据中心、国家部委数据中心聚集在云谷大道南面。

这样的规划意图很明确：产城融合、长期定居、稳定发展，人才和企业都必须是长跑选手。

实际上，为迎接大数据的风口，和林格尔已经蛰伏了7年。

过去7年，修路、通电、通网……至少有3年时间是不被看见的。

从2016年开始，和林格尔新区成为内蒙古自治区重点打造的云计算产业基地。

2017年和林格尔新区正式揭牌为国家级新区，荣获国家火炬计划大数据特色产业基地称号、国家新型工业化（大数据）产业示范基地等多项国家级殊荣，迅速成为业界关注的焦点。

过去几年，和林格尔在电力配套方面投资了近百亿元，建成8个变电站，配套设施可以满足呼和浩特全市的用电需求，电力具有极高的可靠性。

“基础设施先行，然后同步进行招商引资。”郭菊颖说。2020年，东方超算内蒙古超级大脑项目落户和林格尔新区时，和林格尔新区已聚集了众多头部企业，百度、阿里、腾讯、浪潮、滴滴、中石化等企业以及教育部、国家信息安全中心等国家部委的数据存储等业务入驻，初步形成了包括数据存储、清洗加工等在内的核心业态，电子信息制造、软件和信息服务、服务外包、电子商务、大数据金融、人工智能创新孵化等关联业态为一体的大数据产业链条。

当然，如果再往前追溯，早在2011年12月，中国电信云计算内蒙古信息园便落户和林格尔，算是云计算产业的排头兵。

而这，只是开端。

直到2022年，和林格尔才真正腾“云”起飞。

2022年2月，国家发展改革委等多部委联合启动建设国家算力枢纽节点，包括京津冀、长三角、粤港澳大湾区、成渝、内蒙古、贵州、甘肃、宁夏等8地，并规划了10个国家数据中心集群，“东数西算”工程正式全面启动。

和林格尔新区纳入国家算力枢纽节点内蒙古枢纽和国家数据中心集群。和林格尔新区打造“云谷”的“野心”彰显无遗。云谷的服务器数量达到150万台，到2025年底将拥有500万台服务器。

这样的算力新基建，对招商工作是极其有利的。

抖音集团之所以选择在和林格尔建设企业大数据中心，除了和林格尔的地理、能源等优势，头部企业的聚集效应也很重要。

尤其是2023年，华为云和林格尔数据中心的开建，大大提升了整个区域的吸引力。

按照华为云规划布局，云谷西区、南区、北区3个片区共建设50栋数据中心、6座220KV变电站，规划服务器装机规模超过100万台，是华为公司北方最大的算力枢纽集群。华为项目的落地成为和林格尔打造云谷的风向标。

“那么，华为为什么选择和林格尔呢？”郭菊颖的介绍让我这个对云计算并不了解的“门外汉”惊讶不已，而且对华为这么大的一个动作感到不可思议。

“当然是和林格尔新区具有别处没有的优势。企业首先要进行成本核算，更要看到长远的可持续发展的空间，任何一个动议和决策都是经过科学精密考量的。”

和林格尔新区位于京津冀环渤海经济圈腹地，是连接中蒙俄经济走廊的重要枢纽，也是呼包银榆经济带、呼包鄂榆城市群的核心区。

地理位置成为投资企业首要考虑的问题，而和林格尔得天独厚。

英伟达创始人黄仁勋在一场公开演讲中曾经谈到：“AI的尽头是光伏和储能，不要光想着算力，如果只想着算力，需要烧掉14个地球的能源。”

的确，数据中心被称为“不冒烟的工厂”，其能源消耗与碳排放量是其他行业的3倍之多。机柜的电力消耗和散热系统能耗构成了巨大挑战。

和林格尔坐落于北纬40度～42度，拥有稳定的地质构造、凉爽干燥的气候条件，年平均气温保持在7.7摄氏度，为数据中心提供了一个近乎完美的运行环境。仅凭自然冷却效应就能使运营成本降低45%，这一独特优势无疑极具吸引力。

内蒙古拥有全国57%的风能资源，超过21%的太阳能资源，新能源资源丰富，能够为数字经济发展提供更加充足的绿色能源保障。

可以说，和林格尔汇聚了内蒙古自治区的能源供应保障力量。

内蒙古自治区出台16条举措支持和林格尔集群绿色算力产业发展，其中之一就是按照算力产业发展需求，超前做好新能源场址预留和电网规划建设，确保电价保持低位。

郭菊颖骄傲地说："内蒙古自治区对和林格尔算力园区的支持力度极大，在我们这里，每发、每用1度电中，有0.8度电来自新能源。"

内蒙古自治区工业和信息化厅明确规定，数字经济项目参与电力多边交易的电价仅为0.29元/千瓦时，未来绿电使用比例有望达到100%，这使该区在全国算力领域可再生能源使用率上占据显著优势。

和林格尔凭借着这些得天独厚的条件，成功吸引了包括中国移动呼和浩特数据中心、中国电信云计算信息园、中国联通数据中心、中国银行总行金融科技中心、中国农业银行总行数据中心、中国建设银行数据中心、华为云数据中心、中国气象局西部算力中心等众多重量级项目的入驻，成为名副其实的数字经济高地。

算力不仅是驱动银行数字化转型的重要"引擎"，更是支撑数字经济蓬勃发展的"底座"。

2024年，和林格尔新区的算电协同案例入选国家数据局第一批全国一体化算电协同案例。

当然，和林格尔新区为了迎接这些企业入驻，在服务上下足了功夫，打造了审批时间最短、办事效率最高、政府服务最优、创新创业活力最强的一流营商"软"环境。

郭菊颖说，新区探索构建了企业零跑腿、拿地即开工、区域先评估、包装标准地、联审联办制"五位一体"的投资服务体系。

"这次抖音集团入驻，拿到地就可以开工了，我们绝不能因为审批流程而浪费企业的宝贵时间。"

2020年11月，中国银行金融科技中心在和林格尔新区项目奠基，创造了2020—2022年引进建设超百亿元项目的最快速度。

2022年启动的农业银行内蒙古数据中心项目审批流程精简至70个工作

日，并且实现了全程服务的零费用代理。在项目初期选址阶段，准备了和林格尔新区与国内其他同类城市在数据中心建设关键指标上的详尽对比分析。这一举措直观展现了和林格尔新区在构建超大型数据中心方面所具有的优势条件。

项目签约并确定落地后，和林格尔新区制定了详尽的项目开工倒计时计划表，严格按照这一计划推进，有条不紊地开展项目开工前的各项筹备工作，包括但不限于前期手续的办理等，确保项目能够顺利、高效地进入建设阶段。

郭菊颖的体会是，“中国云谷”的招商工作，已经不能简单地用政府补贴、税收等优惠吸引客户了。

“比如抖音，不关注任何补贴和返税，他们需要的是我们主打的数字经济的硬杠杠，他们关注的是我们产业配套、能源配套能不能跟得上。否则，你给他2个亿也没有用。”

“我们把所有的钱都花在了刀刃上。”郭菊颖说的“刀刃”是网络、能源等基础保障，只有这样才能面向京津冀提供实时算力需求，面向长三角地区提供近实时算力支持和快速在线业务，为粤港澳大湾区等其他地区提供离线分析、后台加工和一般在线业务。

“这将是一个巨大的市场，很多头部企业正是看中了这样的机会。”

呼和浩特有个“一跳直达”的算力目标，也被称作“1·2·5·20”时延圈，即市内1毫秒，呼包鄂乌2毫秒、京津冀5毫秒、长三角20毫秒，呼包鄂之间发送数据、调整数据、回传数据，仅需2毫秒，与京津冀之间需要5毫秒，而与长三角之间不过是20毫秒，也就是说，1秒钟，呼和浩特与京津冀之间能完成200次信息传输。

这样的速度，简直不可思议。

2023年，中国气象局新一代气象超算系统在和林格尔的“中国云谷”建成投运。

令人瞩目的是，和林格尔气象超算中心占地8.5亩，却以惊人的速度完成了建设：地基仅用19天就打好，主体结构在49天内封顶。这一建设速度，正如超算中心所带来的效率革命一般，令人赞叹不已。

新一代气象超算系统的算力之强劲，实属前所未有。相较于过去，其算力提升了6.5倍，使得中国气象局的全球同化预报系统运行效率提高了32%，全球大气实况分析产品的性能也提升了40%，如同为气象预报装上了“数字时代的涡轮增压引擎”。

此次超算系统的布局设计，堪称一次气象领域的“组合拳”。新一代气象超算系统还创新性地构建了北京、内蒙古和林格尔县、陕西西安三地五套子系统的同城、异地多级备份体系，确保了数值预报的可靠运行。其中，和林格尔数据中心建设项目以其绿色生态布局，充分利用当地土地和能源优势，推动数字基础设施向绿色低碳化发展，每年可减少碳排放约2964吨，绿电使用比例最高可达70%。

“一点更改，全网更新”的智能网格预报集约化流程，让数据传输如虎添翼，传输效率提升了12倍。而“风云地球”快扫产品的时效性更是达到了惊人的3分钟，让人们几乎能够实时掌握天气的微妙变化。

技术的突破，如同破晓的曙光，为防灾减灾赢得了宝贵的时间。

智能网格预报的拓展，不仅将气象预报推向了三维空间，更向全球范围延伸，使预报准确率平均提高了4.6%。在台风预报方面，24小时路径预报平均误差降至历史最低的62公里；24小时暴雨预报准确率再创新高，强对流天气预警信号提前时间达到43分钟，为老百姓的生命财产安全筑起了一道坚不可摧的防线。

在观测体系上，中国气象局也进行了全面升级，实现了四轨组网的综合观测模式，并新建了123台天气雷达，使全国雷达覆盖率提升了5.5%。这些举措为气象预报提供了更加丰富、准确的数据支持。

而这一切的努力，在2024年江淮流域梅雨锋暴雨的预报中大显身手，其支撑的“风清”大模型提前锁定雨带位置，为防汛决策提供了关键依据。实际上，精准的气象信息可以产生惊人的经济回报。2023年，气象信息帮助公众挽回了因气象灾害导致的约5600亿元损失。这一数字不仅是对气象工作者辛勤付出的最好诠释，也是对我国气象信息化建设成果的有力证明。

值得一提的是，2024年冬运会期间，和林格尔气象局气象超算中心还上线了次百米级数值预报系统，以10分钟/60米分辨率的网格预报，为崇礼等赛区提供24小时风场、温湿度等要素的“分钟级天气图谱”，将复杂地形预报精度提升至新高度。

这座横跨传统基建与数字革命的“云谷”，正重新定义着人类预见“天机”的能力边界。

5毫秒，转瞬即逝，来不及弹指就滑走了。

在和林格尔的算力中心，这短暂的5毫秒却足以完成一次跨越几百公里的信息传输奇迹。

当你在北京火车站轻轻将身份证放置于闸机上，瞬息之间，你的信息便已传输至呼和浩特，经过迅速核验后，又即刻回传，北京火车站的闸机随之开启，让你畅通无阻。

这一切，皆得益于中国移动智算中心400G全光网络算力的超凡效率，这也是全球首条正式商用的400G全光网建设。

和林格尔数据中心集群作为“东数西算”工程的核心，迎来了前所未有的发展机遇。和林格尔金融数据产业园的设立，也为“中国云谷”的加速发展注入了新的活力。

2024年进入下半年后，各类算力项目快马加鞭地推进着。

浦发银行和林格尔项目、京东科技智慧中心项目、金科云泰算力产业园项目……一系列金融项目落地云谷后，不仅让和林格尔数据中心的算力资源布局实现了跨越式升级，更为地方经济注入了新动力。

“中国云谷”这个名头，为和林格尔的数字经济交出了一份漂亮的答卷。

2024年，和林格尔新区营业收入突破400亿元，在继续保持稳健增长的同时，还荣获了国家火炬计划大数据特色产业基地、国家新型工业化（大数据）产业示范基地等多项殊荣。

更令人瞩目的是，和林格尔新区在绿色算力方面取得了显著成效。《国家“东数西算”枢纽节点绿色算力指数研究报告》显示，和林格尔新区绿色算力指数高达6.72，位居全国首位。

2024年11月，和林格尔新区管委会副主任张学军向媒体表示，预计到2025年，新区的数据中心总算力规模将突破8.4万P，其中，智算能力将超过7.9万P。

张学军提到的这一速度和量级，已经超出了人类大脑的想象范围，每当我们的一个意念浮现时，和林格尔新区的“中国云谷”已经完成了无数次的运算。

和林格尔新区已经形成了以数据中心为基础、以绿色算力为支撑、以人工智能为方向的发展新格局。然而，呼和浩特的算力雄心远不止于此。

“储、造、算、输、研、用”6篇文章都在呼和浩特的布局中。

“储”——到“十四五”末，装机能力达到350万台。

“造”——加快形成配套合理、软硬协同、绿色低碳的算力设备制造生态。

“算”——构建“和—京—芜—贵”跨区域异构算力一体化调度平台，重点推动京数蒙算、沪数蒙算、粤数蒙算，实现算力交易本地结算。

“输”——在“1·2·5·20”时延圈基础上，推动与其他主要数据中心集群网络直连。

“研”——实施科技“突围”工程，建设乳业、草业、动物疫苗、半导体材料、益生菌共性技术5个创新中心，打造自治区科技创新高地。

“用”——率先将绿色算力和人工智能运用到经济社会发展的全领域。

1951年，斯坦福研究园作为全球首个科技园创立，标志着科技创新新纪元的到来。其后的几十年间，该园区孕育了英特尔、苹果等科技巨头，使得“硅谷”成为全球科技创新的圣地。

如今，在人工智能与数字技术迅猛发展的浪潮下，“中国云谷”的崛起，也打开了呼和浩特“数字经济”的想象空间——将“中国云谷”建成世界级数字产业集群，打造具有全球影响力和竞争力的“世界算谷”，这是呼和浩特的下一步计划。

生物医药的“强心剂”

实验室里，试管泛着蓝光，穿着白大褂的研究员盯着屏幕上的数据曲线，发现关键指标达到预期，脸上露出轻松、欣慰的笑容。

呼和浩特金宇生物科技产业园的落地窗外，草原都市的风正裹挟着青霉素发酵的淡淡药香，将这座城市的生物医药成果送往世界各地。

这里不仅是全球最大的生物疫苗原料基地，更是中国生物医药版图上最惊艳的北方坐标。作为与人类生命健康息息相关的产业，生物医药从来都是朝阳产业。放眼全球，中国生物医药产业可圈可点。

呼和浩特现代生物科技正以惊人的动力助力北方畜牧业基地的崛起。

2023年，全市生物医药产值突破184亿元，以金宇生物为链主的生物疫苗，以阜丰、齐鲁为链主的生物发酵，以双奇药业为链主的生物制药，以大唐药业为链主的中成医药4条产业链，正以“草原药都”的气魄，打造全球领先的生物健康产业生态圈。

而这样的雄心，带给呼和浩特整个经济社会强大的发展后劲：常盛制药的氨苄西林占据全球70%的市场份额，金河生物的金霉素产量碾压欧美巨头，金达威的辅酶Q10让中国产品红遍世界。

2024年10月，我们走进托克托县经济开发区的内蒙古金达威药业有限公司（以下简称金达威）工厂发酵车间，16个160吨的发酵罐整齐排开，中控室工作人员正在动态监控发酵罐的温度、糖度，确保菌株在最适宜的环境中生长。

发酵成熟后，菌株会通过管道被输送到下一个环节。最终会生产出原料药辅酶Q10。

对于普通百姓，辅酶Q10太过专业，是个陌生的术语。实际上，它在人体中分布广泛，主要为细胞提供能量。

人体内辅酶Q10的总量为500～1500毫克，20岁左右时，人体内辅酶Q10含量达到顶峰，之后便会逐渐减少。当人体内辅酶Q10的含量下降超过25%时，就容易引发多种疾病，比如心血管疾病。

换句话说，伴随着人口老龄化的加剧，辅酶Q10会迎来快速增长期。

2023年初，作为小众营养品的辅酶Q10遭遇抢购，搜索量一度飙升2500%，各大厂家纷纷卖断货，辅酶Q10闯入大众视野。

随着辅酶Q10逐渐被大众所知，人们惊讶地发现，这款曾在国内鲜为人知的营养品，其全球90%的产能被中国企业占据，而在中国辅酶Q10的舞台上，内蒙古金达威是“主角”。

2024年8月，中国生物制造大会上首次发布的“2024生物制造产业化十大优秀案例”中，内蒙古金达威的“金达威辅酶Q10高效绿色生物制造”成功入选。

所谓辅酶，顾名思义，是指酶的辅助因子，帮助酶发挥其催化作用，促使生物化学反应顺利进行。

辅酶Q10的发现可追溯至20世纪50年代。

1958年，美国得克萨斯大学的KarlFolkers博士确定了辅酶Q10的化学结构，并且在实验室中首次通过微生物发酵法生产出了辅酶Q10。

此后大量关于辅酶Q10的基础研究蓬勃兴起，20世纪70年代后，辅酶Q10的工业化量产逐步落地。

日本是最早开发和生产辅酶Q10的国家之一，通过从动物的内脏中提取出来。在早期阶段，全球90%的辅酶Q10供应均来自日本。钟渊化学、三菱瓦斯化学株式会社、旭化成、日清制药株式会社4家日企在很长一段时间内垄断了辅酶Q10的供应。

我国的辅酶Q10市场起步于20世纪80年代，1982年，卫生部批准辅酶Q10作为处方药品用于心血管疾病的临床治疗，并登载到《中国药典》上。

但是在国内，能生产辅酶Q10的企业并不多，即便是在全球，也由为数不多的几家企业提供原料药。

内蒙古金达威从辅酶Q10产品2006年获准上市至今，通过玉米生物发酵成功提取辅酶Q10，成本下降了很多，打破了日本长期的垄断，并伴随着辅酶Q10在中国18年的成长历程。其间，金达威始终保持行业领先水平。

金达威成立于1997年，早期主要生产维生素B12和胆固醇。2004年，呼和浩特招商引资落地托克托县。

“目前，我们的工厂只能生产620吨，占全球50%的市场份额。我们新建了一个项目，新项目又能生产620吨。这样可以保持我们领先的市场占有率。”内蒙古金达威药业有限公司副总经理赵江波引着我们走进展厅，指着规划图为我们介绍新建项目的情况，“正在建设的工厂包含20个容量为300吨的发酵罐的新发酵车间，地基已经打好了。”

金达威正在建设的项目还包括研发中心。未来，新建的研发中心将成为金达威唯一的研发基地，支持内蒙古、厦门、江苏等地工厂的研发工作。

作为国内最早、规模最大的辅酶Q10生产企业，金达威辅酶Q10从菌株培养、发酵、提炼都拥有自己的生产技术，拥有46项辅酶Q10中国发明专利，5项美国发明专利，具有完全自主知识产权。

金达威内蒙古工厂在菌种的选育和发酵、提纯工艺、生产标准和实验室等方面，都处于行业领先水平。

2019年，金达威辅酶Q10被工信部认定为制造业单项冠军产品，这一纪录保持至今。“生物合成辅酶Q10关键技术与产业化”技术荣获2022年中国轻工业联合会科学技术进步一等奖，达到国际领先水平。金达威内蒙古工厂是国家知识产权示范企业，并被评为“国家绿色工厂”。

如今，金达威辅酶Q10已形成完整产业链，从辅酶Q10原料药生产到辅酶Q10各种规格型号的终端产品销售。产品拥有14项中国发明专利和2项美国发明专利，其生产技术在业内遥遥领先。

除了辅酶Q10，金达威还生产DHA、ARA、NMN、代糖等。

当然，金达威的飞速发展，与投资呼和浩特的决策是分不开的。

赵江波说，内蒙古具备原材料优势，作为玉米主产区，可以为辅酶Q10提供充足的原料。同时，气候、能源和用工成本低也是巨大的优势，使得金达威在2007年就实现了盈利，辅酶Q10产品销往全球。

金达威进入呼和浩特20年来，赵江波最大的感受是项目启动的审批手续非常快，营商环境越来越好。

前几年，政府很多功夫下在补链上，在上下游产业上给予支持，整个园区是一个综合性园区，园区内可以找到整个产业链上下游企业，比如上游的玉米粗加工企业就在园区内。

为壮大生物医药产业规模，托克托县下大力气打造生物发酵生产基地，推动原料药向高附加值成品药、制剂、大健康领域延伸，打通从“一粒玉米”到“一粒胶囊”的全产业链。

产业发展的韧性，也检验着营商环境的成色。

2004年，金达威刚落地托克托县的时候，作为发酵企业，自己没有液糖，需要从外地购买，托克托县很快补足了这一链条，2006年就引进了融成玉米开发有限公司。内蒙古融成玉米将收购的玉米加工成淀粉乳、液体葡萄糖等，转化后的液体葡萄糖作为培养基，供发酵生产使用，并形成药品原料。如今这家专业从事玉米开发的公司已建成了年产10万吨液体葡萄糖车间，年产发酵液体葡萄糖浆12.6万吨，玉米淀粉27万吨。

托克托县专门针对《国家级生物发酵产业绿色制造基地与合成生物产业示范基地建设扶持政策》出台了5条措施，在“电价+蒸汽+绿证+污水处理”方面给企业提供优惠的条件和良好的保障，持续降低项目落地和运营成本。

“现在企业享受的是政府‘保姆式’服务，在项目审批、手续办理过程中，企业感受到前所未有的方便与快捷。”赵江波说，政府想方设法为企业提供各项优惠政策，降低企业运营成本，使蒸汽价格、用电价格、污水处理费用等进一步降低。

“电价降到了0.29元/千瓦时，和大唐签订的蒸汽价格也是全国最低的，成本已经得到了很好的控制。”赵江波说。

当地政府给了企业足够的底气，金达威也默默地在发展上发力。他们正在建设的三期项目完成后，不仅能实现扩产，还将实现全产业链覆盖，液糖也不再依赖于上游企业，这意味着辅酶Q10的成本将进一步下降。

赵江波表示，三期生物发酵、合成生物研发中心项目建成后，力争将新项目打造成为全球领先的生物代糖生产基地、食品与保健品生产基地、医药与原料药生产基地、医美与化妆品生产基地及研发中心。

金达威对呼和浩特的贡献显而易见，每年稳定实现约10亿元的销售收入，并向当地财政缴纳约1.5亿元的税收。截至2023年底，金达威累计缴纳各项税费已接近12亿元，同时，还为托克托县培养了数千名熟练的产业工人，有力地推动了该地区的工业化发展进程。

托克托经济开发区生物医药产业的“朋友圈”越来越大，产品包括人用药、动保、保健品及食品添加剂等4大类30余种，不仅有辅酶Q10，金河生物的金霉素产量也位居全球首位。

2023年，托克托县生物医药产业完成工业总产值79.2亿元，完成工业增加值21.9亿元，同比增长20.6%，占全县规模以上工业企业增加值的27.9%。

自1921年肯尼亚首次报道非洲猪瘟以来，非洲猪瘟在全球多个国家发生、扩散、流行，没有可以预防的疫苗。

我国是养猪及猪肉消费大国，生猪出栏量、存栏量以及猪肉消费量均位居全球首位。我国每年种猪及猪肉制品进口总量巨大，非洲猪瘟一旦传入，其带来的直接、间接损失将不可估量。

内蒙古金宇集团股份有限公司（以下简称金宇生物）持续开展动物疫苗迭代创新，率先投身动物用MRNA疫苗的研发和产业化发展，集中开展非洲猪瘟疫苗创新研发，在疫苗安全性、有效性、递送系统等方面均取得突破。

这次，金宇生物又走在了前面，强攻全球百年未能攻克的非洲猪瘟疫苗难关并取得关键性突破。

“多项实验结果表明，非洲猪瘟MRNA疫苗候选抗原具有免疫保护效果，下一步我们将从抗原结构、递送系统和佐剂等方面继续优化。”金宇生物董事长张翀宇在2024年就公开透露了这一令人振奋的消息。

实际上，金宇生物正在攻关的猪瘟疫苗不仅已经建成了4条研发线，生产车间也已经建成，一旦研发成功，就可以立即进行大批量生产。

这一攻克全球难题的项目，研发线和生产线同步建设，已经很好地说明了金宇生物的底气和实力。

呼和浩特区位优越、自然资源富集，是国际公认的优质畜牧区、黄金奶源带，形成了奶业、玉米2个千亿级和肉羊、肉牛等10个百亿级产业集群，牛奶、羊肉、牛肉产量以及羊绒、饲草产量均居全国第一，是国家名副其实的“奶罐”“肉库”。

农畜产品生产基地的建设，促进了农兽药生产基地的建立。

作为生物医药产业链的链主企业，金宇生物具有强大的科研实力和可持续的投入能力。这样的投入使金宇生物完成了生物制药从0到1的探索。

21世纪初期，我国种畜用、宠物用高端医药产品80%以上依赖进口，专利被国外垄断，技术被国外封锁，行业自主研发的投入十分有限。

国内的口蹄疫疫苗生产企业均采用传统的细胞转瓶贴壁培养方式生产，由于转瓶数量众多，占用车间面积大，生产效率低下，且细胞密度低，因此，悬浮培养成为突破兽用疫苗质量与生产效率瓶颈的核心技术。

悬浮培养在连续密闭的系统中进行，使操作步骤简化，污染的风险也显著降低。

金宇每年投入超过销售收入的10%，进行新工艺、新技术、新产品的研产销一体化协同创新。

2008年，金宇生物率先攻克了细胞大规模悬浮培养的“卡脖子”技术和千倍纯化浓缩工艺，牵头制定国家口蹄疫疫苗质量检测行业标准，成为参与制定国家口蹄疫疫苗质量检测标准的牵头企业，为国家减少因口蹄疫疫病带来的直接经济损失百亿元，突破了国外生物技术壁垒，缩短了与国外至少20年的技术差距。

金宇生物引领中国动保行业由“转瓶”向“悬浮培养”全面升级，并在悬浮培养的基础上通过纯化、浓缩工艺提升产品质量，终于让中国口蹄疫疫苗产品质量标准超过国际标准。

可以说，金宇生物的第一次升级就非常耀眼。

经过几代科研人员的努力，如今，金宇生物的抗原杂蛋白去除率达到99.9%，在国内率先攻克了口蹄疫疫苗工艺技术集成的难题，打造出国际领先品质的口蹄疫疫苗。从低级到高级，从低产到高产，从低效到高效，产品工艺和品质取得重大突破和革新。

“目前，金宇生物的抗原浓缩技术达到了1000倍，更方便储存，需要时拿出来配制疫苗。”金宇集团党群工团办公室主任陈建军自豪地介绍道。如今，全球规模最大的口蹄疫疫苗智能制造生产线就坐落在金宇国际生物科技产业园。

12条动物疫苗智能制造生产线整体实现了智能制造，口蹄疫疫苗市场份额已超过40%，获得行业首创的工艺技术专利达27项，这一数字的背后是强大的科研能力。

在金宇国际生物科技产业园，3个国家级实验室、6个研发平台、全球首家动物疫苗智能制造工厂、全球规模最大的口蹄疫疫苗智能制造生产线和全球首个MRNA动物疫苗生产线均坐落于此。

“非洲猪瘟疫苗一旦上市，养殖户的存栏量就会大幅度提升，市场规模将突破千亿。”陈建军说。

近3年，呼和浩特出台《生物医药产业高质量发展十条措施》，支持产业链重点项目和企业。2024年，呼和浩特市科技局为金宇生物的核酸疫苗递送系统提供了400万元的专项支持。企业已构建起覆盖猪、牛、羊、宠物的110个疫苗产品矩阵，其中，非洲猪瘟亚单位疫苗已进入临床申报阶段，MRNA疫苗在牛结节病防控中实现效力突破。

目前，金宇生物正在建设兽用疫苗国家工程实验室、农业农村部反刍动物生物制品重点实验室和生物安全三级动物实验室三大重点实验室。

最近几年，呼和浩特设立了规模超过60亿元的生物医药产业发展基金和生物医药产业科创基金，支持兽用疫苗国家工程实验室、生物安全三级动物实验室、国家企业技术中心、农业农村部反刍动物生物制品重点实验室等多个国家级研发机构。

金宇生物赶上了呼和浩特生物医药的政策风口，在竞逐新赛道的浪潮中更加强劲有力。2025年，金宇生物计划建设全球首个“AI+诊断检测”智慧防控大数据平台，通过AI辅助抗原筛选、结构优化和工艺参数建模，进一步缩短疫苗研发周期。

在阴山北麓的武川县，寒风掠过山川、沟壑，却吹不散这里升腾的产业热浪。当北疆大地进入农闲时节，武川的农户忙着对他们精心种植的黄芪进行分拣、晾晒、切片，打好包后，这些黄芪准备销往全国各地。

这片土地自古便与黄芪结缘。地处高原丘陵的武川县，昼夜温差达20余摄氏度，干燥凉爽的气候赋予黄芪独特的耐寒基因，清末民初便以“正北芪之乡”的美誉载入典籍。如今，这里9个乡镇均具备种植条件，黄芪、黄芩等药材种植面积达2.2万亩，野生药材资源近300种，人工栽培品种超10种，形成集种植、加工、销售于一体的完整产业链。2023年，武川黄芪凭借甲苷含量0.102%（远超国标）、毛蕊异黄酮葡萄糖苷含量0.025%的卓越品质，入选国家药食同源名单，成为中药材市场上的“上品”。

产业蜕变始于通用技术集团的精准帮扶。2020年，京蒙协作帮扶资金投资建设的中药饮片加工基地在武川拔地而起，占地1.1万平方米的现代化厂区里，自动化切片机与人工筛选完美协作。

这种“企业+合作社+农户”的订单模式，让过去零散种植的黄芪亩产值从不足1000元提升至2000元，6个重点乡镇的种植规模突破1600亩，形成“种植—加工—销售”的产业闭环。

政策东风为产业注入了强劲动力。

呼和浩特先后出台《支持生物医药产业高质量发展十条措施》《呼和浩特市促进中医药（蒙医药）传承创新发展的若干措施》《呼和浩特市促进蒙医药发展办法》等一系列政策，从资源保护、科研创新、产业融合等维度构建政策矩阵，标志着这座城市正式开启中医药（蒙医药）系统性振兴计划。

在政策支持下，武川县2024年中药材产值预计突破1亿元，中药材产业将成为支柱产业。

呼和浩特现有道地中医（蒙医）药材品种102种，通用中药、盛齐堂药业、宇航人等药材种植企业的黄芪、黄芩、板蓝根、甘草、沙棘等种植规模不断扩大，总面积近70万亩。

产业链上游的规模化种植，催生出14家中医药（蒙医药）生产企业，能生产丸剂、片剂、胶囊剂、散剂、颗粒剂、口服液等16种剂型。大唐药业、兰太、元和、奥特奇等药企均已在全国形成知名度，生产的药品享誉国内外。

呼和浩特作为草原文化与农耕文化交融的城市，自古以来便是中医药（蒙医药）的重要发源地之一，中医药文化在此根脉绵延。中华老字号“同泰永”的传承故事同样令人动容。

内蒙古大唐药业股份有限公司（以下简称大唐药业）的起源可追溯至1664年（清康熙年间）。归化城第一家有文字记载的药铺是位于玉泉井附近的同泰永。

到1956年，以同泰永、德泰玉、永合堂为首的27家老药行公私合营成立呼和浩特中药厂，当时已经开辟了国际市场，成功出口“接骨丹”“海马种玉丸”到巴拿马，盛名在外。1964年开始生产蒙成药，成为内蒙古自治区首个蒙成药生产商。

1992年，呼和浩特中药厂引进资本，更名为内蒙古大唐药业有限公司。

至今，大唐药业仍然主营中蒙医药。用大唐药业董事长郝艳涛的话说，要让中蒙医药薪火相传。

作为呼和浩特中成医药产业链的链主企业，大唐药业于2021年在北京证券交易所上市，成为内蒙古自治区首家、全国首批在北交所上市的企业。

大唐药业与国内顶尖药学高校实施平台共建、项目合作，集聚各类创新资源，打造中蒙药研发创新联合体，解决生物医药领域发展的关键核心技术问题及“卡脖子”问题。

2024年，商务部、文化和旅游部、市场监管总局、国家知识产权局、国家文物局5部门公布了第三批“中华老字号”名单，内蒙古大唐药业的“同泰永”品牌被认定为第三批“中华老字号”。

董事长郝艳涛将中蒙药发展比作“玄奘西行”，他带领团队在和林格尔新区投资5亿元打造的健康科技产业园，有13条智能化生产线、266个药品文号，正在向年产值32亿元的目标迈进。

站在“十四五”收官之年，呼和浩特中医药（蒙医药）产业已形成“资源富集、产业集聚、服务便捷、文化浸润”的全链条发展格局。如今，在“健康中国”战略与“中医药振兴”政策的双重推动下，呼和浩特正以科技赋能传统医学，将习近平总书记“探索资源型地区转型新路径”的嘱托化作产业蓝图。

抢占新赛道

现代中国的工业发展史，就是一部突破技术封锁、实现产业升级的奋斗史。

在半导体、新能源等高科技领域，材料技术是制约产业发展的核心“命门”。习近平总书记指出，要以科技创新推动产业创新，特别是以颠覆性技术和前沿技术催生新产业、新模式、新动能，发展新质生产力。

在此背景下，新材料产业成为各地抢占新赛道、提升产业竞争力的战略重点。

2023年，呼和浩特以10%的GDP增速领跑全国省会城市，新材料产业贡献突出：规模以上工业增加值增速达28%，固定资产投资增长42%，这2项指标创下呼和浩特近10年来最快增长速度，碳基、硅基材料产值3年实现倍增。

这座草原都市正通过科技突破、产业协同、绿色转型的深度融合，加速推进新材料产业升级，为中国式现代化提供了“北疆实践样本”。

2023年6月7日下午，呼和浩特市赛罕区中环产业园内，阳光穿透穹顶的透明天窗，在银灰色颗粒硅料上投下细碎的光斑。

园区里，闪闪发亮的单晶硅棒、晶莹剔透的石英坩埚分外引人注目，这些“工业钻石”承载着中国光伏产业从“跟跑”到“领跑”的技术密码。中环产业园是全球质量最优、单体规模最大、人均效率全国领先的集成电路半导体单晶硅和光伏单晶硅制造基地。这里是观察内蒙古能源产业转型升级的重要窗口。

中环产业园职工董鹏飞等近50名一线技术骨干及青年员工代表整齐列队于展厅入口。当习近平总书记与随行人员步入园区时，职工们爆发出热烈的掌声。

据新华社6月8日报道：

7日下午，习近平来到中环产业园考察。在园区展厅，习近平听取当地发展新能源新材料产业、促进产业结构优化调整、推动绿色低碳发展等情况介绍。随后，习近平来到生产车间实地察看产品生产流程，详细了解园区企业半导体和光伏材料等产品的研发生产情况。他强调，坚持绿色发展是必由之路。推动传统能源产业转型升级，大力发展绿色能源，做大做强国家重要能源基地，是内蒙古发展的重中之重。在这方面内蒙古方向明确、路子对头、前景很好，大有作为、大有前途。离开园区时，习近平亲切地对前来欢送的企业员工说，你们企业和园区办得不错，看了感到很提气。现在，我们要靠高水平科技自立自强、构建新发展格局来攻克科技难关。构建国内大循环是为了保证极端情况下国民经济能够正常运行，这同参与国际经济循环是不矛盾的。我们坚定不移实行高水平对外开放，敞开大门搞建设，一起合作实现共赢。习近平祝愿企业和员工继续努力，芝麻开花节节高，更上一层楼。

作为中环产业园的员工，董鹏飞在能源领域已积累了12年实践经验，见证了内蒙古从传统能源向绿色能源转型的关键阶段，亲历了产业技术革新与产能升级的全过程。他说，他见证了这十几年来产业发生的变化。最初，国内半导体材料行业所需的高纯度石英坩埚要从日本等国家进口。如今，中环半导体的12英寸大硅片产能可达30万片/月，正在向7纳米先进工艺推进。

的确，传统产业升级不是简单地修修补补，而是要靠科技创新实现跃迁。新质生产力就蕴含在这些微观的突破里。

2023年9月，内蒙古鑫环硅能科技有限公司的颗粒硅项目投产，这种颠覆性技术不仅让光伏组件成本下降5%～8%，更让呼和浩特成为全球硅料碳足迹最低的制造中心。

2018年，习近平总书记在参加十三届全国人大一次会议内蒙古代表团审议时强调，内蒙古产业发展不能只盯着“羊、煤、土、气”，要大力培育新产业、新动能、新增长极。

呼和浩特不忘习近平总书记的嘱托，全力以赴推动中环产业园向着高质量发展的目标迈进，构建起集高效、清洁、低碳、循环于一体的绿色制造生态系统。截至目前，已成功完成从光伏单晶一期到五期的全部项目，以及半导体单晶一期、二期项目和相关配套产业的布局。

累计投资额已超过532亿元，实现了半导体单晶晶体年产能2500吨、光伏单晶晶体年产能105GW、光伏单晶晶片年产能30GW的显著增长，成功打造了涵盖集成电路半导体单晶硅、新能源光伏单晶硅及其配套产业的先进制造基地。

中环产业园始终将科技创新视为发展的核心驱动力，取得了显著成效。

首创发布12英寸光伏硅片，推动行业技术向前迈进5～10年。

研发G12超大硅片，市场占有率居行业第一。

将金刚线切割工艺产业化应用，有效降低了硅材料损耗，改善了员工的工作环境。

这些创新成果不仅提升了园区企业的市场竞争力，更为中国硅材料产业的发展作出了重要贡献。

中环产业园区入驻了16家光伏行业和半导体行业的知名企业，其中包括高新技术企业10家、国家技术创新示范企业1家、主板上市企业1家。

围绕头部企业精准延链、补链、强链，2025年，中环有新项目落地投产，赛盛碳化硅和赛盛5GW叠瓦组件项目投产。

依托呼和浩特越来越有韧性的硅材料产业链条，中环产业园有望成为绿色化、智慧化新型工业示范园区。

实际上，中环产业园的成功发展，不仅带动了自身产业的壮大，更为呼和浩特新材料产业集群的发展提供了有力支撑。近年来，呼和浩特围绕硅材料布局光伏新能源产业与半导体材料产业，逐步形成了以中环产业园为核心、辐射周边的千亿级硅材料产业集群。同时，呼和浩特还积极引进和培育新材料企业，加强科技创新与产业创新的有效融合，推动新材料产业的快速发展。

以园聚链，以链集群，呼和浩特正加速推进园区、企业、产业集群同向发力，新能源产业园、未来产业园和专精特新产业园标准厂房正在筹备建设，建成后，将有一批芯片项目、机器人项目和氢能、储能项目入驻，带动相关产业聚集发展。

2024年，中环产业园工业总产值突破1000亿元，目标直指“全球绿色工厂标杆”。

构建国内大循环与参与国际经济循环并不矛盾。中环产业园正以科技创新为引擎，进行从“中国硅谷”到“世界硅谷”的升级。

2025年2月，内蒙古鑫环硅能科技有限公司（以下简称鑫环硅能）的生产车间里，银灰色颗粒硅料如流水般倾泻而出。这些由FBR（硅烷流化床法）生产的颗粒硅，每万吨可减少约20万吨碳排放，其碳足迹数据令国际同行惊叹。

这些颗粒硅源源不断地生产出来，被输送到智能一体化仓库的流水线上，一箱箱颗粒硅产品被装上货车。这些不起眼的小颗粒有个了不起的身份，它们经中、法两国权威机构的碳足迹认证的全球硅料中碳足迹最低的产品。

而在中环领先半导体科技股份有限公司的实验室里，科研人员正通过碳化硅晶格适配层技术，将外延片的缺陷密度降低至0.5个/平方厘米以下，为不久后投产的7纳米及以下制程芯片提供配套支持。这一突破使我国半导体芯片良品率跃升至国际领先水平。

呼和浩特正以硅基材料为支点，撬动全球半导体产业格局的重构。从2021年新材料产业产值454.6亿元到2023年突破547亿元，碳基与硅基材料构成的“双轮驱动”模式，让这里成为全国唯一同时拥有电子级多晶硅、大尺寸硅片双产业链的城市。

俯视呼和浩特，一片由蓝色光伏板构成的壮观景象尤为引人注目，这些光伏板皆由硅材料精心打造而成。

截至2023年年底，呼和浩特电力总装机容量已达1459.1万千瓦，总计安装12000余座光伏大棚，年均发电量约18.7亿千瓦时，相当于60多万吨煤炭燃烧产生的能源。

从全球视野来看，2023年全球光伏新增装机超过390吉瓦，创历史新高。全球光伏新增装机持续增长。光伏产业是中国在全球最具竞争力的产业之一。但是，如果将时光回拨10年，则是另一番光景。

10年前，中国光伏产业上游设备、原材料高度依赖进口，销售市场主要在欧美。两头在外的局面，导致中国光伏产业极其被动，被欧美反复“剪羊毛”。如今，中国光伏产业已经突破重重围困，立足国内市场，成为全球光伏产业的王者。

中环产业园正在蓄力成为全球领先的太阳能硅晶体制造中心。

占地1000余亩的中环产业园曙光电站昼夜不停。行走在电站内，太阳能电池方阵排列整齐，周围绿草丛生，时而有村民赶着羊群来此放牧。

显然，这样的一片光伏发电用地还兼具生态效益，通过将绿色能源推广、应用在各种场景中，实现风光互补、农光互补、林光互补。

2024年内蒙古自治区政府工作报告中提出“以新兴产业和未来产业为代表的新质生产力，是我区塑造新优势、打造新引擎的关键所在，必须积极抢滩布局，率先在一两个点位上取得突破，提升产业发展核心竞争力”。

多晶硅行业作为光伏产业链上游的重要一环备受瞩目，从上到下依次是硅料—硅片—电池—组件，颗粒硅是硅料环节原料端的新工艺产品。相较于改良西门子法生产的棒状硅，颗粒硅生产流程更短，反应温度更低，单位产能投资成本更低。

作为内蒙古自治区2022年引进的重点项目，内蒙古鑫环硅能科技有限公司由协鑫科技和TCL中环于2022年共同投资成立。颗粒硅是协鑫科技自主研发的产品。

走进内蒙古鑫华半导体科技有限公司（以下简称鑫华半导体）的生产车间，这里是一派繁忙景象，自动化机械臂快速接力、高效运转，作业人员在操作台前监控数据、查看运行状态。

鑫华半导体投资28.3亿元建成国内首条万吨级高纯电子级多晶硅生产线。放眼全球，成绩同样傲人，位列全球前三。

电子级多晶硅广泛应用于微电子、晶体管及集成电路等半导体工业领域。与光伏用多晶硅不同的是，电子级多晶硅作为一种基础材料，最重要的特性就是纯度。

鑫华半导体展厅里，散发着金属光泽的电子级多晶硅格外引人注目。电子级多晶硅的生产对纯度要求很高，工业级冶金硅行业标准是99%，而鑫华半导体将这一标准提纯至“12个9”，即达到99.9999999999%的纯度。

长期以来，全球电子级多晶硅市场被美国、日本和德国的少数几家企业垄断，国内市场长期依赖进口。国内多晶硅行业在2007年才进入高速发展阶段，真正进入电子级多晶硅行业的时间更短。与国外先进企业长期以来的技术积累和产业化经验相比，国内多晶硅行业仍存在诸多不足。

电子级多晶硅是集成电路产业链的初始原料，经历制造单晶硅、硅片等工序后，最终生产出各类芯片。电子级多晶硅完成从“一粒硅到一颗芯”的蜕变。从手机到汽车，都少不了电子级多晶硅这个“基石”。将电子级多晶硅提纯至“极致”，解决产业链前端“卡脖子”难题责任重大。

目前，呼和浩特电子级单晶硅、多晶硅年产能分别占全国的30%和60%，已经形成了从多晶硅、单晶硅、切片到电池片、光伏组件、光伏电站的完整产业链。

光伏级、电子级硅产业链“双链”驱动发展是呼和浩特新材料和装备制造产业集群重点推动的项目，未来的目标是打造国内规模最大的多晶硅产业集群基地。

在呼和浩特，一条条产业链如毛细血管般延伸，硅材料从沙子开始，一路变成高纯硅料、单晶硅、光伏板，最后连废料都回收再利用；煤焦油转化为碳纤维原料；光伏企业将硅片废料用于储能电池的生产；半导体企业的外延片废料则成为特种气体的核心原料，同时用绿电驱动全流程。这种“吃干榨净”的耦合发展模式，让新材料产业集群的附加值成倍提升。

目前，呼和浩特正规划建设第三代半导体产业园，重点布局碳化硅（SiC）和氮化镓（GaN）材料，目标直指新能源汽车、5G通信等万亿级市场。

夜幕下的中环产业园灯火通明，研发人员仍在调试新一代单晶炉，他们眼前的计算机屏幕上，跳动着无数个晶体生长参数，如同新材料生产线熔炉中跃动的火光。

在内蒙古欧晶科技股份有限公司（以下简称欧晶科技）的智能化车间，直径42英寸的石英坩埚静置于检测平台上。这种由高纯度石英砂熔制而成的“工业心脏”，是光伏单晶硅制备的核心耗材。欧晶科技的石英坩埚产量占据全球市场重要份额。

行业预计，由强大的下游光伏装机需求带动，石英坩埚未来几年的市场需求依然旺盛。

欧晶科技是国内为数不多的具备量产大尺寸石英坩埚能力的厂商之一。

大尺寸、高品质、低成本、长寿命是石英坩埚工艺技术的发展方向，目前市场上主流石英坩埚尺寸为36英寸和32英寸，使用寿命普遍在300～400小时。欧晶科技研发的长寿命石英坩埚将行业产品耐热性、抗析晶性技术推向新高度，使用时间可达500小时，极限测试时间突破了600小时，同时降低了产业链综合成本。

欧晶科技现有的32英寸半导体级石英坩埚已成功实现进口替代，已完成40英寸太阳能级石英坩埚的研发工作并具备量产能力；36英寸太阳能级石英坩埚和28英寸半导体级石英坩埚已正式量产并为下游客户供货。此外，42英寸太阳能级石英坩埚的研发项目已成功研制出样品，为未来布局下游大硅片配套辅材提供前瞻性技术支持和储备。

欧晶科技依托中环产业园的产业布局，10余年间成为自治区首家上市的新能源企业，也是全国唯一一家以生产石英坩埚产品为主业的上市公司。

战略性新兴产业已成为推动产业结构转型升级、引领经济社会向高质量发展阶段迈进的主要动力源。呼和浩特将依托现有产业基础，充分发挥能源综合优势，深入推进能源生产和消费的绿色低碳转型，目标是到2030年集群产值突破1500亿元。

2023年，内蒙古新能源项目完成投资近1700亿元，同比增长33%；新增装机容量超过3100万千瓦，创历史新高；新能源装机总规模达到9323万千瓦，占电力总装机容量的43%；新能源发电量达到1665亿千瓦时，增长25%，占总发电量的比重达22%。

这样的新能源产业前景，也让全球光伏巨头阿特斯看到了投资呼和浩特的巨大机遇。总投资超过700亿元的产业项目落地呼和浩特经济技术开发区沙尔沁工业区。2023年，该项目创造了当年签约、当年开工的纪录。

阿特斯在全球光伏组件供应商中处于"第一梯队"，自2011年起，阿特斯连续12年组件出货量排名全球前五。这一光伏巨头落地呼和浩特，进一步提升了人们对光伏产业前景的乐观预期。

阿特斯在呼和浩特的项目总规划建设用地为7400亩，分三期建设，其中一期总投资约180亿元。三期全部建成后，将成为阿特斯光伏一体化程度最高的生产制造基地。全部达产后预计年产值约1200亿元，实现税收约27亿元，提供就业岗位18000余个。

呼和浩特阿特斯光伏新能源全产业链项目是阿特斯当前全球单体投资最大、一体化程度最高的制造基地，也是呼和浩特在新材料领域引进的规模最大、种类最全、技术工艺最先进的产业项目。

2025年，呼和浩特市政府工作报告对包括阿特斯在内的新材料产业集群寄予厚望，集群目标产值为820亿元。

一向以稳健著称的阿特斯正通过“硅材料—拉棒—切片—电池—组件”全产业链布局落户呼和浩特，这不仅因为呼和浩特具备全国最低的新能源发电成本，更应该理解为阿特斯对能源行业发展的深刻洞察。

呼和浩特作为中国北方距离北京较近的省会城市，依托国家重要能源和战略资源基地的集聚效应，正通过“能源+区位+政策”的三重优势，构建承接京津冀产业转移的强磁场。

第九章

对外开放，扩大朋友圈

扫码解锁

2024年冬天，呼和浩特收获了一份特殊的国际认可——中国人民对外友好协会将“国际友好城市杰出贡献奖”授予这座草原都市。

金灿灿的奖牌在初冬暖阳下反射出耀眼光芒，这座城市与世界的对话正以前所未有的密度展开，不仅与蒙古国乌兰巴托市建立了三十三年如一日的深厚友谊，还与俄罗斯乌兰乌德市、日本冈崎市、美国洛杉矶市等城市正式缔结友好城市关系，并与20余座外国城市建立了稳定的交流合作关系。

呼和浩特用“企业走到哪，友城建到哪”的实践，将习近平总书记“打造我国向北开放重要桥头堡”的战略擘画作为跨越山海的温暖纽带。

随着“朋友圈”规模不断扩大，这座城市的对外贸易格局也在拓展。2024年，呼和浩特226亿元的进出口总额刷新了历史纪录，同比增长17.3%，与全球160余个国家和地区有贸易往来，与共建“一带一路”国家、RCEP其他成员国的贸易额分别增长，均创历史新高。

其中，中欧班列的密集开行发挥了重要作用。2024

年，呼和浩特开行中欧、中亚班列120列以上，同比增长140%。呼和浩特正在加快打造中欧班列集散中心、多式联运枢纽中心。

大班列时代

丝路兴，天下通。

清代跨国贸易商号大盛魁，依靠2万余峰骆驼，开辟了连通亚欧大陆的商贸之路。

大盛魁的兴起，带动一批旅蒙商蓬勃发展，这些商号所在地归化城（今呼和浩特）成为明清时期万里茶道上的交通枢纽。旅蒙商将来自中原地区的茶叶、布匹、粮食等草原牧民所需的生活日用品运往草原，沿驼路逐水草而前进，换回牧民的牲畜、皮毛等畜产品，贯通了中原地区与漠西、漠北草原以及中俄边境的贸易交流。

400多年来，从万里茶道到“一带一路”节点城市，在驼队曾经走过的路上，一条条铁路架起了中欧班列，呼和浩特又一次成为中国与世界贸易往来的枢纽。

初春的阳光和煦宜人，呼和浩特综合保税区内，加工车间一派繁忙景象，一排排现代化的生产设备前，工人们专注地工作，机器的轰鸣声此起彼伏。

综合保税区铁通物流园货车来回穿梭，集装箱整齐码放，报关、转运等一系列环节便捷有序。

在台阁牧站，伴随着声声汽笛，一列列中欧（中亚）班列正点驶出，宛若“钢铁驼队”，穿越千山万水，连接起呼和浩特与欧亚各国的经贸往来。

2025年2月，首列中欧班列从台阁牧铁通物流园鸣笛启程，55节车厢装载着价值1694万元的葵花籽，经阿拉山口口岸驶向欧洲。

回程班列带来的1600吨俄罗斯亚麻籽，在综合保税区内完成保税加工后，变身为高附加值的食用油产品返销海外，每吨成本降低10%。

从驼铃声到列车轰鸣，曾畅通了几个世纪的古草原丝绸之路再次热闹起来。而这一切，正是始于中国领导人基于历史和现实给出的构建人类命运共同体的“中国方案”。

2013年，习近平总书记提出共建“一带一路”倡议，中欧班列应运而生。

中欧班列作为连接中国与欧洲及“一带一路”沿线国家的重要物流通道，已形成西、中、东3条主干线。

西部通道经霍尔果斯出境，中部通道经二连浩特出境，东部通道经满洲里出境，其中，中、东部通道均从内蒙古出境。

随着“一带一路”倡议和中蒙俄经济走廊建设的深化，内蒙古依托满洲里、二连浩特等口岸优势，与蒙俄等国的经贸合作规模持续扩大，向北开放水平显著提升。

呼和浩特凭借位于“呼包鄂乌”经济圈核心区域的区位优势，依托沙良铁路现代综合物流园等基础设施，于2021年12月成功开行首列“青城号”中欧班列。班列经二连浩特出境驶向莫斯科。呼和浩特成为内蒙古融入国际物流网络的关键节点。

呼和浩特综合保税区作为首府外向型经济的核心载体，正在探索打通贸易交通命脉。

2024年11月，呼和浩特综合保税区党工委书记董艳春从一场又一场的工作会议和项目现场对接的繁忙工作中抽身出来，和我们谈起园区的产业布局，从铁通物流园的海关监管流程到跨境电商的发展规划，每一个环节他都了然于胸。

2023年，呼和浩特市委组织赴新疆考察，随行的董艳春从考察中捕捉到破局灵感：建设铁路海关监管场所，让货物在“家门口”实现“一次申报、一次查验、一次放行”。

随后，在已有沙良铁路现代综合物流园的基础上，设立铁通物流园海关监管作业场所，大数据系统让海关业务、货物集拼、集装箱中转等环节实现一站式办结，企业通关时间大幅缩短。至此，呼和浩特形成了“双核驱动”的物流版图：沙良物流园打造国际物流枢纽，铁通物流园依托综合保税区政策优势，成为大宗商品进口和跨境电商的集散地。

利用西线口岸优势，呼和浩特的去程班列有效缓解了二连浩特口岸的拥堵，发运地增加，可以揽收更多货源，保障业务的高质量发展。2025年，回程班列的开行还将助推呼和浩特班次增加，同时满足国内大宗原材料的采购需求。

2024年，呼和浩特发运中欧、中亚班列超过120列，同比增长140%，班列始发数量跃居自治区首位。同时新开卡利、巴扎伊哈、索罗科瓦亚、科克舍套、库帕夫纳、别雷拉斯特等十几条贸易线路。

随着综合保税区的铂族贵金属精炼、二手车出口、跨境电商等新业态竞相发展，这座“钢铁驼队”驿站正蜕变为开放新高地，推动呼和浩特由“过路经济”向“落地经济”转变。

2024年8月16日，随着一辆俄罗斯牌照的TIR卡车载着价值1340万元的电子设备驶向莫斯科。

这趟从呼和浩特综合保税区启程的“移动智能仓库”，不仅开创了内蒙古国际公路运输新范式，更标志着我国向北开放通道体系完成“铁公联运”立体拼图。

TIR系统是依托《TIR公约》建立的全球海关便利通关体系，通过封闭式货物运输和多国互认机制，实现“门到门”的跨境运输。中国于2016年加入该公约（第70个缔约国），2018年正式实施，现已形成联通中亚、欧洲的多元运输网络。

可以说，这是一个由70余个缔约国共同构建的“通关信任链”，相当于给跨国物流装上“绿波带”。

以呼和浩特首班TIR卡班为例，班列先从莫斯科满载俄罗斯货物出发，经二连浩特口岸入境，沿途将货物运送到各地后到达呼和浩特综合保税区。

8月16日，从呼和浩特出发时，沿途发运的货物来自上海和广州，在呼和浩特综合保税区集货装载并完成报关，经二连浩特口岸出境，途经蒙古国，7天左右抵达莫斯科。

呼和浩特至莫斯科7300公里的运输线上，集装箱仅需1次施封即可穿越中、蒙、俄3国，口岸滞留时间和运输成本大幅度降低。

TIR国际卡车班列顺利开行，是呼和浩特综合保税区国际跨境公路运输方式的拓展和延伸。“我们采用一站式陆运方式，中间口岸无须查验，直接运往国外。”董艳春说。跨境公路运输更加机动灵活，适应性强。对货物种类限制少，IT产品、汽车配件、食品、化工品、机械设备等产品均可使用卡车班列进行跨境运输，同时对单次货运量的要求较低，不论货量大小都可立即发车。

通过电子封志、智能验放和信用担保的“铁三角”，将通关手续前置，莫斯科发车的TIR卡车经二连浩特入境时，车载传感器已提前传输货物信息，智能分拣系统在行驶途中完成货物调度，最终在综合保税区实现“到站即分拨”的零等待作业。而这种“小批量、高频次”的运输特性，大幅度节省了运输时间，真正实现了“门对门、点对点、一条线”，破解了中俄跨境电商“最后一公里”难题。中国实施TIR系统后，通关时间缩短30%～80%。

制度创新的乘数效应正在显现。2024年，呼和浩特综合保税区41辆TIR卡车贡献2.7亿元出口额，占开放通道贸易总量的12%；呼和浩特至莫斯科的运输时间比铁路运输缩短了一半，回程班列装载率不断提高，形成“数码产品西出、矿产原料东进”的黄金闭环，提升了整个开放通道的贸易额。

“下一步，呼和浩特综合保税区将以TIR国际卡车班列首发为契机，以TIR国际卡车班列运输与传统公路运输方式互为补充，逐步打造内蒙古乃至华北地区向北开放的公路运输物流货物集散地，吸引来自呼和浩特及周边地区的进出口货物在呼和浩特综合保税区集散。”董艳春说。

显然，在内陆腹地打造国际物流枢纽不是地理区位的突围，而是制度创新的突破。这种以规则“软联通”突破地域限制的实践，正在助力内蒙古一路向北，继续开放。

呼和浩特为北方内陆城市，不具备海运的便利条件，但是这并不妨碍陆港联运。

实际上，呼和浩特的企业对海运的依赖度极高，伊利集团的乳清粉、利乐包装等原料均依赖海运。

2023年，综合保税区开始探索陆港联运的方式，以满足市场需求。

很快，呼和浩特综合保税区与天津港达成合作，将天津港的海港业务前置到呼和浩特综合保税区，“海铁联运+内陆保税仓储+分拨配送”体系很快搭建起来，天津港进口的亚麻籽、木材等大宗商品可在保税区暂存，企业按需分批提货，节省仓储成本；返程时则搭载本地味精、高岭土等货物回运，形成“钟摆式”循环运输模式。

呼和浩特与天津港集团的合作，还有很多互补的优势。

落地到呼和浩特的外向型企业，有降本增效的空间。综合保税区利用现有厂房优势，建设了进口货物内陆分拨仓，将天津港进口的大宗货物进行保税仓储，降低企业仓储成本。通过海铁联运、区港联动，呼和浩特的外贸企业可以进一步控制成本、提高效率。

这条海铁联运新通道，不仅促进了呼和浩特进出口贸易回流，还形成了一套“海铁联运+内陆保税仓储+分拨配送+内陆箱管”的特色物流服务模式。

内蒙古晨广粮油有限公司从俄罗斯进口亚麻籽，货物从俄罗斯新罗西斯克港发运，经由天津港入境。当货物抵达呼和浩特综合保税区时，会完成通关和保税加工，这是呼和浩特和天津港“区港联动”模式下的保税加工业务，这种模式降低了物流成本，缩短了时间。

在“区港联动”模式下，进口货物抵达天津港前，即可在呼和浩特海关所属的赛罕海关入区申报，然后全程一箱到底，从天津港通过铁路运输直达呼和浩特综合保税区后，即可拆箱并在保税状态下仓储，再根据客户需求，陆续分拨配送至目的地。在这种模式下，呼和浩特不临空、不沿海、不沿边的区位短板便被有效弥补了。

高效的“区港联动”模式回应了企业需求，2024年，“区港联动”创下进出口额6592.39万元的骄人成绩，集装箱吞吐量为520个，业务门类覆盖农产品、生物医药等。

这表明，当基础设施的“硬支撑”遇上制度创新的“软实力”，内陆空港同样能架起连接全球的“水陆丝路”。

2024年11月，呼和浩特白塔国际机场正式开通洲际货运航线，一架“图-204”型全货运飞机从呼和浩特白塔国际机场起飞，执行呼和浩特—乌兰乌德—莫斯科航线任务，这标志着呼和浩特在航空国际贸易、国际快件、跨境电商等方面的一条新的交通生命线已经打通。这条航线每周一班，主要运输工业设备与跨境电商商品。

作为内蒙古对外开放的“空中国门”，白塔国际机场开启了对外开放的“快进”模式。呼和浩特正以破竹之势重塑区域航空版图。

2024年，白塔国际机场获得了进境冰鲜水产品指定口岸资质，进境冰鲜水产品指定监管场地正式投入运营，再加上国际全货机航线的加持，这座北疆空港以千吨级国际货邮吞吐量刷新了历史纪录，2024年吞吐量同比增长30.3%，“空中丝绸之路”脉动强劲。

当然，这只是呼和浩特外向型经济的一个小切口，不妨再稍微扩大一点视野。

作为对外开放的大平台，综合保税区的新园区将建在即将完工的盛乐国际机场区域。这样一来，结合国际空港的便利条件，盛乐国际机场综合保税区将涵盖保税研发、保税物流、高端制造和服务贸易等重要领域，形成一个全新的产业集群。

“新园区将以航空物流为切入点，朝着高端化、智能化、特色化和国际化的方向发展，吸引依赖航空运输的战略性新兴产业和现代服务业聚集于此，成为一个对外开放的新高地。”董艳春说。

可以预见，随着盛乐国际机场投运，更多的资源将在这里输入、输出，呼和浩特的外向度将进一步凸显，越来越多的人将通过这里认识一个全新的、振翅高飞的草原都市。

向北开放，再开放

汽笛声划破天际，一列满载家居用品、陶瓷厨具的中欧班列缓缓启动，钢铁长龙向二连浩特口岸方向疾驰而去，出境后，它将穿越蒙古国和俄罗斯西伯利亚的广袤土地，最终抵达莫斯科。

内蒙古横跨“三北”，毗邻俄、蒙，边境线4200多公里，是我国向北开放的关键节点。从呼和浩特出发的班列，不仅是中国“跨境电商+中欧班列”的一次探索，更承载着呼和浩特作为“中蒙俄经济走廊”核心枢纽的使命。

这几年，内蒙古自治区与蒙古国、俄罗斯的经贸往来日益密切，合作规模持续扩大，互联互通不断深化。蒙古国稳居内蒙古自治区第一大贸易伙伴地位，俄罗斯紧随其后，保持第二大贸易伙伴地位。

内蒙古坐拥14个陆路口岸的优势资源，其中，4个对俄罗斯口岸、10个对蒙古国口岸，成为连接两国的关键通道。而呼和浩特是向北开放的重要节点城市，在与俄罗斯和蒙古国的合作往来中发挥着举足轻重的枢纽作用。

截至2024年，内蒙古在蒙古国的投资企业数量已达293家，累计协议投资额高达20.5亿美元，主要集中在矿产资源开发、交通运输、农畜产品加工等领域。同时，在俄罗斯的境外投资企业也达到了215家，中方协议投资总额为15.1亿美元，重点聚焦于农业、林业、能源矿产、国际贸易等合作领域，展现了内蒙古在“国家向北开放”战略下对外开放合作的广度与深度。

内蒙古出台《建设国家向北开放重要桥头堡促进条例》后，更是加快了对外开放格局的形成和速度的提升，2024年外贸进出口总值首次突破2000亿元，同比增长5.8%，增速高于全国平均水平0.8个百分点。其中，呼和浩特综合保税区2024年实现进出口额85.73亿元，较2021年的34.96亿元增长了145.22%，进出口总值在全国160个综合保税区中排名由2023年的第117位提升至第93位。

时针拨回2012年，当亚马逊向中国卖家敞开怀抱时，跨境电商在传统外贸人眼中，还是个“小荷才露尖尖角”的新赛道。而今，这条数字商道已化作推动外贸增长的核心引擎——全国跨境电商进出口额占外贸总额的比例从2015年的1%跃升至2023年的5.7%。

在这条新丝路上，深圳以“海陆空铁”立体物流网络和全国半数服务商的集聚优势，稳居全国榜首；而宁波则凭借政策扶持与基建赋能，书写着后来居上的传奇。

放眼全国，不同地区之间在区位优势、要素禀赋和产业结构等方面存在较大差异，跨境电商的转型发展面临着不同的机遇和挑战。宁波逆袭的经验证明，政府政策的支持和外贸基础设施的完善缺一不可。

实际上，呼和浩特并非传统的电商城市，切入跨境电商赛道也比较晚，但其外向型经济的发展一鸣惊人。

2018年获批成为国家第三批跨境电商综试区时，呼和浩特的外向型经济还停留在传统渠道阶段。直到2020年6月，和林格尔新区首家跨境电商新零售示范店开业，冰鲜水产品监管场所通过验收，呼和浩特才真正踏上“网上丝绸之路”的征程。

呼和浩特跨境电商以“一核多区”布局破题：以和林格尔新区跨境电商综合试验核心区为枢纽，通过“线上公共服务+线下园区发展”，构建起信息共享、智能物流、风险防控等“六大体系”。

这一布局使2023年跨境电商贸易额突破20亿元，跃居内蒙古首位。

2024年，呼和浩特综合保税区积极探索“中欧班列+跨境电商”新模式。2024年1月，首列跨境电商班列满载家居用品、汽车配件等货物的55个集装箱经二连浩特口岸出境，最终抵达白俄罗斯明斯克市，为跨境电商拓展了国际物流新通道。

受此激励，综合保税区跨境电商企业注册数很快实现了历史性突破。

2024年10月，保税展示店在呼和浩特开业，300余种跨境商品从日、韩、俄、蒙等国直抵消费者手中。通过“前店后仓”模式，实体零售与保税仓储无缝衔接，破解了空间限制的难题。

董艳春说：“在保税进口模式下，企业进口货物可享受保税仓储政策，资金压力骤减，海外好货得以更快地飞入寻常百姓家。”

2024年前10个月，呼和浩特与160多个国家实现了贸易往来，主要贸易伙伴中，与东盟10国、共建“一带一路”国家、RCEP其他成员国贸易额分别增长382.35%、71%和61%。

这些数据背后，是开放平台的强劲脉动。更深远的影响正在显现：这座曾经的“内陆城市”，正通过跨境电商综试区建设，将“草原丝路”与“数字丝路”深度融合，绘就一幅连接世界的开放新图景。

二手车“出海”提速，成为最近两年全国外贸增长的新亮点。

商务部数据显示，2019—2023年，中国二手车累计出口36.7万辆，出口金额87.4亿美元，已出口到160多个国家和地区。其中，2023年最为亮眼，全国二手车出口27.5万辆。中国汽车流通协会预计，2024年二手车出口将达到40万辆的规模，同比增长30%左右。

2022年，呼和浩特获批成为二手车出口试点城市，俄罗斯和蒙古国依然是主要出口目的地，事实证明，这两个好邻居依然是主要贸易伙伴。

2024年呼和浩特对外贸易中，二手车出口贸易交出了亮眼的数据，出口至蒙古国、俄罗斯、哈萨克斯坦、罗马尼亚、波兰等10余个国家，实现历史新突破。

根据呼和浩特综合保税区数据，2024年，二手车出口3540辆，完成出口额2.42亿元，其中，对蒙古国出口车辆2372辆，出口额0.9亿元，车辆出口数、出口额持续领跑全区。

2023年3月，综合保税区启动二手车出口业务，将企业的车源对接、物流运输、货物存储、融资贷款等一系列服务融入平台，通过平台为企业提供一站式、全流程的二手车出口服务，主动探索在海外投资建设以二手车出口为主的海外园区。截至2024年，已在吉尔吉斯斯坦比什凯克、哈萨克斯坦阿拉木图、格鲁吉亚第比利斯、俄罗斯莫斯科等地建设6个二手车出口海外仓。

在乌兰巴托市郊的华宇二手车市场，来自呼和浩特的二手工程机械车随处可见。自2023年首单二手车出口业务落地以来，呼和浩特的企业累计向蒙古国出口二手车超过6000辆，覆盖工程车辆、乘用车等10余种车型，并在乌兰巴托建成海外仓提供售后维修服务。

2024年，蒙古国对二手车的需求量稳步增加，乌兰巴托公共复合型海外仓正在紧锣密鼓地建设中，项目建成后可集聚蒙古国现有的零散客商，提供适应蒙古国市场需求的产品和定制化服务。通过线上二手车出口信息化平台，共享海外资源，匹配车源需求，搭建供求渠道，实现信息互通，并建设线下集检测认证、展示交易、维修整备、报关出口、仓储物流、金融服务等功能于一体的二手车出口基地。

根据内蒙古自治区商务厅公开数据，自二手车出口业务开展以来，呼和浩特累计备案二手车出口企业20家，占全区的33.3%，居自治区首位。

作为内蒙古二手车出口的主要集散地，呼和浩特二手车出口业务“深踩油门”，驶向更广阔的天地。

作为中蒙俄经济走廊的核心枢纽，呼和浩特与蒙古国首都乌兰巴托的互动，早已超越地理上相邻的范畴。

自1991年缔结国际友好城市关系以来，两市互派代表团超万人次，签署《加强友好交流合作协议书》等10余项协议，在卫生、教育、城建等领域结出累累硕果。

2024年11月，两市更是在中国国际友好城市大会上同时获奖——呼和浩特获“国际友好城市杰出贡献奖”，乌兰巴托获“对华友好城市优秀伙伴奖”。

这样的殊荣印证了双方33年友城交往的深厚情谊。

2024年12月，在蒙古国乌兰巴托市政府举办的2025年大型项目推介会上，蒙古国推介的重大基础设施建设项目涵盖绕城高速、地铁系统、棚户区改造、能源开发、园区建设等多个领域的重点项目，并委托呼和浩特相关企业为乌兰巴托主城区进行绿化建设。

这一次合作是两市缔结友好城市以来签约规模最大、合作前景最广阔的一次经贸活动，也是落实两市《全方位打造中蒙友城交流典范备忘录》的具体举措。

蒙古国是与我国陆地边境线最长的邻国。蒙古国与内蒙古自治区接壤地带，有基本相同的自然环境和地理条件。因而，蒙古国在荒漠化治理方面有巨大的需求，而呼和浩特在生态修复领域的经验，可以用于两国的互利合作。

成长于呼和浩特本土的上市公司蒙草集团，最近几年一直在进行国际化布局，向北投身中蒙俄经济走廊建设，共享天然草原、草种等资源，输出生态修复技术，将“蒙草模式”在“一带一路”沿线复制，延伸至蒙古国，以及阿拉伯联合酋长国、新加坡、俄罗斯等国家。

签署备忘录后，为双方在生态修复、科技创新等方面开展合作增加了可能性，包括规划建设乌兰巴托市绿色景观设施、改善乌兰巴托市周边河流生态环境、修复市郊及周边荒漠地区生态等合作内容。未来，蒙草集团完全可以发挥种质资源优势，与蒙古国合作培育适用于蒙古国生态修复的乡土苗木。

而蒙古国生态的改善和优化，对筑牢我国北方生态安全屏障意义非凡。

2023年9月5日晚，秋风送爽。

内蒙古艺术剧院音乐厅灯火通明。这里即将上演一场“友谊的彩虹”——第四届中蒙博览会国际文化交流展演。

志合者，不以山海为远；道同者，终能交融共赢。

又是一年金秋时节，第四届中国—蒙古国博览会在中国内蒙古拉开了帷幕。

国之交在于民相亲，民相亲在于心相通。今夜，文化艺术如同一条纽带，联结中国和蒙古国人民相亲相依的情愫。中国—蒙古国博览会至今已成功举办三届，本届将继续践行“一带一路”倡议，加强中蒙俄经济走廊建设，开创中蒙合作新局面。

今夜，不同的文化在这里交融、碰撞，中蒙两国人民心手相牵，共同沿着“开放包容、互学互鉴、合作共赢”之路前行，开启新的合作共赢的美好篇章。

5位主持人闪亮登场，七彩的灯光照亮了台下来自国家有关部委、蒙古国官方代表团、俄罗斯等国代表、内蒙古自治区领导及观众的笑脸，在这场文化艺术盛宴中，心与心更近，情与谊更浓。

“这已经是第四届中蒙博览会，每一届中蒙博览会都会有一场高品质的国际文化交流展演。”“友谊的彩虹”——第四届中蒙博览会国际文化交流展演总导演安建东说。这场文艺演出，是由来自中国、蒙古国、俄罗斯的500多位顶级艺术家和演员联手奉献的，用文化和艺术架起中蒙俄民心相通的桥梁，为三国的友谊献上美好祝福。

美妙的歌声传递情感，悠扬的乐曲动人心弦，激情的舞姿动人心魄。演出现场精彩不断、亮点迭出，赢得观众阵阵掌声和声声喝彩。

第四届中国—蒙古国博览会在呼和浩特举办，呼和浩特张开双臂热情地拥抱来自不同国家的朋友。人流如潮的博览会现场搭建了一个大型国际交流平台，双方在卫生、城建、园林、教育等领域合作成果丰硕。

借中国—蒙古国博览会、中蒙经贸对接会等大型国际性文化、经贸活动的东风，在友好城市交流的带动作用下，呼和浩特持续加强对蒙古国的贸易和投资，在食品加工、矿山机械设备等领域，进出口贸易十分活跃。

呼和浩特充分发挥“中国乳都”的优势，依托伊利、蒙牛等世界级乳业龙头企业，促成蒙古国乌兰巴托最大的液态乳制品企业APU乳业股份有限公司与呼和浩特开展技术研发、产品代理、建设奶站等合作。

同时，呼和浩特还积极与蒙古国其他省市开展友好交流与合作，充分发挥乌兰巴托市的辐射带动作用。2019年，呼和浩特与蒙古国色楞格省正式缔结友好城市关系；2023年与蒙古国中央省签署《建立友好城市关系意向书》，还拓展了与蒙古国南戈壁省、东戈壁省、达尔汗乌拉省的友好关系……呼和浩特向北开放的触角不断延伸，以点带面，扩大了向北开放的效应。

从下面一组数字可以看出呼和浩特融入俄蒙欧“对外开放圈”的成效：

2024年，呼和浩特对蒙古国出口额为18.44亿元，占出口总额的18.7%；对俄罗斯出口额为12.2亿元，占出口总额的12.3%。

过去3年，呼和浩特新增对外投资企业28家，实际对外投资额16.1亿美元，占自治区对外投资总额的56%，呼和浩特的外向型经济画出了一条昂扬向上的增长曲线。

呼和浩特盛乐国际机场作为京津冀机场群的备降机场，工程建设已经进入竣工和验收倒计时，建成后，可满足年旅客吞吐量2800万人次、飞机起降24.4万架次的需求。

向北开放的格局已经形成，这是城市决策者的顺势而为，更是全体青城人的努力奋斗。

- AI在线向导
- 走进大美青城
- 解码文化基因
- 焕新美好生活

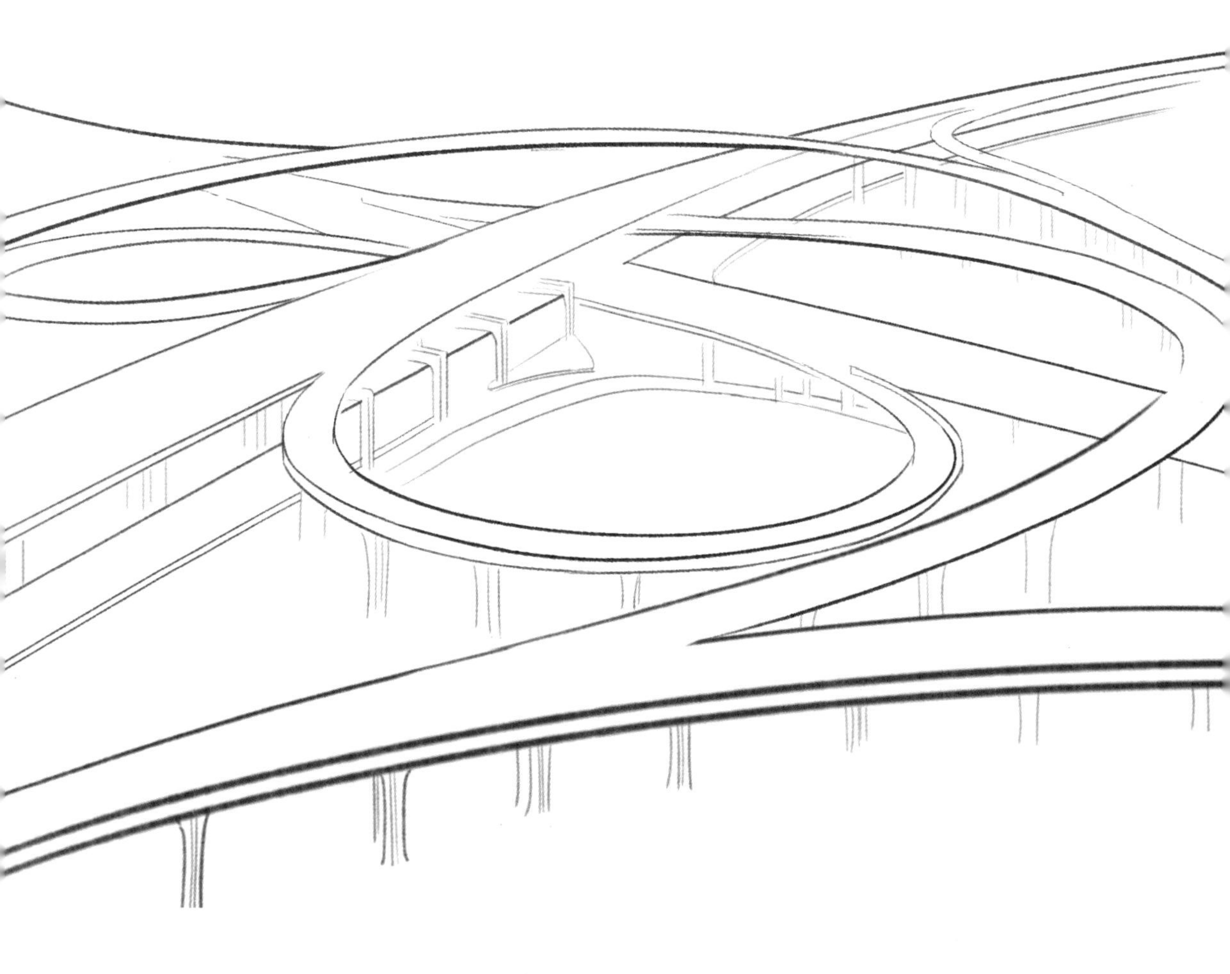

青城蝶变 第十章

向未来

扫码解锁

3500年前，两河流域的城邦用楔形文字记载了最早的城市契约。

2400年前，亚里士多德在雅典学园阐释“人是趋向城邦生活的政治动物”时，已预言了城市作为文明载体的宿命。

呼和浩特在敕勒川上崛起的故事，正在续写这个永恒命题——当全国各大城市陆续困于人口“收缩时代”时，按照2023年末的数据，这里以日均新增145人的速度，验证着“理想城市”的当代标准：城市不仅是工作和生活的地方，也能让每个人生活得更美好。

这或许才是未来城市的新常态。

烧麦风波与文化名片

2024年11月，一场由美食引发的文化传播事件让呼和浩特登上了流量高峰。

当董宇辉在直播中将内蒙古烧麦戏称为“未包好的包

子”，这座城市文旅部门的反应堪称教科书级：24小时内，官方新媒体纷纷发出品鉴邀约，用16道工序的非遗技艺与“二两烧麦撑死汉”的民俗智慧，将地域文化自信展现得淋漓尽致。

这一邀请，仿佛点燃了呼和浩特文旅的火花。很快，一场别开生面的烧麦大会在呼和浩特拉开序幕。

这场发端于社交媒体的新鲜事，最终转化为城市文旅发展的催化剂。首届烧麦文化节通过万人品鉴、学术研讨、艺术装置等九大主题活动，构建起立体化的文化传播矩阵。专家学者在活动中提出了“中国烧麦之都”的战略定位，将传统美食提升至城市文化符号的高度。

但凡有机会，呼和浩特就能抓住“出圈”的契机。

呼和浩特的文旅IP，当然不只是来自美食。从2024年起，呼和浩特“一廊、两轴、五带”的文旅发展布局已经全面铺开。这是呼和浩特在顶层设计中巧妙地将自然美景与人文景观融为一体的文旅空间发展格局。

呼和浩特南北五百里风景廊道，北起武川县，南至清水河县，主要途经回民区、玉泉区、土默特左旗、和林格尔县，依托G209国道这一重要交通干线，将沿线及周边丰富的人文历史遗迹、知名旅游景区与壮丽的自然风光紧密相连，跨越黄河直抵阴山，全景展现呼和浩特南北地区各具特色的旅游资源，构筑了最具青城气质的文化旅游风景廊道。

这条纵贯南北五百里的风景廊道，更像是一场古道驼铃与草原牧歌的时空蒙太奇。

老城、老街、老味道，以厚重的历史脉络为魂，归绥老城历史文化轴北起公主府博物馆，南至昭君博物院，全长约17公里。线路上遍布百年老建筑，宛如一幅徐徐展开的历史长卷，尽显风华。这条轴线以连点成线的方式串联起全市文博资源，将一座城市的记忆与文化旅游全面融合起来。

另外一条轴线是丝绸之路公园文化轴，北起北垣街，南至银河北街，全长约5.6公里，宛如一幅绚丽画卷在城市中徐徐展开。这条轴线谱写新时代呼和浩特的城市文化，展现青春靓丽、昂扬向上的时代风貌。

“五带”则以大青山高山草原观光带、敕勒川生态草原观光带、小黑河水岸公园观光带、大黑河郊野公园观光带和黄河长城文化旅游带彼此交错，将差异化资源编织成网，形成全域旅游的生态闭环。

2023年，呼和浩特文旅产业强劲复苏、全面升温，取得了一系列亮眼成绩：全年接待国内游客5058.1万人次，实现国内旅游收入773亿元，同比分别增长261.6%、390.6%，获评全国旅游集团优选投资十强城市、中国康养旅游城市。进入2024年，全年接待游客5500万人次，数据依然喜人。

无论是数字，还是荣誉，都印证着这座国家历史文化名城的文旅跃升成效。

真正的文旅顶流，永远是那些善于将地域文化转化为当代价值的城市。呼和浩特用美食引爆流量，用科技赋能体验，用文化润泽民风，将草原文明与城市智慧融为一体，书写文旅融合的当代《敕勒歌》——这不是简单的风光赞颂，而是用文化基因谱写的可持续发展诗篇。

锚定未来产业

2024年国务院政府工作报告提出，要制定未来产业发展规划，开辟量子技术、生命科学等新赛道，创建一批未来产业先导区。

一时间，“未来产业”这个词家喻户晓。

很快，布局未来产业的航天经济开发区在呼和浩特公开“亮相”：4个重点产业项目签约落户，总投资1000多亿元，涉及航天装备、商业航天、低空经济、装备制造、新能源、新材料、北斗高分应用等8个领域。

呼和浩特市相关领导接受媒体采访时提到，呼和浩特未来产业包括未来信息、未来空间、未来材料、未来健康、未来能源五大领域，重点发展人工智能、商业航天、低空经济、新一代半导体材料、生物工程等未来产业。

未来产业是以重要科学发现或重大技术突破为基础，代表未来科技和产业发展方向，相当于用明天的科技打造后天的产业。

显然，未来产业是新一轮科技革命和产业变革的机遇，呼和浩特聚焦“五大领域”，抢占未来产业新赛道，对于呼和浩特这样的首府城市未来10～20年的高质量发展，具有重大意义。

实际上，呼和浩特已经布局了东方超算AI算力、韦加无人机智能制造、叁零陆零超级电容及软碳材料、华域干细胞生物技术等一批重点项目。

在和林格尔新区，除了已落户的东方超算、旷视科技、并行科技等10多个超算项目，新区还在未来健康领域积极布局高端生物技术产业。

目前，一系列生物医药、生命科学相关项目正在稳步推进中，包括特瑞尔生物、华域生物、博晖生物、科拓生物、内蒙古大学家畜种质创新与繁育基地，以及国际蒙医医院国家蒙药制剂中心等。这些项目通过“产学研医”联动，推动内蒙古从传统畜牧业向高端生物医药产业转型，同时融合蒙医智慧与现代科技，助力健康产业的发展。

此外，特瑞尔生物区域细胞组织库及细胞制备中心建设项目的实施，实现了细胞的自动化生产、规模化制备、个性化定制和临床级应用，为细胞药物的快速健康发展提供了关键性支撑，也为呼和浩特在未来产业竞争中抢占了先机。

2024年上半年，呼和浩特市航天经济开发区与星河动力公司新一代商业运载火箭制造基地项目、国电高科卫星物联网星座项目、感知起源星载合成孔径雷达生产制造项目等达成多项合作协议。

2024年下半年，金山高新区未来产业园开工建设，项目计划总投资15亿元，规划面积380亩，建筑面积36万平方米，建成后将为新兴产业和未来产业提供集聚空间。

2024年，呼和浩特的未来产业布局快马加鞭，实施算力网络、智能制造、碳基复合材料、干细胞生物技术、北斗导航、大模型训练、光栅大型科学装置等一批未来产业重点项目113个，总投资1038亿元。

按照规划，呼和浩特将在航天经济开发区内打造一座低空经济产业示范园，50平方公里的空域被划分为飞行训练、物流配送等区域。呼和浩特正与阿拉善盟额济纳旗共建商业发射基地，打造“研发在呼、发射在额”的新模式。

在北斗应用示范园内，国电高科卫星物联网项目已实现牧场牲畜定位、跨境运输监控等场景应用。盛乐国际机场航空口岸进境冰鲜水产品指定监管场所，让蒙古国的羊肉、俄罗斯的帝王蟹最快可以24小时直达青城百姓的餐桌。

横跨经纬的发展棋局

当中国城市群竞争进入4.0时代，呼和浩特以“黄金十字枢纽”的区位优势，悄然布下一盘横跨经纬的发展棋局。

南临黄河流域，东望京津冀经济圈，西接呼包鄂榆城市群，以这样的区位优势，呼和浩特成为联通华北、东北和西北的经济枢纽，通过“东融、西联、南通、北开”全方位发展新格局，构建起“合纵连横”的城市网络。

呼和浩特与包头、鄂尔多斯、乌兰察布山水相连、人文相亲、经济相融、民心相通。如果能将这几座城市之间基础设施、政策、公共资源、社会治理、文化旅游等方面联通，联动发展，动能将不可估量。

2021年，呼和浩特市第十三次党代会提出要主动引领呼包鄂乌“1小时城市圈”，推进公共资源共享，加强在产业布局、生态治理和社会治理上的合作，实现城市间协同发展。

推进区域一体化，作为自治区首府的呼和浩特责无旁贷。而作为区域中心，能否成为价值创造的中枢至关重要。

近些年，呼和浩特在打造区域科技创新中心、交通物流中心、现代消费中心、休闲度假中心的同时，深度挖掘并联结包头、鄂尔多斯、乌兰察布等周边区域资源，积极推动要素流动和产业分工协作。

城市群一体化，交通要率先破局。

呼和浩特加快构建的公路网和铁路网，为区域一体化提供了基础条件。目前已建成京藏、京新等高速公路和110国道、209国道、210国道等干线公路，基本实现了以呼和浩特为中心的“2小时公路经济圈”，路网的畅通极大地缩短了城际通行时间，方便了人员流动。

为了吸引外来人口，呼和浩特根据人口变化优化配置教育资源，持续增加城镇学位供给，在2024年新增2.4万个学位的基础上，2025年继续新增1.2万个学位，对进城务工人员随迁子女入学予以同等入学政策和同等待遇。

其中，“呼包鄂乌优质资源共享平台”就是通过数字化手段促进四地资源共建共享的代表。这一平台包括四市二级以上医院检查检验结果互认，四市养老机构品牌化、连锁化发展，养老服务机构等级评定和老年人能力评估标准互认；四市户籍老人入住呼和浩特的养老服务机构，还可享受呼和浩特现行的床位运营补贴和养老机构综合责任保险等优惠政策。

随着呼包鄂乌一体化进程加快，四市政务服务“四城通办”的业务越来越多，四地往来更加便利、频繁。以呼包两市为例，312个高频事项都纳入了通办清单，并统一了事项要素。呼和浩特与包头之间开通了10余趟动车，车程只需要1个小时。

呼包鄂乌四市占全区15.7%的土地面积，聚集了全区超过42%的人口，创造了全区约三分之二的经济总量。根据新修订的呼包鄂乌一体化发展评价指标体系，2023年该区域发展指数值为163.72，较上年增长36.84，这一增长体现在基础设施互联互通、公共服务共建共享及经济协同等领域，成效显著。

呼包鄂乌城市群正在向一体化高质量发展的新阶段迈进，未来将成为全国19个城市群中的“后起之秀”。

这个城市群向东，就是京津冀“2小时经济圈”，可以承接京津冀的科技溢出效应和产业转移。这需要将自身的区位、资源、生态、政策等优势与京津冀的资金、技术、人才、市场等要素结合起来，深度融入京津冀国家创新体系。

航天经济开发区经贸合作项目，是呼和浩特深度融入京津冀“2小时经济圈”的缩影。截至2024年底，呼和浩特引进京津冀地区重点投资项目68个，投资额1229亿元。

呼和浩特实施“科技创新倍增计划”，通过与北京市海淀区签订“2小时创新圈”合作备忘录，打造京蒙协同创新平台，成功落地“京数蒙算”智算产业园等示范性项目，并建立人才科创飞地，吸引北京高端人才与科创项目入驻，形成京蒙创新合作生态。

黄河作为我国第二长河，流域面积较大，呼和浩特是黄河经济带的重要节点城市之一，同样处于黄河经济带的还有兰州、银川、太原、晋中、焦作、郑州等城市。

呼和浩特的“南通”战略，就是加快畅通连接太原、西安、郑州等地的大通道，深化与黄河沿线各城市交往互动，形成开放合作经济带。集大原高铁通车之后，呼和浩特的南下通道已经彻底打通，呼和浩特的高铁直达太原只要3个多小时，大大缩短了与华北和中原地区的距离。

2019年，“黄河流域生态保护和高质量发展”被明确为重大国家战略后，与京津冀协同发展、长江经济带发展、粤港澳大湾区建设、长三角区域一体化发展四大国家战略不同的是，黄河流域将生态保护和高质量发展并列，并且以生态优先。

黄河流经呼和浩特102.5公里，占黄河内蒙古段流程的12.15%。2021年开始，呼和浩特用3年的时间，实施淤地坝除险加固工程26座，新建淤地坝73座，完成林草生态建设40.3万亩，水土流失治理面积164.7万亩，黄河干流、主要支流劣五类水体全部消除，成功入选国家区域再生水循环利用试点城市。

呼和浩特作为沿黄的重要城市，也将通过黄河纽带和高铁骨架，与其他沿黄城市产业共振、协作发展。

目前，在黄河流域经济带的高铁通道中，兰州至呼和浩特线路与国家“八纵八横”干线高铁——京兰高铁共线，呼和浩特至郑州段线路与呼南高铁共线，黄河流域经济带的多条高铁将呼和浩特与黄河上中游地区紧密联系起来，成为呼和浩特向外延展、合纵连横的交通网络。

呼和浩特作为最北端的节点，在整个协同发展网络中起着独特的作用。向北，就是蒙古国、俄罗斯。呼和浩特作为重要的连接枢纽，有综合保税区、跨境电子商务综合试验区等对外开放平台，始终是深化俄蒙合作的桥头堡和策源地，是中国向北开放的中心节点。

中国正北方，草原新都市——呼和浩特，就是这样一个无可取代的存在。

黄河流域的生态智慧、京津冀的创新势能、呼包鄂乌的集群效应、中蒙俄的开放动能在此叠加共振，这座城市以包容的胸襟，孕育着人类城市文明的下一个千年形态。

有一天，我们或许会看到这样一幅古今交融、科技与人文并重的城市面貌：阳光洒落在呼和浩特古老的城墙上，与现代的高楼大厦相互映衬，智能机器人在繁忙的街道上穿梭往来，来自世界各地的人们汇聚于此，在这座草原都市里各自追逐着自己的梦想。

未来已来

2024年12月31日，“十、九、八、七……”上万人跨年倒计时的声音，宛如海浪，一波一波地在新华广场上空涌动、回荡，点燃了人们对未来的美好憧憬。

这一夜，新华广场的主题灯光秀正在上演。

古风巡游、发放福袋和灯光互动等环节，让广场上的灯光与城市融为一体，交相辉映，构成了一幅由灯光绘成的画卷。

这一夜，敕勒川草原上腾空而起的烟花，在墨蓝色的夜空中绽放，欢呼声、爆竹声都以高分贝回荡着快乐的音符。

这一夜，大黑河军事文化公园里，形态各异的特色冰雕建筑展现了冰雕艺术的无穷魅力。晶莹剔透的冰雕诉说着北疆的风情，彩虹冰滑梯、雪地摩托车等项目让热闹的氛围冲淡了冬日的寒冷，市民和游客都沉浸在冰雪的乐趣当中。

这一夜，塞上老街的摇滚音乐跨年夜，激昂的音乐和热情的节奏点燃了冬夜，整个广场都沉浸在一片欢呼声与歌声中。无论是台上的乐队，还是台下的观众，所有人都在热烈的气氛中送上了对新年的祝福。

这一夜，敕勒川乳业开发区伊利智慧健康谷的无人机表演成为今年跨年活动的点睛之笔。上千架无人机编队飞行，以光影拼出骏马等图案，用科技书写浪漫，用艺术呈现未来。

……

299万人次！你没看错，呼和浩特有299万人次参与跨年活动。这不仅仅是一场全民的盛会，更是一种文化的传递与情感的表达。

一系列精彩纷呈的活动成功点燃了市民和游客的热情，又一次登上了央视，火出圈。

新的一年，就这样拉开了序幕。

在开年第五天，呼和浩特市“两会”召开。第十六届人民代表大会第四次会议上的政府工作报告成为开年的焦点。

2024年呼和浩特的“成绩单”硕果累累：

呼和浩特预计全年地区生产总值同比增长6%以上，规模以上工业增加值增长8%以上，固定资产投资增长18%以上，社会消费品零售总额增长5%以上，一般公共预算收入增长7%以上，全体居民人均可支配收入增长5%以上，进出口总额增长14%以上。主要指标增速在省会城市中继续保持第一方阵，首府发展能级持续提升。

优势产业量质齐升，绿色农畜产品加工产业集群提质升级。呼和浩特围绕千亿元级乳业，百亿元级玉米、肉类，十亿元级草业、马铃薯、杂粮油料产业链，近3年来实施重点项目296个，完成投资348亿元。

2024年集群产值预计突破600亿元，较2021年增长249.6亿元，增幅71.2%，占全市比重17.8%，拉动工业产值增速3.6%。

呼和浩特的创新动力更加强劲。前不久，《2024年国家创新型城市创新能力评价报告》发布，在国家创新型城市创新能力指数及排名榜单中，呼和浩特市位列第58位。

全面落实“科技兴蒙”行动，加速推进区域科技创新中心建设，积极融入京津冀国家创新体系，与北京市海淀区携手共建“2小时创新圈”，勇当科技突围的“突击队”。

呼和浩特聚焦创新平台能级提升。实施“科技兴蒙”重点项目11项，国家乳创中心等项目取得10项国际领先的创新成果，并实现产业化。在培育发展新质生产力方面，围绕六大产业和未来产业发展方向，建成2个国家级奶牛核心育种场和全国最大的牧草种质资源库，推动“风光氢储车”示范项目落地等。此外，呼和浩特还前瞻性地布局了118个未来产业项目，为呼和浩特的可持续发展注入新的动力。

重点领域改革释放更强动力，实施优化营商环境“4.0”行动，企业开办实现全流程网办；市本级政务服务事项由1296项精简到405项，进入全国行政审批事项最少城市行列；新登记经营主体7.8万户，同比增长8.9%；获评2024年“十大最具投资价值城市”、2024年“高质量发展营商环境最佳城市”；推进国有企业深化改革，新增资产收益4.5亿元，营业收入连续3年保持两位数增长。

呼和浩特城乡面貌持续改善。《呼和浩特市国土空间总体规划》获国务院批复，确立了“华北地区重要的中心城市”“国家历史文化名城”“全国性综合交通枢纽城市”和“区域性先进制造业基地”等核心定位，为首府高质量发展奠定了坚实基础。

呼和浩特教育提质增效。截至目前，呼和浩特优质教育惠及率提升至60%。建立国内优质资源引进机制，新增中央民大附中分校、首师大实验小学、北大金秋实验学校、北京一零一中学分校等4所合办校，总数达到5所；建立与驻呼高校的合作机制，新增内大附中、师大附属云谷学校等11所合作学校，总量达到16所；建立集团化办学机制，建成87个“名校+”教育集团，覆盖200所学校，惠及60%的学生；培育66所“四个一工程”优质校，有效促进城乡一体化发展，为教育高质量发展注入强大动能。

政府工作报告中的2025年工作路线图，青橙融媒从预期目标、经济、民生、教育等8个方面进行了提炼：

● 预期目标

——地区生产总值增长6.5%左右；

——规模以上工业增加值增长7.5%左右；

——固定资产投资增长15%左右；

——社会消费品零售总额增长6%左右；

——一般公共预算收入增长5%左右；

——进出口总额增长12%左右；

——全体居民人均可支配收入增长与经济增长基本同步；

——实施重点项目1200个以上、年度计划投资1700亿元以上；

——引进亿元以上项目400个以上、到位资金增长10%以上。

● 特色产业

持续做大做强优势特色产业集群。

紧扣国家产业政策导向，因地制宜优化提升“六大产业集群”，同步推进耦合成链，按照自治区“重大项目谋划行动”“助企行动”要求，实施“六大产业集群”项目490个，完成投资900亿元以上。

——全力推进以乳业、草种业为龙头的绿色农畜产品加工产业集群；

——全力推进以绿色电力为引领的新能源产业集群；

——全力推进以碳基、硅基材料为基础的新材料产业集群；

——全力推进以生物疫苗、合成生物为特色的生物医药产业集群；

——全力推进以绿色算力、人工智能为支撑的新一代信息技术产业集群；

——全力推进以低空经济、航空航天为代表的现代装备制造产业集群。

● 文旅

推动文旅融合发展。

——深入推进“北疆文化建设提升行动”，用好“国家历史文化名城”品牌；

——持续推进“雕塑之城”建设，加快大窑文化遗址公园、土城子国家考古遗址公园、辽代白塔遗址公园建设；

——创作提升话剧《大青山》、舞剧《敕勒川》、晋剧《大漠春归》等一批精品剧目；

——全面提升老牛湾黄河大峡谷景区建设管理水平，启动申报世界地质公园工作；

——规划建设呼哈风情铁路漫游项目，加快推进云中盛乐度假区项目，伊利草原乳文化景区争创国家5A级工业旅游景区；

——全面开放圣水梁旅游区；

——逐步开放哈达门、了目山等16处大青山休闲观光点；

——完善提升阿尔泰游乐场、南湖湿地公园等功能；

——持续提升章盖营、水磨村、莫尼山、乌素图东村及西村等特色小镇品质。

● 城市建设

不断完善城市功能，提升城市品质。

——建设昭乌达高架与南二环互通立交、成吉思汗大街东延伸段、金航大道、云港大街等桥梁道路工程；

——打通群艺馆西巷、惠民街等19条“断头路”；

——完善“青年社区”、科技城等片区市政道路；

——实施“温暖工程”2.0版，启动“西热东送”工程，解决东北部热源不足问题；

——更新改造59.5千米老旧燃气管网；

——探索老旧小区自主更新机制，实施272个老旧小区改造项目，解决460个小区“吃水难”、467个小区管网雨污混接问题；

——维护提升城市绿道200千米以上、公园游园200个以上，不断给首府群众的生活增添更多色彩。

● 就业

全力保障充分就业。

——城镇新增就业5.5万人，农村劳动力转移就业稳定在33万人以上；

——解决好高校毕业生、退役军人、农民工等重点群体的就业问题；

——实施“三年十五万青年留呼行动”“青年社区”一期年内配售配租、二期开工建设，让更多年轻人来到首府、留在首府、建设首府；

——探索完善国家级人力资源产业园“一园三区”市场化运行机制；

——推动组建企业用工联合体。

● 教育

全力推动教育优质均衡发展。

——新建、改扩建中小学、幼儿园项目28个，投用17个，新增学位1.2万个；

——筹设呼和浩特现代服务职业学院，中职园区建成并投入使用；

——依托科大讯飞等智慧教育平台，推广互动智慧课堂、AI听说课堂、智能批阅等应用场景；

——实施教研“揭榜挂帅”，提升基础教研质量；

——推动建设家、校、社协同育人“教联体”，创建儿童友好城市；

——鼓励中小学落实课间15分钟，让孩子们全面健康成长。

● 医疗

提高医疗卫生保障能力。

——圆满完成国家公立医院改革与高质量发展示范项目任务；

——开展“强基”行动，提升基层医疗卫生服务能力；

——开工建设北京友谊医院内蒙古医院、内蒙古医科大学附属敕勒川医院、市第一医院云谷院区，加快建设北大肿瘤医院内蒙古医院二期；

——公共卫生服务园区开诊运营；

——推动市四区医院打造优质专科医院。

● 养老

完善养老服务体系。

——深入开展全国示范性老年友好型社区创建工作；

——因需布局助老餐厅，探索“老幼共托”模式；

——推进市社会福利院老年公寓服务中心、泰康之家等项目建设；

——全市乡镇养老服务中心覆盖率提升至80%以上，街道居家和社区养老服务中心覆盖率稳定在100%。

每一条、每一项都扎扎实实地指向城市的建设、发展以及民生关切。从“成绩单”“路线图”上也不难看出，“强首府”不仅仅是一种强烈的呼声，更重要的是踏踏实实的行动，“谋一件像一件、干一件成一件、打一仗胜一仗、积小胜为大胜取全胜”。

4月的呼和浩特，丁香枝丫开始缀满星子般的花苞，淡紫的芬芳漫过大黑河冰消后的碧波，漫过新老城区鳞次栉比的写字楼、住宅楼，也漫过政府工作报告里跃动的文字——这座以丁香为魂的城市，正以丁香一样的品格书写着属于北疆的传奇。

且看那已然绘就的答卷：地区生产总值的上扬曲线，恰似丁香生长的劲头，在北纬40度的沃土上深植根系。六大产业集群如丁香枝丫交错，乳业龙头的醇香飘向世界，新能源的叶片在蓝天下旋转成诗，生物医药的实验室里生长着守护生命的密码。更动人的是民生画卷：新增学位如丁香新蕊初绽，托举起千万家庭的期待；医疗保障织就的保障网，让每一种病痛都能寻得希望的枝丫；养老驿站飘出的茶香，恍若丁香酿成的蜜，甜了暮年的时光。

当目光投向2025年的地平线，这座城市的胸襟正如丁香花苞般舒展：“世界乳都”的旗帜在乳业全产业链的枝头摇曳，每一滴鲜奶都折射着精益求精的光芒；“中国云谷”的算力浪潮中，绿色能源与人工智能正孕育着新的蝶变，恰似丁香在春寒中积蓄着绽放的力量。最令人心动的是那份始终未改的初心——城市的每一次生长，都像丁香将芬芳赠予街巷，让老旧小区的路灯亮如花瓣，让街角公园的长椅接住晨露，让每个奋斗的身影都能在发展的树荫下获得滋养。

丁香的品格，是顶破春寒的坚韧、奋争，是簇拥成海的热忱、团结，是扎根大地绵延芬芳的务实、创新。呼和浩特正以这样的品格拥抱世界：优化营商环境的春风，吹开企业落户的门扉；人才政策的细雨，润泽着每一颗怀揣梦想的心。当开放的城门与创新的花蕊同时绽放，这座城市便成了北疆最动人的风景——既是产业腾飞的经济高地，更是百姓栖息的温暖港湾，让每一次呼吸都饱含希望，让每一步前行都踏在开满丁香的路上。

丁香，这朵经年扎根北疆的市花，正见证着呼和浩特这座蕴积着持久力量的城市，放眼未来，谋求高质量发展，开启全面建设体现新发展理念的现代化区域中心城市的新征程。她也正以自信、包容、进取的精神品质，将民生的温度、产业的热度、创新的锐度，凝聚成属于中国式现代化北疆篇章的新的芬芳。

未来已来，呼和浩特乘风破浪，逐梦远航！

后　记

我们，一个驻守青城30余年的文学创作者，一个离乡十几年的媒体人，以文学创作者的感性和媒体人的求索精神，试图从经济、文化、生态等社会层面的小切口，窥见这座城市的全貌。

当我们在时光的长河中回溯，青城就像一本厚重而生动的大书，一页页翻动着它的前世今生。在创作这部报告文学的过程中，我们仿佛置身于一场盛大而细致的城市巡游，探寻着这座城市隐藏在每一个角落的秘密，见证它的每一次蜕变与新生。

我们像是执着的寻宝者，每一个娓娓道来的讲述者、每一座厚重的博物馆、每一条沧桑的街道、每一片生机勃勃的绿地、每一片厚植求索信念的热土……都是我们探索的宝藏。我们看到古街在新时代的浪潮里焕发生机，曾经斑驳的墙面被重新修缮，老字号又重新挂上招牌，每一块招牌背后都是一段鲜活的故事，那是属于一座老城的新生。这如同城市文化觉醒的序曲，吹响了人们对本土文化热爱与探索的号角，那是一种对城市灵魂深处的叩问与追寻。

一提到这一方土地，人们很容易联想到草原的广袤与豪迈。然而，青城的浪漫并不止于草原的风光。这座城市对文化交流与传承的信心和活力，犹如星星之火，以青城为原点，向着更广阔的世界延展。每一次文化创新的尝试，都像是一阵春风，吹开了这座城市走向世界舞台的大门。从这个角度看，青城已然完成了从文化资源大市到文化输出强市的蜕变。

民族团结一直是青城最坚实的内生力量。在这个多民族聚居的地方，文明城市的温度恰似冬日里的暖阳，温暖着每一个人。我们看到了各民族文化和习俗在这里形成了一种和谐的融合。一杯奶也能串起新的“丝绸之路”，这看似简单的背后，是青城通过特色产业展现对外文化交流和文化输出的软实力。

出色的基层治理网络造就了这座城市的韧性。在基层采访中，平凡身影迸发出的不平凡效能令人震撼。我们从来没有像今天这样，如此深刻地体察到一座城市治理经纬网的深层张力，是那样精准地以绣花般的服务串联起民生需求的张力。城市管理者如同艺术家，在每一个细节处精心雕琢，让城市的每一个角落都充满生机与活力，每一个城市窗口都展现出积极向上的精神风貌。

星罗棋布的公园、老旧小区的翻新升级、交通网络的互联互通、老年群体的幸福生活，每一个方面都体现着这座城市对市民深深的爱与关怀。在发展的进程中，青城始终没有忘记，人是城市的核心，是一切发展的归宿。这座城市像一位慈祥的母亲，用自己的怀抱给予每一位居民归属感与安全感。

这座城市始终秉持敬畏自然的态度推进生态治理。曾经被风沙侵蚀的土地，如今绿意盎然；曾经干涸的河道，如今流水潺潺。生态环境的改善不仅让青城焕发崭新容颜，更让生活在其中的每一个人都切实感受到生态福祉。

人才战略是青城在新时代发展中探索出来的独特战略，为城市的发展注入源源不断的新鲜血液。产业发展就像一列乘风破浪的列车，这座城市不再是传统印象中的北方内陆城市，而是一座充满创新活力与无限可能的现代都市。

从“一杯奶”的产业根基到“六大产业集群”的强势崛起，青城没有躺在“乳都”的功劳簿上，而是突破传统路径依赖，积极布局新赛道，云计算、大数据、新材料、高端装备制造、生物技术、清洁能源……战略性新兴产业持续发力。我们看到的不仅是一座城市的产业转型，更是中国新型城镇化道路的生动样本——在守正创新中，传统与现代交融，人文与科技共振，演绎着草原都市的独特进化论。

在全球化的浪潮中，青城积极融入世界经济的版图，展现出北疆城市的担当与胸怀。从一个相对封闭的区域城市，逐步发展成为对外开放的前沿阵地，青城的每一次突破都令人瞩目。

我们在创作过程中，试图触及这座城市的灵魂，用文字记录下每一个瞬间的感动与震撼。我们看到的不仅仅是一座城市的改变，更是无数人努力的结果。

一座城市的人，那些普普通通的人，才是这座城市的主角。

无论是政府机关的干部，还是企业职工，抑或街边的商贩、凌晨清扫街道的环卫工，他们在城市的发展过程中贡献了自己的力量。他们一点一滴的努力、奉献都闪烁着星光，汇聚成这座城市的美好。

这是一部属于全体青城人的奋斗史，也是一首关于梦想与坚持的赞歌。

感谢众多媒体提供的海量信息，感谢呼和浩特各部门提供的故事蓝本、权威数据和翔实的资料，感谢每一位在百忙之中不限时间和形式向笔者讲述这座城市的故事的建设者。在这部书中，我们是时时被感动的追寻者、记录者、讲述者和见证者。

一座城市，一座历史文化名城，一座现代化的草原都市，她的深邃、厚重，她的生机、活力，她的包容、智慧，她的奋斗、创新……包罗万象，非二三十万字所能尽显，难免会留下遗珠之憾。在这有限的文字背后，还有大量奋斗的身影奔走在城市高质量发展的新征程上。

我们深知，这座城市仍然走在成长的路上，它的故事还在继续书写，每一次新的突破与发展都会为这个故事增添新的篇章。希望这本书能够像一粒种子，在读者心中种下对青城的向往与热爱，让更多的人关注这座充满活力与魅力的城市，也激励更多的城市管理者、建设者，在自己的一方天地里创造属于自己的“蝶变”。

我们期待，青城拥有更美好的未来！

2025年2月15日第一稿

2025年3月23日第二稿

2025年4月21日第三稿